MEL MAE SCHMIDT
Die vom glänzenden See

26 TWENTY SIX

Buch

Als die junge Waise Lavinia ihren Job verliert und zusammen mit ihrem besten Freund Karl auf eine Abenteuerreise in ihre eigene Vergangenheit geht, ahnt sie nicht, welch mysteriöse Geheimnisse ihre Familie verborgen hält. Ein verwunschener See soll der Schlüssel zu allem sein sowie ein verschwunden geglaubtes Medaillon. Der einstige Palast, in welchem Lavinias Familie im 13. Jahrhundert einst lebte, wurde durch ein Schlosshotel ersetzt und dieses birgt viele Geheimnisse, Schätze und Spuk, die Lavinia weit weg bringt von der Vorstellung, ihre Familie sei wie jede andere ...

Weitere Informationen zu Mel Mae Schmidt finden Sie am Ende des Buches.

Mel Mae Schmidt

Die
vom glänzenden See

Roman

26|TWENTYSIX

Vor einer Nutzung der Texte oder der Abbildungen sind zuvor der Verlag und die Autorin zu fragen.

Der Verlag weist ausdrücklich darauf hin, dass im Text enthaltene externe Links vom Verlag nur bis zum Zeitpunkt der Buchveröffentlichung eingesehen werden konnten. Auf spätere Veränderungen hat der Verlag keinerlei Einfluss.
Eine Haftung des Verlags ist daher ausgeschlossen.

Bibliografische Information der Deutschen Nationalbibliothek: Die Deutsche Nationalbibliothek verzeichnet diese Publikation in der Deutschen Nationalbibliografie; detaillierte bibliografische Daten sind im Internet über dnb.d-nb.de abrufbar.

Dieses Buch ist auch als Ebook erhältlich.

1.Auflage
Umschlagmotiv: CCO Creative Commons, Lizenzfreie Nutzung, kein Bildnachweis nötig (pixabay.com).
Umschlaggestaltung/Text/Ahnentafel © Mel Mae Schmidt
TWENTYSIX – Der Self-Publishing-Verlag
Eine Kooperation zwischen der Verlagsgruppe Random House und BoD – Books on Demand
© 2017 Mel Mae Schmidt
Herstellung und Verlag:
BoD – Books on Demand, Norderstedt.
Printed in Germany
ISBN: 9783740729769
www.twentysix.de
www.melanieschmidtofficial.de.tl

Für Martin.
Immer und ewig.
In Liebe.
Durch Freud' und Leid`, durch Lachen und Weinen, durch Licht und Finsternis und schließlich durch lange Gefangenschaft hindurch bis hin zur Freiheit.
Gott brachte uns zusammen, Menschen wollten uns qualvoll trennen.
Teile dieses Buches sind Teile unserer Geschichte ...

Ahnentafel der Normandells von Lörrach

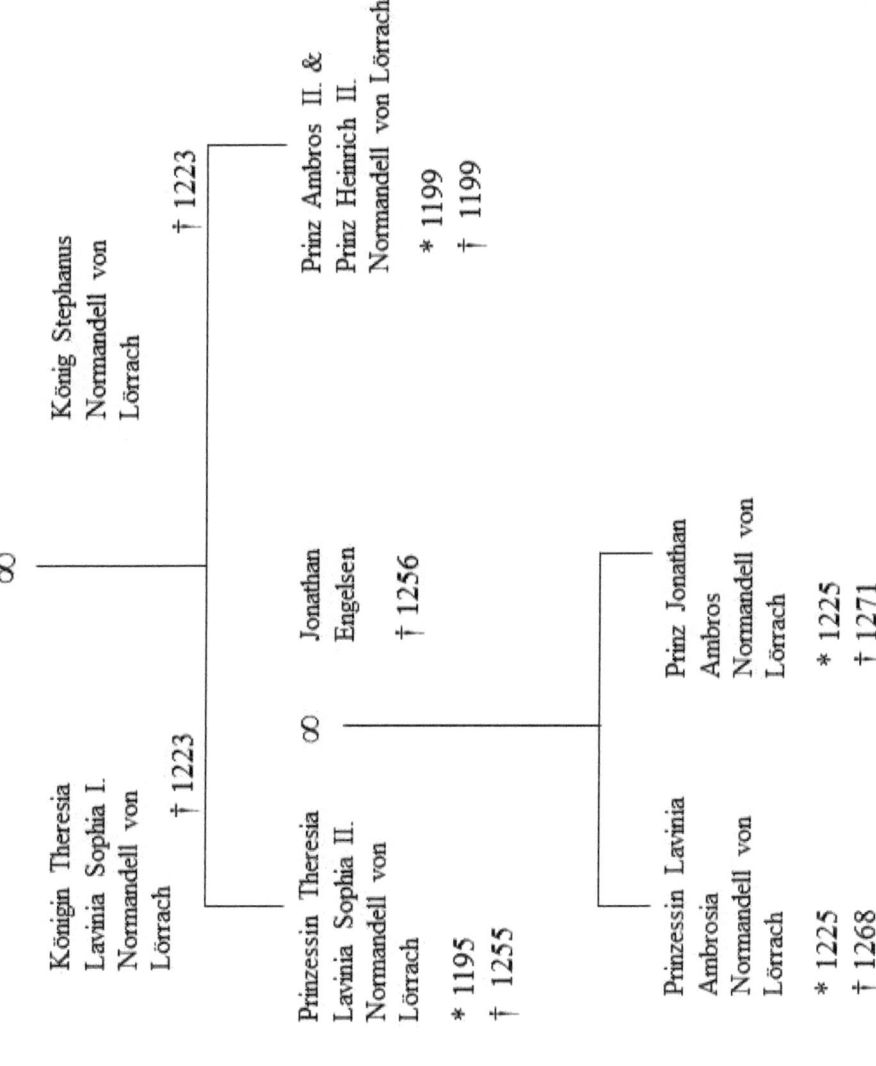

Teil I

1.

HEUTE – 4. November 2016, Feldberg-Bärental (Schwarzwald)

Als der Zug genau vor ihrer Nase anhielt, war sie gerade damit beschäftigt, ihren heißen Coffee to go zu bugsieren. Ihre volle Tasche und ihr dicker Wintermantel machten es ihr schwer, alles zu verstauen, sodass sie sehr darum bemüht war, ihren Kaffee nicht zu verschütten.

So kam es dann auch, dass der Zug genau vor ihrer Nase abfuhr, als sie es endlich schaffte, von ihrer Geschäftigkeit hochzublicken.

»Verdammter Mist!«, schimpfte sie, als sie ihrem Zug nachsah und schaute aufgeregt auf die Uhrzeit auf ihrem Smartphone. »Ich komme schon wieder zu spät!« Den Bus zuvor hatte sie ebenfalls bereits verpasst und einen späteren nehmen müssen.

Dieses ständige Pendeln am Morgen machte sie immer nervös.

Es war zehn Uhr am Morgen und Lavinia Normandell stand hibbelig am Bahnsteig. Der nächste Zug würde erst in einer Stunde kommen. In einer Stunde müsste sie aber schon längst auf der Arbeit sein. Das müsste sie eigentlich schon seit genau zwei Stunden!

Lavinia seufzte.

Sollte sie nun ein Taxi rufen oder sollte sie warten? Sollte sie auf der Arbeit anrufen, dass sie sich verspätete? Dies tat sie bisher schon viel zu häufig. Nahezu täglich, um genau zu sein.

Ihr Chef warnte sie bereits ausdrücklich davor, sie hochkant rauszuschmeißen, käme dieses ewige Zu-spät-kommen noch weiter vor.

Und es kam weiter vor.

Lavinia befürchtete, dass sie diese Arbeitsstelle wohl nicht mehr lange haben würde und malte sich bereits im Geiste aus, wohin es sie anschließend verschlagen sollte. Wäre ein Berufswechsel das Beste? Oder besser gleich komplett woandershin umziehen? Ganz neu anfangen. Auf die Spuren ihrer Vergangenheit gehen.

Lavinia grinste in sich hinein. Aber warum auch nicht?

Sie wurde als Waise in einem Kinderheim aufgezogen. Sie wusste rein gar nichts über sich und ihre Vergangenheit. Ihre Familie. Mit achtzehn ist sie dann heimlich ausgebückst und kam nie wieder.

Sie fuhr weit weg und wusste nicht einmal mehr, wie der Ort hieß, von dem sie geflüchtet war.

Das Einzige, was sie von ihrer Familie besaß, war ein Medaillon, welches sie jedoch nicht öffnen kann. Es scheint zu klemmen. Aber sie trug es seither jeden Tag. Niemals zog sie es aus und legte es zur Seite. Nicht einmal beim Duschen.

Lavinia dachte nach, als sie so wartend am Bahnhof stand. Sie sehnte sich sehr danach, endlich mehr über sich selber herauszufinden. Wer sie war, wo sie herkam, wer ihre Familie war, was es mit diesem Medaillon auf sich hatte. So viel wollte sie herausfinden. War nun, da ihr offenbar eine Kündigung bevorstand, der richtige Zeitpunkt gekommen, um woanders ganz neu anzufangen?

Sich treiben zu lassen und auf Spurensuche nach ihrem Ich zu gehen?

War das möglich?

Auf einmal packte Lavinia ein ungeheurer Drang, sich sofort auf eine Reise zu machen und diese Lust war so groß, dass sie fast gar nicht mehr zur Arbeit fahren wollte. Sie musste sich schwer zusammennehmen, als sie endlich den Zug bestieg und in die entlegenere Richtung Freiburg im Breisgau fuhr, während sie in eine völlig andere Richtung wollte. Doch womöglich war dies nun eh ihr letzter Arbeitstag und so würde sie vielleicht schon morgen auf eine sonderbare Abenteuerreise gehen können.

Innerlich jauchzte Lavinia, denn sie merkte, dass sie,

trotz ihrer Unpünktlichkeit, dennoch eine sehr fleißige Mitarbeiterin gewesen war und stets die besten Leistungen erzielte. Das zerrte inzwischen sehr an ihren Nerven. Tag und Nacht arbeitete sie und hatte kaum noch so etwas wie Freizeit. Wenn man sie nun also wegen ihrer Unpünktlichkeit, die offenbar angeboren zu sein schien, feuern sollte, war ihr dies nur recht. Sie hatte sehr gut verdient und würde sich einige Zeit ohne Arbeit über Wasser halten können.

Als der Zug anhielt, stieg Lavinia aus und betrat ein sehr großes und schickes Gebäude. Es gehörte einer großen Rechtsanwaltskanzlei namens FRANKENBERG & PARTNERS. Insgesamt arbeiteten dort rund 20 Rechtsanwälte und jede Menge Rechtsanwaltsfachangestellte. Unter letzterem befand sich auch Lavinia. Man würde sie also nicht vermissen, wenn sie gefeuert würde, da bei einer unübersichtlichen Anzahl von Rechtsanwaltsfachangestellten eine mehr oder weniger gar nicht auffallen würde.

Lavinia betrat den Fahrstuhl und wurde in das achte Stockwerk gebracht. Dort stieg sie aus und lief sofort ihrem Chef, Herr Rechtsanwalt Frankenberg, über den Weg. Dieser schaute sie mit finsterem Blick an und sie machte sich auf das Schlimmste gefasst.

Herr Frankenberg räusperte sich und baute sich selbstsicher vor ihr auf. »Guten Morgen, Frau Normandell«, begann er mit tiefer rauchiger Stimme. »Ich hoffe, Sie haben gut geschlafen. Genau wie in den letzten paar Tagen. Ich weiß nicht so genau, ob Sie es in Ihrem Arbeitsvertrag gelesen haben, aber die Arbeitszeit bei uns fängt pünktlich um acht Uhr am Morgen an.« Er sah sie kühl an.

Lavinia nickte.

»Ja, Herr Frankenberg, das weiß ich.«

Herr Frankenberg zog erstaunt die Augenbrauen hoch. »Ach tatsächlich? Ist dem so? Das würde ich nämlich nicht meinen, wenn man mal auf die Uhr sieht und weiß, dass Sie in den letzten 2 Stunden noch nicht anwesend waren, was bedeutet, dass Sie entweder unsichtbar gewesen sind oder erst jetzt am Arbeitsplatz angekommen.« Er seufzte genervt.

Lavinia wurde es mulmig zumute.

»Mein Zug hatte Verspätung«, gab sie kleinlaut zur Antwort. So große laute breite Männer mit tiefer angsteinflößender Stimme machten ihr stets Angst.

»Soso, Ihr Zug ist also Schuld. Dann nehmen Sie einen früheren. Aber nicht mehr zu uns, Frau Normandell. Diese Kanzlei kann keine Mitarbeiter gebrauchen, die stetig zu spät kommen. Und dass sie weiterhin zu spät kommen, auch wenn man es ihnen mehrfach sagt, dass dies so nicht geht, gehört auch nicht hierher.«

Lavinia wagte es kaum ihn anzusehen.

»Wissen Sie, was jetzt folgt, Frau Normandell?« Herr Frankenberg schien belustigt.

»Mir wird gekündigt?«, riet Lavinia kleinlaut.

»Bingo!«, rief Herr Frankenberg laut aus. »Ihre Bemühung, heute hier zu erscheinen, war also umsonst. Ich habe, so wie der Zufall will, Ihre Kündigung bereits aufgesetzt und ausgedruckt. Hier haben Sie sie. Ich wünsche Ihnen noch alles Gute, Frau Normandell.« Mit diesen Worten hielt er Lavinia die Kündigung entgegen, die sie nahm und er belustigt von dannen schritt.

Lavinia seufzte. Sie hatte es ja geahnt …

»Hey Lavinia, wie geht´s?« Lavinia drehte sich um. Ihr bester Freund Karl Eixner kam auf sie zu und Lavinia lächelte. Er war einer der Anwälte des Hauses und der Einzige, der auf Lavinias Seite stand. Karl blieb vor ihr stehen und erkannte an Lavinias Gesichtsausdruck, dass etwas nicht stimmte.

»Mir wurde gerade gekündigt«, erriet Lavinia Karls Frage.

Dieser sah sie erstaunt an. »Gekündigt? Aus welchem Grund denn? Du warst doch immer so gut!«

Lavinia besah sich die Kündigung genau und entgegnete: »Ich komme immer zu spät.«

Karl sah sie verwirrt an. »Was war denn der Grund für deine Verspätungen? Die Bahn?«

Lavinia nickte. »Jepp.«

Karl blickte sie mitleidig an. »Ach Mensch, das ist wirklich schlimm. Was willst du denn jetzt machen? Wenn du nicht mehr hier arbeitest, werde ich dich sehr vermissen. Du warst die Einzige, die wusste, wie ich meinen Kaffee haben will und die vernünftig Dokumente kopieren und einscannen kann.« Geknickt stand er vor ihr.

»Du tust ja gerade so, als hätte man dir gekündigt und nicht mir«, sagte Lavinia und grinste.

Karl grinste nun auch. »Du tust mir einfach leid, Lavinia. Das ist alles. Und ich werde dich vermissen.«

Lavinia nickte. »Ja, ich dich auch. Aber ich habe bereits heute Morgen Pläne für mein weiteres Leben gemacht.«

Karl sah sie erwartungsvoll an. »Die da wären?«

Lavinia sah ihm in die Augen. »Ich gehe auf Spurensuche nach meiner Vergangenheit. Du weißt ich bin Waise. Ich will herausfinden, woher ich komme, wer meine Familie war.«

Karl lachte. »Ja, das klingt wirklich interessant! Aber vielleicht brauchst du hierfür ja juristische Unterstützung? Soll ich mitkommen?«

Lavinia sah ihn verwirrt an. »Wie meinst du das? Du bist doch hier gebunden und musst arbeiten.«

Karl zwinkerte ihr zu. »Theoretisch ja. Aber ich habe Urlaub bekommen. Zuerst nur zwei Wochen. Ich weiß nicht, wie lange deine Spurensuche dauern wird. Ansonsten muss ich mir etwas anderes überlegen, damit ich ebenso auf längere Abenteuerreise gehen kann.«

Lavinia lachte. »Du willst mich also wirklich begleiten? Ich weiß nur nicht, wohin es gehen wird. Ich habe überhaupt keinen Anhaltspunkt.«

Karl zuckte die Achseln. »Das macht mir nichts. Ich komme nach der Arbeit zu dir, dann können wir Weiteres besprechen.«

* * *

Am frühen Abend, als Lavinia in ihrer Wohnung gemütlich auf ihrem Sofa saß und sich in ihre flauschige Decke vor dem Fernseher kuschelte, klingelte es plötzlich an der Türe. Das muss Karl sein, dachte sich Lavinia und als sie ihn durch den Spion erkannte, öffnete sie lächelnd die Wohnungstüre.

»Wie kamst du denn ins Gebäude?«, fragte Lavinia. Karl grinste.

»Dein alter Nachbar hat mir die Türe aufgehalten, da er vor mir reinkam.«

Lavinia nickte. »Schön. Komm rein und mach es dir gemütlich.«

Karl trat ein und kam ins Wohnzimmer, wo er die kuschlige Ecke entdeckte, die sich Lavinia vor dem Fernseher gebaut hatte. »Oh, wie ich sehe, wolltest du es dir gerade schön gemütlich machen. Darf ich mich dazu gesellen?« Karl sah Lavinia belustigt an und diese zuckte die Achseln. »Wenn du willst. Eigentlich war das Gemütliche und Kuschlige nur für mich gedacht, aber tu was du nicht lassen kannst.« Sie sah ihn herausfordernd an.

Karl lachte. »Wir könnten uns ja gemeinsam unter diese Decke kuscheln und es uns gemütlich machen.«

Lavinia lachte nun auch. »Na ich weiß nicht, ob man sowas mit seinem besten Freund tut oder tun sollte. Es kommt mir etwas zu viel vor.«

Karl tat beleidigt. »Och Livi, sei keine Spielverderberin. Freundschaftliches Kuscheln ist wohl nichts zu nahes, oder?«

Lavinia dachte nach. »Keine Ahnung. Für mich wäre es zu viel. Aber wollen wir jetzt diskutieren oder willst du dich hinsetzen und mit mir überlegen, wie ich meine Ahnenforschung beginnen soll?«

Karl hob beschwichtigend beide Arme und setzte sich aufs Sofa, wo er die Kuscheldecke beiseitelegte. Er räusperte sich.

»Hast du denn inzwischen einen Anhaltspunkt gefunden oder willst du meine Idee hören?«

Lavinia setzte sich nun neben ihn aufs Sofa und zog die Kuscheldecke über ihren Oberkörper. »Lass hören. Ich habe nämlich gar keine Ahnung!«

Erwartungsvoll sah sie ihn an. Dieser genoss diese kindliche Haltung an Lavinia, die sie gelegentlich an den Tag legte, wenn sie sich über etwas freute oder wenn sie so gespannt auf etwas war, dass sie es kaum noch erwarten konnte. »Nun«, begann Karl mit quälender Spannung, »mir kam in den Kopf, dass du ja Waise bist. In einem Heim aufgezogen worden. Wäre es da nicht naheliegender, dass man zunächst dort als Erstes beginnt, um auf Spurensuche zu gehen?« Er sah Lavinia an, die überrascht die Augenbrauen hob.

»Und deswegen bist du Anwalt geworden und nicht ich, Karl! Deine Kombinationsgabe ist bemerkenswert! Besser noch, du wärst Detektiv geworden!« Lavinia lachte und Karl grinste breit.

»Oh danke dir.«

»Aber … es gibt da ein Problem mit deiner Idee, Karl.«

Karl sah sie nun ernst an. »Welches Problem?«

Lavinia schluckte. »Ich möchte dort nie wieder hin. Die alte Schnepfe hat mir das Leben zur Hölle gemacht im Heim. Sie ist eine Hexe. Was würde geschehen, wenn ich dort wieder hin ginge?«

Traurig sah sie Karl an. Dieser seufzte. »Nun ja, du musst entscheiden, wie wichtig dir diese Ahnenforschung ist. Wenn sie dir nichts bedeutet, dann bleib zu Hause und such´ dir eine neue Arbeit. Bedeutet sie dir jedoch alles, weil du sonst in einem Nichts lebst, dann musst du wohl oder übel dieses Opfer bringen.«

Lavinia stöhnte. „Och menno."

Karl lachte leise. „Ich komme doch mit auf deine Spurensuche, Livi. Du wärst nicht alleine. Warum sich also Sorgen machen? Außerdem bin ich Anwalt, die wird sich hüten, dir etwas anzutun."

Lavinia nickte. »Ja, hast ja Recht.«

»Außerdem ist morgen Samstag. Vielleicht ist sie dann etwas entspannter, wenn wir mit ihr reden.«

Karl sah sie aufmunternd an.

Lavinia sah nachdenklich drein. »Wir wollen schon morgen dorthin fahren?«

Karl sah sie verwirrt an. »Ja, wieso nicht? Worauf warten?«

Lavinia seufzte. »Weil ich nicht weiß, wo dieses Heim ist. Ich kenne den Ort nicht, habe mir den Namen nie merken können. Das müssten wir als Allererstes herausfinden.«

Karl hob die Augenbrauen. »Puh, na schön. Das wird langwieriger als ich dachte. Und du hast null Ahnung, wo es in etwa stehen könnte?«

»Hmm. Ich kann mich kaum erinnern. Es ist schon so lange her, als ich von dort in einer Nacht- und Nebelaktion geflohen bin.«

Karl nickte. Beide saßen sie nun da und überlegten.

»Aber«, fing Karl plötzlich an und Lavinia horchte auf, »kann man nicht herausfinden, in welchem Heim diese alte Hexe arbeitet, von der du gesprochen hast? Vielleicht findet sich im Internet oder in Stadtarchiven etwas über sie.«

Lavinia sah wieder enttäuscht aus. »Ich kenne ihren Namen nicht. Sie hieß bei allen nur die alte Hexe. Oder in meinem Fall Schnepfe. Wie soll man da etwas Vernünftiges herausfinden können?«

»Naja, aber vielleicht gibt es irgendwo im Internet zum Beispiel Einträge von Ehemaligen, die über diese Hexe herziehen und demnach Anhaltspunkte, wo sich dieses Heim befindet. Ein Versuch wäre es wert.«

Lavinia nickte. »Okay, ja, wenn du meinst. Willst du das jetzt machen oder morgen?«

Karl erhob sich vom Sofa. »Wie gesagt, warum warten. So könnten wir es eventuell jetzt herausfinden und doch schon morgen losfahren.«

Lavinia nickte. Sie stand auch vom Sofa auf, immer noch mit der Kuscheldecke umschlungen.

»Hier steht mein PC, da kannst du gerne suchen.«

Karl setzte sich an den PC und gab in einer Suchmaschine die Worte »Hexe, Kinderheim, Deutschland« ein. Die ersten Treffer ergaben nichts, er musste einige Seiten weitersuchen, um auf einen annehmbar guten Treffer zu geraten. Es schien ein Forum zu sein, wo sich Menschen über bestimmte Themen austauschten. Darunter befanden sich auch zwei Frauen, die in einem Kinderheim aufgewachsen waren und sich mit krassen Schimpfworten über eine alte Erzieherin ausließen.

Karl sah Lavinia an. »Kann es das sein?«

Lavinia blickte auf den PC-Bildschirm und las die Einträge der Frauen. Der Name der alten Erzieherin wurde hier mit Frau Notburga Welmers bezeichnet. Lavinia dachte nach. Konnte sie allen Ernstes diesen Namen der Frau vergessen oder so stark in ihr Unterbewusstsein verdrängt haben, dass sie nun keine Spur hatte, um auf Ahnenforschung gehen zu können? Nervös versuchte sie sich zu erinnern, irgendeine Erinnerung aus ihrer Kindheit hervorzukramen, der einen kleinen Fetzen des Namens enthielt.

Notburga Welmers. Sie wiederholte diesen Namen immer wieder im Geiste. Karl sah sie erwartungsvoll an. »Und?«, fragte er ungeduldig.

Lavinia schüttelte den Kopf. »Ich weiß es nicht, ich kann es nicht sagen. Wenn man sich nicht mehr erinnern kann, ist das schwierig. Wir haben nie ihren Namen gesagt, nur schlimme Namen für sie. Wenn er vielleicht nur ein einziges Mal gefallen ist, dann ist das nicht einfach, sich wieder daran zu erinnern, wenn er mir als Kind nichts bedeutet hat.«

Karl seufzte. »Ja, aber dieser Name ist wichtig. Wenn wir sonst keine anderen Treffer finden, der auf eine Hexe in einem Kinderheim hinweist, müssen wir diese hier nehmen und morgen dorthin fahren. Auf gut Glück!«

Lavinia nickte. »So ist es dann wohl.«

Karl nickte ernst und widmete sich wieder seiner Internetsuche. Er durchforstete alle 20 Seiten der Treffersuche der Suchmaschine, doch kein Eintrag passte so gut wie die Einträge der jungen Frauen. Ob es sich hier wirklich um das Kinderheim handelte, in dem Lavinia aufgewachsen war?

2.

AD 1204 n.Chr., SCHWARZWALD, HEILIGES RÖMISCHES REICH

Einst trug es sich zu, dass ein nie enden wollender Winter das Land bedeckte und es unter sich begrub. Es lag bereits eine enorme Decke aus weißem jungfräulichen, glitzerndem Schnee auf der Erde und munter rieselte der Schnee weiter leise hernieder.

Es war Nacht und ein kleiner Junge in Armenkleidung, in dreckigen, zerrissenen Lumpen, stapfte halberfroren durch den immer höher werdenden Schnee. Bibbernd und keuchend kämpfte sich der arme Bub durch das eisige Weiß, ohne irgendetwas in der Dunkelheit zu erkennen.

Er befand sich im Wald, doch konnte er nicht recht sagen, ob vor ihm sich weiterhin der Wald erstreckte oder ob er bereits so weit gewandert war, dass sich eine Stadt vor ihm auftat.

Zwar erkannte er nun Lichter, doch wusste er nicht recht woher sie kamen.

Allmählich schwanden dem Buben die Kräfte und sein Leib war eiskalt.

Er durfte jetzt nicht stehenbleiben, durfte nicht das

Bewusstsein verlieren.

Er musste auf jeden Fall seine erfrorenen Gliedmaßen bewegen, sie warmhalten.

Doch so sehr er sich auch bemühte, es gelang ihm nicht und so fiel er bewusstlos inmitten der Nacht in den eisigkalten Schnee.

* * *

Wärme. Wohlig weiche Wärme. Ein Duft nach Lavendel erfüllte seine Sinne. Ein zarter Windhauch fuhr durch sein Haar. Ihm war, als läge er auf einer Wolke. Was war geschehen?

Ein paar sanfte Laute entfuhren ihm und sogleich erklangen laute Schritte, die sich ihm näherten. Jemand legte eine Hand auf seine Stirn.

Eine kleine zarte Damenhand. Noch mehr Lavendel zog in seine Nase.

War er tot?

War er im Himmel?

War die Hand auf seiner Stirn die eines Engels gar?

Mit Bedachtheit bemühte sich der Junge darum, seine

Augen zu öffnen. Ihn umgab ein helles, gelbliches Licht.

Eine zierliche in Weiß gekleidete Gestalt saß an seiner Seite. Verschwommen nahm er alles wahr. Erst bei mehrmaligem Blinzeln verschwand die Verschwommenheit und sodann empfing ihn die Gestalt in Weiß mit einem sonnigen Lächeln. Es war eine Dame. Rotblonde Locken zierten ihren Schopf und große grüne Augen leuchteten auf ihn herab.

»Sind Sie ein Engel, mein Fräulein?«, flüsterte der Bub.

Die weiße Gestalt lachte laut. Es war ein wohliges, warmes Lachen, voller Sonne und Frieden und Heiterkeit. »Oh, nein, mein lieber Junge«, begann die warme weiche Frauenstimme zu sprechen. »Ich bin gewiss kein Engel. Ich kümmere mich um dich.« Sanft strich sie über seine Wange.

»Und meine Tochter auch.« Sogleich trat ein Mädchen hinzu, die genauso warm lächelte, mit rotblonden Locken und grünen Augen, wie die ihrer Mutter.

»Guten Tag, mein Werter. Ich bin Theresia«, sprach das Mädchen und tätschelte sanft die Hand des Jungen. »Du hast draußen im kalten Schnee gelegen, wir dachten schon, du wärest tot!« Das Mädchen sprach recht hastig und Sorge mischte sich in ihre Erzählung. »Gott sei Dank haben dich unsere Bediensteten rechtzeitig gefunden, sonst wärest du es jetzt wirklich.« Nun kehrte wieder Heiterkeit in ihr Antlitz zurück und sie strahlte den Jungen an, der wiederum bei diesem Anblick des Mädchens, bei dieser engelsgleichen Schönheit, nichts zu entgegnen vermochte.

Doch dann fiel ihm ein Wort auf, das das Mädchen erwähnte, was ihn stutzig machte.

»Verzeihung, was genau meinen Sie mit »*unsere Bediensteten*«?«

Die weiße Dame lachte leise.

Ehe die Mutter es erklären konnte, platzte es aus dem Mädchen heraus: »Wir sind Könige.«

Stolz sah sie auf den Jungen herab.

Sogleich wurde ihre Mutter ernst, und streng entgegnete sie an ihre Tochter gewandt: »Hör mir bitte gut zu, liebe Tochter. Das wir von königlichem Blute sind, enthebt dich nicht vom Menschsein und der Barmherzigkeit. Vergiss das niemals: Vor Gott sind wir alle gleich. Nutze deine Macht niemals für Frevelhaftes. Hast du verstanden?«

Das Mädchen war feuerrot geworden und gehorsam und mit gesenktem Haupte erwiderte sie ein leises »Gewiss, Frau Mutter.«

Der Junge im Bett sah diesem Zwischenspiel entgeistert zu. »Oh, bei meiner Seel! Eure Hoheit! Ich wusste ja nicht! Ich bitte um Verzeihung.«

Hastig suchte der arme Bub nach geeigneten Worten, auch er war nun putterrot. Er wollte schon vor Scham aus dem königlichen Bette steigen, doch die Königin hielt ihn zurück. »Junger Mann, ich bitte darum, liegen zu bleiben. Du musst dich stärken! Und sprich mich bitte an, wie es dir beliebt. Gerne auch etwas legerer.« Die weiße Dame lächelte milde.

Etwas beruhigt legte sich der Bub wieder nieder. Er nickte. »Ist gut, Madame.«

Das Mädchen lächelte. »Du kannst bei uns bleiben, bis es dir wieder gut geht.«

Der Junge nickte erneut. »Vielen Dank, wertes Fräulein.«

Mutter und Tochter lächelten den Jungen aufmunternd an.

»Wie ist denn dein Name, mein Junge?«, fragte da die Weiße Dame.

Der Junge zögerte kurz. »Jonathan, Madame. Jonathan Engelsen.«

Die Weiße Dame und das Mädchen lächelten einander an.

»Nun, dann herzlich willkommen bei uns, Jonathan.«

»Danke sehr, Madame.«

Es herrschte kurz Stille. Dann sprach der Junge weiter: »Vergeben Sie mir, aber … wie lange habe ich geschlafen?«

Die weiße Dame überlegte. »So ungefähr vier Tage.

Du scheinst wohl sehr erschöpft gewesen zu sein. Der Doktor war hier und hat nach dir gesehen.

Eine leichte Unterkühlung hast du dir zugezogen, die bestimmt inzwischen auskuriert ist. Man bereitet gerade Essen für dich zu, ich nehme an, du hast Hunger?«

Sie zwinkerte den Jungen an, der nun heftig nickte.

»Oh ja, Madame. Das habe ich.«

Sogleich trat ein Dienstmädchen hinzu und stellte auf den kleinen Tisch mitten in dem großen Zimmer ein Brett mit Mahlzeiten ab.

»Wie gewünscht, das Essen für den Jungen, Eure Hoheit«, sprach das Dienstmädchen, machte einen Knicks und verschwand aus der Türe.

Die weiße Dame lächelte den Jungen an.

»Nun, dann werden wir dich mal in Ruhe essen lassen. Ich hoffe es schmeckt dir.«

* * *

Jonathan gefiel seine neue, ach so königliche Umgebung. Ihm gefiel, wie herzlich der König, die Königin und die Prinzessin ihn aufnahmen. Ihre Güte und Anmut blendeten ihn. Dass er ein armer Bursche war, störte sie nicht. Zum ersten Mal in seinem Leben behandelte man ihn nicht wie dreckiges, lästiges Vieh. Sondern wie einen Menschen, wie ein wertvolles Wesen. Das schätzte er an ihr besonders.

Er und die Prinzessin waren im gleichen zarten Alter von neun Jahren. Sie verstanden einander, sie sorgten einander. Wie Geschwister spielten sie tagein, tagaus im riesigen Spielzimmer der Prinzessin oder tobten voll Hingabe draußen im Schnee.

Der König und die Königin sahen diesem Treiben mit warmen Herzen zu. Ihre Tochter war oft und viel allein, hatte keine Kameraden. Nun blühte sie auf, hatte einen gleichaltrigen Gefährten!

Die Königin seufzte. »Jonathan geht es schon viel besser.«

Der König nickte. »Ja. Gott sei Dank.«

Die Königin sah ihren Gatten an. »Wir sagten ihm, er dürfe hierbleiben, bis es ihm gut geht.«

Der König nickte abermals. »Ich weiß.«

Die Königin beobachtete ihren Gatten. »Aber wenn er jetzt geht, bricht es unserer Kleinen das Herz und sie ist wieder alleine.«

Erneut nickte der König. »Ja. In der Tat.«

Er schwieg kurz, bis er fortfuhr: »Was ist mit seinen

Eltern?«

Die Königin schluckte. »Er erzählte mir, dass sie vor einigen Wochen verstorben sind. Die Not hat ihnen alles zum Leben genommen. Der Junge ist nun ganz alleine.«

Der König schluckte nun auch. »Gott habe seine Eltern selig.«

Daraufhin trat Schweigen ein.

Erst nach Minuten entgegnete der König bestimmt: »Also, dann ist es entschieden. Er bleibt hier. Als Gefährte und Spielkamerad unserer Theresia.«

Er sah seine Gattin an, die freudestrahlend zurückblickte. Dann strahlte auch er.

»Die beiden sind wahrlich zu herzallerliebst, um sie zu entzweien«, sprach die Königin.

Der König lachte. »Wahre Worte. In der Tat.« Dann wandte er sich wieder dem Fenster zu und beobachtete, wie die Prinzessin und ihr neuer Gefährte gemeinsam einen Schneemann bauten.

*   *   *

Als der Junge bald drei Monate bei der Königsfamilie

lebte, hatte er eines Nachts einen schlimmen Traum.

Einsam, verlassen und lieblos kam er sich darin vor. Dass weder er geliebt wird, noch, dass er selber fähig ist zu lieben.

Dass sein Leben eine einzige Finsternis war.

Keuchend und mit wild pochendem Herzen schrak er vom Kissen hoch. Das Laken war voller Schweiß.

Voller Sehnsucht und Schmerz dachte er an seine Eltern: Wie er sie an jenem Morgen erfroren in ihren Betten, nur mit dünnen Laken bedeckt, vorfand. Seine Mutter, die gute Seele, die ihm trotz all der Not allabendlich heitere Lieder vorsang; und sein Vater, der ihm Disziplin, Strenge und Mut beibrachte.

Wie er sie beide vermisste!

Heiße Tränen rollten voll Pein seine Wangen hinab, sein Gesichtchen von Pein gezeichnet.

Er kletterte aus seinem Bettchen und suchte.

Was genau konnte er nicht sagen. Aber etwas trieb ihn an.

Dann traf er in der Dunkelheit auf ein Zimmer, das wohl das Zimmerchen der Prinzessin zu sein schien, wie der Junge zu erkennen meinte.

Er öffnete die Türe und trat hinein. Er trat näher heran und erkannte, wie der helle Schein des Mondes durch das unbedeckte große Fenster fiel. So erblickte er voll Wonne das süß schlummernde Antlitz der Prinzessin.

Sofort wischte er sich die Tränen aus dem Gesicht und besah sich mit nun heiterem Herzen die schlafende Prinzessin. Wie ihre langen rotblonden Haare in sanften Wellen auf ihrem Rücken aufgefächert lagen und sie selbst in Bauchlage in ihrem Bette dalag. In ihrem weißen Nachtgewand glich sie sehr ihrer engelgleichen Mutter.

Der Junge trat nun ganz nah an das Mädchen heran. Sofort nahm er wieder ganz deutlich den Duft von Lavendel wahr. Sein neuer Lieblingsduft!

Er beugte sich über sie und küsste sie sanft wie ein großer Bruder auf die Stirn.

Dann verließ er sie wieder, kehrte in sein Bett zurück und schlief bald darauf mit dem Bild der schlafenden, nach Lavendel duftenden Prinzessin ein.

* * *

Es war inzwischen Sommer geworden und die Hitze ergoss sich unbarmherzig über dem Lande.

Der Lavendel im Garten der Königsfamilie blühte nun

sehr deutlich und ein prächtiger Strauß dessen zierte nun jedes Zimmer im Palast.

Überall duftete es herrlich nach Lavendel und die Hummeln erfreuten sich an seinem Geschmack.

Die Prinzessin hüpfte frohlockenden Herzen von Zimmer zu Zimmer und ihr Gefährte sah dieser Ausgelassenheit freudig zu.

»In zwei Tagen kommt mein Vetter«, rief sie. »Ich freu mich so, ich freu mich so!«

Dies jedoch ließ den Buben traurig werden.

Er wusste nicht wieso, aber Unbehagen machte sich breit in seiner Brust.

Dieses Gefühl konnte er nicht benennen, und auch nicht, wie sich dies seltsame und doch heitere Gefühl nannte, das er der Prinzessin gegenüber zu empfinden schien.

Er war noch keine zehn Jahre alt, er wusste noch nicht viel vom Leben und seinen Eigenarten.

Und doch fühlte er sich bedrängt, gar bedroht.

So, wie sich die kleine Prinzessin auf den Besuch ihres Vettern freute, schmerzte etwas in der Brust des kleinen Jungen auf. Betrübt lief er seiner Freundin hinterher. „Sie freuen sich gar sehr auf Ihren Vetter, Fräulein?"

Die Prinzessin blieb lachend stehen. »Wann wirst du wohl aufhören, mich so anzusprechen? Wir sind Freunde, du und ich«, lachte sie . »Und ja, ich freue mich sehr auf meinen Vetter, das macht immer großen Spaß, wenn er kommt. Dann spielen und toben wir Tag und Nacht und lachen und sind heiter!« Jauchzend hüpfte sie nun in ihrem Spielzimmer umher.

Der Junge wurde nun noch trauriger. »Wenn Sie also Ihren Vetter hier haben, Fräulein, dann brauchen Sie mich ja nicht. Wo soll ich dann hin?«

Mit gesenktem Haupte stand er vor ihr.

Diese blieb nun reglos stehen. »Was redest du da? Du spielst natürlich mit! Zu dritt wird es noch viel lustiger!« Somit fing sie wieder an, jauchzend herum zu hüpfen.

Jonathan sah überrascht drein. »Wie meinen? Ich darf mitspielen? Was würde aber denn Ihr Vetter dazu sagen?«

Theresia lachte vergnügt. »Ach, der tut das, was ich sage und wenn nicht, dann werde ich dem die Leviten lesen.«

Lachend und ausgelassen tobte sie durch den Palast. Dem Jungen ging das Herz auf bei diesem Anblick. Und auch darüber, dass er gar mitspielen durfte.

So ging es noch den ganzen restlichen Tag, dass die kleine Prinzessin nicht still halten und nur mit erquicktem Herzen umherspringen und heitere Lieder singen konnte.

Die Eltern, der König und die Königin, sahen der ausgelassenen Heiterkeit ihrer Tochter glücklich zu.

Noch ein Spielgefährte für die Prinzessin!

* * *

Schließlich war der große Tag da, an dem der Vetter, Prinz Stephanus von Lörrach, der Prinzessin – ein sehr wohlhabender Bursche und recht eitel – am Palast eintraf und mit ihm sein Hauslehrer, der Kammerdiener und sein »Meister«, wie er ihn nannte, der dafür zuständig war, dass dem kleinen Edelmann keine Frivolitäten in den Kopf kamen und für die Rolle eines rechten Aristokraten vorbereitet wird.

Mit offenen Armen und Gejauchze lief die Prinzessin auf ihren Vetter zu und schlang ihre Arme um ihn.

»Wie ich mich freue, dich zu sehen«, rief sie aus und ihr Vetter umarmte sie ebenfalls. Doch eher zögerlich und verhalten. Eher kühl.

»Ich freue mich auch, Kusinchen«, erwiderte dieser hochnäsig und löste sich aus der Umarmung.

»Es ist immer eine Freude und eine wahre Lustigkeit, hier sein zu dürfen.«

Die Prinzessin strahlte ihren Vetter munter an und ignorierte wie stets dessen ausgeprägten und frühreifen Snobismus.

Dann erblickte der Vetter den Jungen, der recht schüchtern dastand und sah ihn herablassend an. »Wer ist das denn bitte?« Theresia grinste. »Das ist Jonathan; mein bester Freund, Gefährte und Spielkamerad. Er lebt seit einiger Zeit bei uns. Wir werden alle zusammen spielen.« Vergnügt klatschte sie in beide Hände.

Mit hochgezogenen Augenbrauen musterte der königliche Vetter den Jungen. Unsägliche Arroganz füllte seine Brust. »Ach ja? Woher kommt er? Ist er auch von Adel?« Sein Tonfall war sehr kühl und als könne man den Charakter und die Herzensgüte eines Menschen bloß an der Herkunft des Blutes messen.

Die Prinzessin schüttelte den Kopf. »Nein, wohl eher nicht. Und wenn, dann verarmter Adel.

Wir haben ihn im letzten Winter mit ärmlicher Kleidung draußen im Schnee liegend gefunden. Er wäre fast erfroren.«

Der Ausdruck auf des Vetters Antlitz wurde noch arroganter. »Soso.«

Er trat näher an den armen Jungen heran, dem das alles nun recht peinlich war. Der Vetter musterte ihn mit hasserfülltem Blick. »Ein armer Bursche wie du«, zischte er so leise, dass es die Prinzessin nicht hören konnte, »getarnt in

Kleidung eines Prinzen gesteckt, gehört hier nicht her. Damit wir uns gleich richtig verstehen: Ich hasse euereins!

Wärst du doch nur erfroren!«

Der Junge sah den Vetter regungslos in die dunklen bösen Augen. »Gewiss.«

Er ließ sich nichts anmerken und bemühte sich, nach diesen Worten nichts zu empfinden.

Der Vetter nickte und wandte sich nun mit aufgesetzter Freundlichkeit seiner Base zu. Diese strahlte weiter, denn sie glaubte, ihr Vetter habe ihrem Gefährten gute freundschaftliche Worte zugeraunt.

»Kommt«, rief sie vergnügt aus, »gehen wir in mein Spielzimmer!«

Mit erhobenem Haupte folgte der Vetter seiner Base und wandte sich dem Jungen zu. »Na los«, zischte er kühl, »komm mit uns, Bauerntrampel.«

Der Junge setzte sich in Bewegung und folgte dem Vetter ins Spielzimmer.

Als sie dort waren, erschrak die Prinzessin.

»Oh, ich habe etwas vergessen! Fangt schon mal ohne mich an, Jungs!« So lief sie wieder aus dem Spielzimmer und ließ den Vetter mit dem armen Jungen allein. Der Vetter lachte diabolisch.

Dem Jungen war es gar nicht wohl zumute.

»Soso, Bauerntrampel«, begann der Vetter und nahm ein Bauklötzchen in die Hand. Er warf es mehrfach in die Luft und sah es hasserfüllt an, sobald es wieder auf seiner Handfläche landete.

»Nun sind wir alleine – du und ich.«

Der arme Junge keuchte. Was hatte er vor?

Und schon im nächsten Augenblick schoss da das Bauklötzchen gegen seinen Schädel, das der Vetter soeben noch in seiner Hand hielt. Dieser schleuderte dem Jungen immer mehr und mehr Bauklötzchen entgegen, die meisten trafen den Jungen am Kopf, im Gesicht. Trotz der Schmerzen wagte er es nicht zu schreien. Blut rann ihm aus der Nase, aus dem Kopf. Er lag am Boden.

Erst als alle Bauklötze aufgebraucht waren, hörte der Vetter auf. Abermals lachte er diabolisch.

»Siehst du«, zischte er, »siehst du nun wo dein Platz ist? Dort unten! Bauerntrampel!«

Plötzlich riss jemand die Türe zum Spielzimmer auf und die Prinzessin stürmte herein, sah, wie ihr Gefährte blutend am Boden lag und kreischte panisch: »Was ist denn nur geschehen?«

3.

HEUTE – 5. November 2016, TODTNAU/FREUDENSTADT (SCHWARZWALD)

»Wie lange, hast du gesagt, dauert nochmal die Fahrt?«, erkundigte sich Lavinia bei Karl, während sie auf der Autobahn in Richtung Freudenstadt fuhren.

Karl seufzte. »Ich habe gesagt, dass es wahrscheinlich fast zwei Stunden dauern wird. Ohne Verkehr wohlgemerkt. Diese ist die kürzeste Möglichkeit, es gab noch zwei längere. Aber über die Autobahn B31 müsste es am schnellsten gehen.«

Er konzentrierte sich wieder auf die Straße.

Lavinia nickte. »Aber immer noch recht lang. Wie viele Kilometer sind das denn?«

Karl antwortete nur mit einem weiteren Seufzer. »In etwa 131 Kilometer.«

»Wollen wir hoffen, dass dort auch wirklich mein Kinderheim steht, sonst war die lange Fahrt umsonst«, entgegnete Lavinia.

»Werden wir ja sehen. Aber Freudenstadt ist nun mal unser einziger Anhaltspunkt. Wird schon nicht umsonst gewesen sein.«

Lavinia blickte nachdenklich auf die vorbeiziehenden

Bäume und Straßen und Autos.

Einerseits wünschte sie sich nichts sehnlicher, als dass es tatsächlich ihr Kinderheim ist und sie dort ihre Vergangenheit findet. Aber andererseits hatte sie große Angst die »alte Hexe« wiederzusehen. Falls sie noch lebte. Angst und Freude mischten sich in ihr und sie wurde immer hibbeliger.

»So nervös?«, fragte sie Karl belustigt.

Lavinia sah ihn an. »Na hör mal! Ich begegne vielleicht dem schlimmsten Menschen dieser Erde und da soll ich nicht nervös sein? Über diese Sache vergesse ich schon fast, weswegen ich dort eigentlich hinwollte!«

Karl lachte leise.

Lavinia sah ihn nun ernst an. »Ist ja mal wieder typisch für euch Juristen! Keinerlei Gefühlsregung! Warst du überhaupt schon mal in deinem Leben nervös gewesen?«

Karl tat beleidigt. »Ich habe keinerlei Gefühlsregung? Ich verbitte mir das!« Dann lachte er wieder. »Ist mein Lachen etwa keine Gefühlsregung? Aber du hast Recht, ich bin überaus selten nervös.«

Lavinia schnaubte. »Ja. Sicher. Und du bist total tiefenentspannt in dein Staatsexamen gegangen, wie?« Genervt sah sie ihn an.

Dieser nickte. Er grinste. »Du sagst es.«

Lässig sah er sie an.

»Nervosität vermasselt einem doch nur alles. Sonst wäre ich jetzt kein Anwalt. Ein Anwalt darf nicht nervös sein, das zeugt von Schwäche. Im Gerichtssaal geht es um Stärke. Um Macht. Um Gerechtigkeit. Du musst dort alles geben für deinen Mandanten. Und dein Mandant bezahlt dich nicht dafür, dass du wie ein kleines Mäuschen herumpiepst und keinen Ton herausbekommst. Du musst ihn verteidigen. Stark, gefasst und selbstsicher.« Gefasst sah er wieder auf die Straße.

Lavinia sah ihn bewundernd an. Wie gern sie so wäre wie er. So entspannt. Überlegen. Mächtig.

Als er das kleine herumpiepsende Mäuschen erwähnte, kam es ihr so vor, als rede er von ihr. So kam sie sich immer vor, wie ein kleines Piepsmäuschen. Unterlegen. Nervös. Mädchenhaft.

Geknickt schaute sie nun auch wieder nach draußen auf die Straße.

Lange saßen beide nur da und sagten kein Wort. Karl schaute ernst und konzentriert auf die Straße und wollte offensichtlich nicht mit Lavinia reden. Zum Teil schien er heute abwesend. Als bedrücke ihn etwas. Lavinia konnte sich nicht erklären, was es sein könnte, immerhin war sie diejenige, die eine Last auf ihrem Herzen hatte. Das, was ihr bevorstand.

Nach fast zwei Stunden und wenig Verkehr erreichten

Karl und Lavinia Freudenstadt. Ein herrliches kleines altes Städtchen, wie Karl fand.

Sehr hübsch, um Urlaub zu machen. Lavinia nickte zustimmend. Warum war sie nur von hier geflüchtet damals? Nur wegen dem Kinderheim?

Damals mit achtzehn hatte sie wohl kein Auge für die Schönheit der Stadt und wollte nur weg. Ganz schnell weg. Doch nun, wo sie an einem schönen sonnigen Wintertag hier war, fand sie, dass diese Stadt wirklich auf den ersten Blick zauberhaft war. Ein Märchenort!

»Ich muss noch rasch einen Parkplatz finden«, sagte Karl und schlich mit dem Auto von Sträßchen zu Sträßchen. »Schlimm, wenn man sich nicht auskennt.« Er hielt ganz konzentriert nach einer Parkmöglichkeit Ausschau. »Und das Navi kann mir hier auch nicht helfen. Ob mein Smartphone weitere Infos hat?« Er dachte laut nach.

»Hier ist ein Kaufhaus. Wir können doch hier parken«, schlug Lavinia vor.

Karl verzog das Gesicht. »Dann kommen wir hier nur wieder raus, wenn wir was kaufen.

Bezahlen für einen Parkplatz ist generell nicht meine Strategie. Ich versuche einen freien kostenlosen Parkplatz zu bekommen.« Er fuhr durch verschiedene Straßen und bekam schließlich was er wollte. In der Friedrichsstraße gab es einige freie und kostenlose Parkplätze.»Und ein paar Meter weiter ist schon das Rathaus!«, rief Karl begeistert.

»Dort können wir doch auch als erstes hingehen, oder? Naja, oder eben das Kinderheim.«

Lavinia seufzte. »Keine Ahnung. Was eben besser ist. Ich weiß auch nicht, ob das Kinderheim irgendwelche Informationen über mich hat. Meine Geburt, meine Familie. Wenn ich dort nur abgesetzt wurde, was sollen die schon wissen?« Lavinia sah etwas traurig drein.

Karl schnallte sich vom Auto ab und lächelte. »Du weißt nicht, ob das Kinderheim keinerlei Infos über dich hat. Vielleicht ja doch. Es könnte doch sein, dass für dich dort etwas hinterlassen wurde von deinen Eltern. Alles ist möglich, Livi.«

Lavinia stöhnte und schnallte sich nun auch ab. »Wenn du meinst.«

Karl lachte. »Na komm schon. Wir gehen also erst zum Kinderheim.«

»Konnten wir nicht näher am Kinderheim parken als näher am Rathaus? So müssen wir noch weit zu Fuß gehen!«, jammerte Lavinia und fing an, sich wie ein kleines Kind zu benehmen.

Karl sah sie ausdruckslos an. »Wirst du nun wieder zum Kind, je näher wir uns dem Kinderheim nähern, oder wie darf ich deine Quengelei verstehen? Dann gehen wir eben etwas zu Fuß! Wir haben nun fast zwei Stunden nur gesessen, da ist das nun wirklich nicht zu viel verlangt.« Karl sprach wie ein Vater zu Lavinia und grinste sie neckisch an.

Diese verzog nur das Gesicht.

Sie gingen einige kleine Straßen entlang und bewunderten die schöne Altstadt. Die Bauten waren noch aus vergangenen Jahrhunderten und schnell verschwand man im Geist in frühere Zeiten. Karl und Lavinia fanden es erstaunlich hier.

Fast eine halbe Stunde später kamen sie dann am Kinderheim SONNENLICHT an und Lavinia wurde sehr nervös.

»Hey, keine Sorge«, versuchte sie Karl zu beruhigen. »Ich bin ja da, okay? Dir wird nichts geschehen.« Er lächelte sie aufmunternd an. Lavinia nickte. Sie bemühte sich um mehr Gelassenheit.

»Denk wie ein Anwalt, sei ein Anwalt«, flößte ihr Karl ein und Lavinia nickte. »Sei stark.«

Mit wild pochendem Herzen trat Lavinia näher an das Gebäude heran. Karl folgte ihr mit einigem Abstand. Lavinia lugte zunächst vorsichtig durch eines der Glasfenster und atmete tief durch ehe sie, mit einem letzten Blick zu Karl, den Klingelknopf drückte.

Es dauerte eine Weile bis jemand öffnete. Es war die

Schnepfe.

Lavinia sah sie panisch an. Diese blickte Lavinia mit äußerster Kühle an. »Sieh mal einer an, da ist sie ja wieder«, gab die kleine streng aussehende Frau mit rauchiger Stimme zu erkennen.

»Lange nicht gesehen nach deiner Flucht, du undankbares Gör!« Ihre Gesichtszüge verhärteten sich und aus ihrem Innern drang ein Knurren.

Karl verschlug es den Atem. Es kam ihm vor, als stünde er vor dem leibhaftigen Teufel. Oder seiner Mutter. Oder sogar Großmutter.

Er fing sich bald wieder und gab seine Anwesenheit mit einem Räusperer zu erkennen. Die Hexe wandte sich ihm unbeeindruckt zu. »Sind Sie etwa Ihr Begleiter? Kann sie nicht alleine herkommen? Oder hat sie zu viel Schiss?« Belustigt ließ sie ein krächzendes Lachen verlauten.

Karl verwandelte sich augenblicklich vom Menschen und guten Freund zum kühlen und mächtigen Rechtsanwalt. »Nun, Frau Normandell braucht Ihnen keine Rechenschaft abzulegen. Sie kann kommen und gehen wie und mit wem sie will. Ich habe sie hergefahren, um Ihr juristischen Beistand zu leisten. Aus diesem Grund haben wir bei Ihnen geklingelt. Wir brauchen von Ihnen Informationen, wenn es genehm ist, Frau –« er stockte und wartete ab, bis die Hexe von selber ihren Namen preisgab.

Diese schaute ihn amüsiert an. »Juristischer Beistand? Soso. Und Sie brauchen Informationen von mir? Was könnte ich Ihnen denn schon geben? Was meinen Sie, könnte ich an Informationen haben, die Sie interessieren könnten?« Überlegen sah sie von Lavinia zu Karl.

Karl spürte, wie seine Anwaltschaft in den Dreck gezogen wurde, angezweifelt von einer Hexe.

Kühl und ebenso überlegen blickte er zu ihr hinab.

»Nun, Frau - wie auch immer Ihr Name lautet - Frau Normandell begehrt Informationen über ihre Vergangenheit. Ihre Familie. Sie waren immerhin ihre Bezugsperson vom ersten Tage. Sie werden doch sicherlich Informationen für sie haben, die sie verwenden kann, um mehr Forschung betreiben zu können. Oder etwa nicht?« Erwartungsvoll sah er sie an.

Die Hexe lachte spöttisch. »Sie sind ja ein lustiger Kauz. Kommen einfach so ohne Ankündigung her und meinen, ich würde springen, wenn Sie pfeifen. Glauben Sie etwa, ich habe nichts anderes zu tun? Ich betreibe hier immerhin ein Kinderheim! Ich muss auf zig Bälger aufpassen, die nicht genug haben können und immer mehr, immer mehr haben wollen. Ihr Maul kann ich ihnen nicht genug stopfen und ihr Gequengel macht mich wahnsinnig! Ich hab jetzt keine Lust mit Ihnen zu reden. Kommen Sie irgendwann anders wieder. Kapiert?« Mit diesen Worten wollte die Hexe die Türe zuschlagen, aber Karl ließ sich nicht einfach so abwimmeln. Flink wie er war schoss er vor und setzte seinen Fuß zwischen Türe und Türrahmen. So konnte die Hexe nicht schließen.

»Wir gehen erst, wenn wir haben was wir begehren. Wir sind fast zwei Stunden gefahren und lassen nicht locker. Was Sie da tun ist gegen das Gesetz!«, raunte Karl der Hexe zu und starrte sie ernst an. Die Hexe schnaubte verächtlich. »Sie sind sehr aufdringlich. Ich habe keine Lust auf Spielchen!« Sie bemühte sich mit aller Kraft die Türe zu schließen, indem sie Karl wegzustoßen versuchte. Doch dieser war größer und kräftiger als sie und so blieb er wo er war. Er lachte nun ebenso spöttisch. »In der Zeit, wo Sie versuchen uns loszuwerden, hätten wir schon längst Informationen von Ihnen erhalten können. Sie rauben sich gerade selber Ihre kostbare Zeit. Machen Sie die Türe auf, wir treten ein und Sie sagen uns, was Sie wissen.

Dann sind wir so schnell wie möglich wieder weg von hier!« Karl genoss die unterentwickelte Intelligenz dieser Hexe und fand es sehr unterhaltend, ihr bei ihren kläglichen Versuchen, ihn loszuwerden, zu beobachten.

Die Hexe seufzte. Ihr Gekrächze war kaum zu ertragen. »Na schön. Kommt rein, ihr Wahnsinnigen!« Sie riss die Türe weit auf und Karl trat mit Lavinia ein. Lavinia war noch immer von der Hexe eingeschüchtert und wusste nichts zu sagen. Dies merkte die Hexe und beobachtete sie genau.

»Hast dich kein Stück verändert, Lavinia«, raunte die Hexe ihr zu. »Bist immer noch so eine kleine schüchterne graue Maus wie damals. Zu nix nütze, wetten? Immer noch nicht. Die Gesellschaft hat keinen großen Nutzen an dir!« Sie lachte hässlich. Lavinia wurde rot vor Wut und Verlegenheit. Dass sie so etwas Widerliches in Karls Gegenwart sagte war ihr mehr als peinlich. Er sollte so wenig wie möglich über ihr altes Ich wissen, dass sie selber so sehr verabscheute.

Karl sah die Hexe ernst an und zweifelte offenbar an ihren Worten.

Die Hexe führte Lavinia und Karl in ihr Büro und schloss hinter ihnen die Türe. Sie bot keinem der beiden einen Sitzplatz auf den vor ihnen stehenden Stühlen an. Jeder nahm sich einfach einen Stuhl und setzte sich darauf. Die Hexe schaute sie dabei mürrisch an und wollte wohl protestieren, beließ es aber dabei und stöberte stattdessen in einer Schublade.

»Also?«, setzte Karl ungeduldig an.

»Jaja, ich such ja schon«, meckerte die Alte zurück. »Es muss hier irgendwo sein.« Ächzend wühlte sie in der vollgepackten Schublade in einer Kommode neben ihrem Schreibtisch.

»Es? Was genau suchen Sie?«, wollte Karl wissen.

»Werden Sie schon sehen.« Die Alte suchte und suchte. »Ah, da ist er ja!« Sie hielt einen Brief in Händen und übergab ihn Lavinia. Diese nahm den Brief in Empfang und schaute die Hexe verwirrt an.

»Was ist das?«

»Na ein Brief, du Dummerchen!«

Karl verdrehte die Augen. »Ja das sehen wir selber. Sie meinte wohl eher, von wem der ist.«

Die Hexe sah ihn genervt an. »Von ihren Eltern. Von wem denn sonst?«

Lavinia starrte sie erschrocken an. Dann blickte sie auf den Brief in ihren Händen und dann zu Karl. Er war schon geöffnet worden.

»Haben Sie den Brief geöffnet?«, wollte Karl in aufbrausendem Ton wissen. Die Hexe sah ihn unschuldig an. »Ja aber gewiss doch! Er lag ihr bei, als sie bei uns abgegeben wurde. Sie war noch ein Baby, so muss ich als ihre Erziehungsberechtigte den Brief öffnen. Darin steht immerhin ihr Name und etliche andere Informationen, die ich benötigte. Sonst wäre sie mit falschem Namen oder gar ohne Namen aufgewachsen!« Wie ein Unschuldslamm sah sie Karl an. Dieser hielt die Bemerkung zurück, dass er bezweifle, dass sie es nicht sonderlich gestört hätte, wenn Lavinia mit falschem Namen aufgewachsen wäre. Stattdessen sah er Lavinia an, wie sie den Brief anstarrte und offenbar überlegte, ob sie ihn öffnen sollte.

»Na los, Livi«, drängte Karl. »Mach ihn auf. Lies ihn!« Hoffnungsvoll sah er sie an. Lavinia schluckte. »Ich habe Angst, Karl.«

Die Hexe schnaubte spöttisch. »Ja, wie immer. Du hast immer Angst. Vor allem und jedem.«

Karl sah sie wütend an. »Hören Sie damit sofort auf!«

Die Hexe seufzte. Es klang, als habe sie einen guten Witz gerissen und keiner besäße die Intelligenz diesen zu verstehen.

Karl wandte sich wieder an Lavinia.

Diese gab sich selber einen Ruck und zog langsam und bedächtig den Brief aus dem Umschlag.

4.

1204 n.Chr., HEILIGES RÖMISCHES REICH, SCHWARZWALD

»Du Armer", sagte die Königin und tupfte dem armen Jungen sanft mit einem feuchten Tuch die blutenden Wunden ab.

»Das brauchen Sie wirklich nicht zu tun, Hoheit. Es gibt Diener für diese Arbeit«, sprach der Vetter herablassend und sah dem für ihn widernatürlichen Geschehen angeekelt zu: Wie eine Königin einem kleinen wertlosen Bauerntrampel die blutigen, schleimigen Wunden abtupft!

Was für eine Frevelhaftigkeit!

Die Königin überhörte diese Bemerkung und widmete sich weiter dem Jungen. »Das ist wirklich schlimm, dass du im Spielzimmer über all die Bauklötze gestolpert bist, mein armer Junge. Du hättest dir allerlei brechen können! Da hattest du aber großes Glück gehabt.« Sie lächelte den Jungen milde an. Dieser sah ausdruckslos zum nun gehässig grinsenden Vetter hinüber, während die Prinzessin voller Sorge der Behandlung ihrer Mutter zusah.

»Es ist wahrhaftig nicht schlimm, Frau Mutter?«, fragte diese besorgt.

»Aber nein«, sprach die Königin beruhigend.

»Jedoch müsst ihr von nun an gut beim Spielen Acht geben.«

Die Prinzessin nickte heftig. »Gewiss, Frau Mutter. Versprochen.«

Die Königin lächelte sanft. Sie tupfte noch ein, zwei Male die Wunde des Buben ab und ging dann aus dem Raum.

Sofort kam die Prinzessin auf ihn zugestürzt.

»Gott sei Dank dafür, dass dir nichts zu Schlimmes zugestoßen ist!« Sei schien ernstlich besorgt zu sein. »Gar nicht auszudenken, was sonst passiert wäre! Du hättest tot sein können!«

Nun lachte der Vetter gehässig. Er trat näher an die beiden. »Ja«, sprach er in selbstverliebtem Ton, »das stimmt. Wie furchtbar, wenn du jetzt tot wärst! Was für ein ganz und gar schlimmer Gedanke!«

Er lachte wieder.

Der Bub erkannte sofort den teuflischen Plan des Vetters, doch die Prinzessin schien so nicht von ihrem Vetter denken zu wollen. Ihr guter Vetter …

»Kommt, wir gehen zurück ins Spielzimmer«, sprach da der Vetter kühl weiter.

Geschockt drehte sich die Prinzessin zu ihm um. »Ins

Spielzimmer? Jetzt? Nach allem, was passiert ist? Wie kannst du nur übers Spielen nachdenken?«

Ihr Vetter zog überrascht die Augenbrauen hoch. Er war es gewohnt, dass man das tat, was er wollte.

»Eine gute Aufheiterung. Außerdem lebt er noch! Es ist fast nichts passiert!«

Die Prinzessin war nun wütend. »Ganz genau: Fast!«

Der Vetter verdrehte die Augen.

Frauenzimmer! »Und was sollen wir sonst machen? Händchenhalten?« Er lachte erneut.

Die Prinzessin sah ihn wütend an. »Nun, er sollte sich hinlegen. Und ich werde neben ihm sitzen bleiben und ihm die Stirn kühlen.«

Der Bub sah sie verwirrt an. »Ich möchte mich nicht hinlegen. Wirklich. Es geht schon.«

Der Vetter sah seine Base entsetzt an. »Du willst Krankenschwester spielen? Aber wozu? Das ist niedere Arbeit! Kann er nicht alleine schlafen?«

Die Prinzessin ignorierte ihn und wandte sich an den Buben. »Komm, du musst dich hinlegen.«

Sie nahm ihn bei der Hand und führte ihn wider aller Proteste des Buben in sein Schlafgemach, wohin auch der Vetter eilig folgte.

Dort sprach die Prinzessin zum Vetter:

»Außerdem ist niedere Arbeit erst dann niedere Arbeit, wenn man sie als solche bezeichnet. Dienst am Menschen und an Gott ist wertvolle Arbeit.«

Der Vetter verdrehte erneut seine Augen und sah angewidert zu, wie seine Base königlichen Blutes einen armen Buben vom Lande zu Bett brachte und ihm die Hand hielt.

Nach ein paar Minuten stand die Prinzessin vom Bette auf, nachdem ihr der Bub versichert hatte, dass alles in Ordnung sei und er alleine schlafen wolle, und ging zum Vetter. »Komm, wir gehen nach draußen.« Sie ging schon mal voraus und der Vetter blieb mit dem Buben allein zurück. Dieser kam mit zornigen Zügen auf ihn zu, beugte sich zu ihm hinunter und zischte: »Egal wie sehr sie dich mag, egal was euch sonst noch verbindet: Ich werde eines Tages die Prinzessin heiraten, wir sind Könige! Dazu sind wir bestimmt! Solcherlei Dinge verstehst du natürlich nicht, Trampel! Mach dir also keine großen Hoffnungen, klar? Sie und ich werden eines Tages über euch kleine arme Wesen herrschen und du wirst dann wünschen niemals geboren worden zu sein!«

Mit diesen Worten verließ er mit diabolischem Lachen das Zimmer.

Der Bub kam sich nun so fürchterlich klein vor, so fürchterlich ungeliebt und fremd. Obwohl er nicht wollte, schlief er doch bald darauf ein. Er träumte sonderbare Dinge, von zwei Königreichen, die in ein und demselben Lande herrschten: Das eine war düster und böse und kein Leben herrschte darin, und das andere war hell und gut und das Leben blühte nur so.

Der Bub war wohl doch müder als er dachte und so schlief er Stunde um Stunde. Erst gegen Abend schaute die Königin vorbei und weckte ihn sanft.

»Wach auf, kleine Schlafmütze«, sprach diese sanft zum Buben. »Gleich ist es Zeit zu dinieren. Oder möchtest du lieber hier oben essen? Fühlst du dich noch nicht wohl?«

Der Bub sah sie schlaftrunken an. »Ich möchte sehr gern hier oben dinieren, wenn es in Ordnung geht.«

Die Königin lächelte. »Natürlich. Ich sage dem Dienstmädchen Bescheid, dass es dir etwas zu essen bringen möchte.«

* * *

So verstrichen die Tage und der arme Junge musste Tag für Tag neue Streiche des Vettern der Prinzessin über sich ergehen lassen. Einmal stellte er ihm beim Spiel auf der Wiese vor dem Palaste ein Bein, dann stieß er ihn hart zu

Boden oder trat ihn heftig gegen das Schienbein unter dem Tisch beim Dinner. Der Bub musste bei Letzterem arg an sich halten, um nicht vor allen anderen laut aufzuheulen und so schluckte er mit heißen Tränen in den Augen den furchtbaren Schmerz hinunter, den der grausamen Tritt verursacht hatte.

Da sah ihn der Vetter mit höhnisch grinsendem Gesichte an und sah zur Prinzessin, die von alledem nichts mitbekam.

An einem schönen Tage im Garten des Palastes saß der arme Bub auf einer Bank und sah traurig auf die feinen Blumen, die ihm zu Füßen emporwuchsen. Auf einmal gesellte sich der Vetter dazu und der arme Bub wagte gar nicht zu ihm aufzuschauen. So behielt er den Blick gesenkt und starrte wie gebannt auf die Blumen.

»Wenn ich erstmal die Prinzessin geheiratet habe«, so sprach plötzlich der Vetter, »dann kommt all der Schund hier weg. Wenn ich hier regiere, gibt es keine dummen Blumen mehr. Dann trample ich hier alles tot!«

Er sah zum Buben. »Und dich will ich hier dann auch nicht mehr sehen. Selbst wenn du der beste Freund meiner Braut bist oder eine Art Sohn der Königin und des Königs. Du kommst in den Kerker!«

Angewidert sah er ihn an. Der Bub reagierte nicht darauf.

»Dummer Pöbel!« Dann schritt der Vetter davon.

Welch´ ein sonderbares Benehmen für einen Neunjährigen!, dachte da der Bub und blickte zur Prinzessin, die lachend um den Vetter tanzte und ihm einen Büschel Blumen hinhielt. Er roch daran und tat, als gefiele es ihm. Lange beobachtete der Bub die beiden und ein seltsames Gefühl regte sich in ihm. Eifersucht? Er wusste es nicht zu benennen, er wusste nicht mal das Gefühl wahrhaft zu benennen, das ihn plagte, wenn er die Prinzessin ansah. Liebe?

Der Junge blickte lange auf die Prinzessin und ihre langen Locken, ihr rotblondes Haar. Einem Engel gleich …

* * *

Nach langen Wochen des Besuches des Vetters kam endlich der ersehnte Tag der Abreise. Zumindest ersehnte der Bub dich diesen Tag seit dem ersten Tag der Ankunft.

Beim Abschied würdigte er den Buben keines Blickes und gab stattdessen seiner Base einen flüchtigen Kuss auf die Wange.

»Au revoir, Mademoiselle«, sprach dieser wie ein rechter Edelmanne und stieg dann in den Wagen.

Die Prinzessin war davon ganz entzückt.

Sie winkte ihm wild hinterher und als der Wagen nicht mehr zu sehen war, wandte sie sich an den Buben und rief: »Jetzt haben wir wieder zu zweit Spaß!« So lief sie auf ihn zu und umarmte ihn.

Dem Buben wurde es warm ums Herz und er nahm den sanften Geruch von Lavendel wahr, den er tief einsog, um ihn nie mehr zu vergessen …

* * *

So trug es sich zu, dass die Jahre ins Land gingen und der Bub und die Prinzessin nun zarte dreizehn Jahre zählten.

Noch immer waren sie die besten Freunde und noch immer spielten sie gemeinsam. Aus dem kleinen hübschen Mädchen ward eine wunderschöne junge Dame geworden, die nicht mehr ganz so ausgelassen war, wie noch zu Kindertagen. Der Bub ward zu einem jungen kräftigen Jüngling herangereift, dessen Gefühle für die Prinzessin von Jahr zu Jahr intensiver schienen.

Die Silhouette der Prinzessin war nun viel femininer und noch engelhafter und so konnte der Bub nur noch tagein, tagaus ihrem federleichten Gang und ihrer sanften Anmut zuschauen. Er war fasziniert von ihr.

Beide wurden nun erwachsen und so sehr der Bub die Prinzessin liebte, desto weniger glaubte er daran, dass sie für ihn genauso empfand.

Er schlich sich so manche Nacht nach heftigen Albträumen zu ihr in ihr Schlafgemach und besah sich im Mondeslichte Schein des Prinzessin Antlitz, wie er es schon so oft als junger Bub getan hatte.

Aus dem Mädchen war eine Frau geworden und ihre Schönheit entfaltete sich immer mehr. Hin und wieder kam es vor, dass der Bub die Zeit vergaß und gar eine Stunde nur so dastand an ihrem Bette und sie anschauen konnte. Ein heftiges Sehnen erfüllte seine Brust. Bald schon feierten sie ihr vierzehntes Wiegenfest und er wollte ihr so gern sagen, was er fühlte. Aber er konnte nicht.
Wie eine wunderschöne und leicht zerbrechliche Porzellanpuppe behandelte er sie, so kostbar erschien sie ihm.

An einem sonnigen Nachmittage im Garten des Palastes, am Tage ihres vierzehnten Wiegenfestes, saß die Prinzessin auf einer Decke auf der frühlingshaft blühenden Wiese und zeichnete. Ihr gegenüber auf der Decke saß der Bub.

Er beobachtete, wie die Prinzessin die schöne Flora nachzeichnete. Wie ihre schmalen und eleganten Finger mit dem Kohlestift über den Zeichenblock flogen, wohlbedacht, ihre Damenfinger nicht zu schwärzen dabei. Sie selber trug ein weißes Rüschenkleid mit roten und gelben Blümchen darauf. Ihre langen rotblonden Haare lagen als lockerer Zopf seitlich über ihre Büste bis hinunter auf ihren Schoß, auf dem sie zeichnete. Ihre Wangen waren rosig und ein Lächeln lag auf ihrem Gesicht.

Mit Hingabe und Ruhe saß die engelgleiche Prinzessin da und der Bub war hin und weg von ihrer Erscheinung.

Noch Stunden hätte er sie so ansehen können.

Er hatte sich überlegt, ob er ihr heute, an ihrem Wiegenfeste, sagen sollte, dass er sie liebte.

Nur wusste er nicht, wie genau er dies tun sollte. Er konnte es ihr immerhin nicht einfach so mir nichts, dir nichts sagen!

Plötzlich hob die schöne Prinzessin den Kopf und lächelte den Buben an, als habe sie seine Gedanken mitangehört. Ihre grünen Augen strahlten ihn an. Sie hob die Zeichnung von ihrem Schoß hoch und zeigte sie ihm. Sie seufzte.

»Ich will deine ehrliche Meinung hören. Scheußlich, oder?«

Traurig sah sie ihn an.

Der Bub besah sich die Zeichnung genau.

Scheußlich? Wie konnte die Prinzessin nur so etwas denken? Es war grandios!

Der Bub lächelte. »Sie sind zu bescheiden, Fräulein. Diese Zeichnung ist wohl gar noch viel besser als jene von Michelangelo! Ich hoffe, Sie werden sie nicht auch ins Feuer?«

Die Prinzessin schaute ihn überrascht an.

»Michelangelo? Na, ich weiß nicht. Selbst wenn die Zeichnung nicht scheußlich wäre, so wäre diese aber bei Weitem nicht so genial wie die von Michelangelo.« Die Prinzessin sah sich nun ihre Zeichnung genau an.

»Wenn Sie nun auch noch mit dem Schreiben anfingen, dann wären Sie eine Michelangela«, sprach der Bub und lachte.

Die Prinzessin schaute verdutzt. »Schreiben? Michelangelo?«

Der Bub nickte. »Ja, er hat auch Geschichten geschrieben. Aber da er sie für so scheußlich hielt, warf er sie allesamt ins Feuer, wie auch Teile seiner Zeichnungen.«

»Oh.« Die Prinzessin sah betrübt zu Boden.

Eine Stille trat ein, die nur erfüllt war von Vogelgezwitscher und dem Summen der Bienen und Hummeln.

»Bei diesem Duft nach blühenden Blumen und die milde Luft und das Vogelgezwitscher bekommt man ja Frühlingsgefühle«, kicherte die Prinzessin und hielt sich verlegen die Hand vor das Gesicht.

Der Bub sah hier seine Gelegenheit. Er schluckte. Er wusste nicht, wie er anfangen sollte.

Und doch musste er sich beeilen, sonst war die Gelegenheit weg. Und noch ehe er etwas sagen konnte, sprang die Prinzessin auch schon auf und rief: »Komm, wie gehen ein wenig spazieren. Es ist mein Wunsch zu meinem Wiegenfest.«

Sie lächelte den Buben an.

Er schluckte. »Sehr wohl, Fräulein. Ihr Wunsch ist mir Befehl.«

Er stellte sich auf die Beine und lief neben ihr her.

»Du benimmst dich wie ein Bediensteter, aber du bist wie ein Bruder für mich und ein Sohn für meine Eltern. Du kannst uns ganz locker ansprechen und behandeln. Das sage ich dir schon seit fünf Jahren!« Die Prinzessin lachte.

Der Bub lächelte, obwohl ihn der Satz *du bist wie ein Bruder für mich* mitten ins Herz traf. »Ich weiß, Fräulein. Aber ich habe viel zu großen Respekt vor Euch, als dass ich mich dazu erdreisten könnte, so mit Euch zu sprechen. Ich bin nicht königlich wie Ihr es seid, ich habe dreckiges Blut.«

Traurig sah er zu Boden. »Ich weiß wo mein Platz in der Gesellschaft ist und ich akzeptiere es.«

Mit angespanntem Kiefer ging er weiter. Die Prinzessin jedoch blieb neben ihm stehen. »Was redest du da? Wir sind ebenbürtig! Und dreckiges Blut? So etwas gibt es nicht! Ich weigere mich, so von dir zu denken!« Sie kam auf ihn zu und schlang ihre Arme um ihn. »Ich habe dich sehr, sehr gern. Egal was passiert.« Das rührte den Buben sehr und sein Herz hüpfte in seiner Brust. Erneut sog er tief den Geruch von Lavendel ein, der an der Prinzessin haftete, als auch rings um den Garten prächtig blühte und seinen harmonischen und beruhigenden Duft ausströmte.

Eine Weile standen der Bub und die Prinzessin umschlungen da und der Bub wünschte, es würde niemals aufhören. Aber nach einigen Minuten löste sich die Prinzessin von ihm, lächelte ihn an und sprach: »Alles wieder gut?«

Der Bub nickte. »Ja.«

Die Prinzessin lachte. »Fein.« Dann nahm sie seine Hand, legte sie in ihre und so spazierten sie Hand in Hand durch die Flora ihres Palastes. Der Bub wusste gar nicht wie ihm geschah, als er ihre Hand in seiner spürte. Ihre zarten schlanken Finger, ihre Wärme, ihre Nähe.

Er wollte ihr unbedingt sagen, was er fühlte.

Aber der Satz, er sei wie ein Bruder für sie, machte ihn wieder mutlos.

So schritten sie, bloß wie ein junges Pärchen aussehend, durch die Frühlingslandschaft und hin und wieder schenkte die Prinzessin dem Buben ein herzliches Lächeln.

So spazierten sie ein Stündchen durch den Palastgarten und sprachen über Gott und die Welt.

Wie Seelenverwandte kannten und verstanden sie einander. Sie lachten gemeinsam, sie weinten gemeinsam, sie spielten gemeinsam, sie wurden gemeinsam erwachsen. Obwohl der Bub wusste, dass er eigentlich nicht an des Prinzessin Seite gehörte, hoffte er doch inständig, ihr Bräutigam zu werden. Ihr Ehegatte. Ihr König. Ihr Beschützer. Auf ewig.

Und doch, so ahnte er voller Pein, würde die Etikette wollen, dass die Prinzessin einen reichen Edelmann heiratet, damit das Königreich und sein Reichtum bestehen blieben.

Und dies würde auf gar keinen Fall mit dem armen Buben geschehen … Wäre er doch nur ein Mann von Adel, Ansehen und Reichtum! Dann würde die Prinzessin ihm gehören. Das machte den Buben sehr traurig und ihm wurde sehr weh ums Herz.

Was nützte es, der Prinzessin zu sagen, was er fühlte, was nützte es, ihr nahe zu sein und sie zu verstehen, wenn er sie doch nie haben konnte wie eine Braut? Was nützt Seelenverwandtschaft, wenn man entzweit wird und nie zusammen sein kann?

So schritt der arme Bub mit schmerzendem Herzen neben der heiteren Prinzessin her, ihre Hand noch immer in seiner und auf einmal hörten beide jemanden rufen: »Was tut ihr da? Das ist gegen die Etikette!«

Erschrocken drehten sich beide zu dieser Stimme um und erblickten – den Vetter! Groß, schlank und wie ein Edelmanne gekleidet stand er vor ihnen. Sein Gesichtsausdruck war ernst.

Sofort löste die Prinzessin ihre Hand aus der des Buben, was ihn schwer enttäuschte, und lief freudig auf ihren Vetter zu. Sie schlang ihre Arme um ihn, was dieser nur widerwillig über sich ergehen ließ.

Wie gut er es hat, dachte der Bub. Und er weiß es nicht mal zu schätzen.

Hasserfüllt sah der Vetter auf den Buben. »Ihr habt Händchen gehalten, wie ich gesehen habe?

Warum?«

5.

5.November 2016 – KINDERHEIM/SCHLOSSHOTEL, SCHWARZWALD

Lavinia hielt den Brief ihrer Eltern in der Hand. Ihr Herz schlug schnell. Sie wagte kaum diesen zu öffnen und zu lesen. Karl sah sie gespannt an. Auch sein Herz schlug schnell. Einzig und allein die Hexe sah beide unbeeindruckt an und fragte sich innerlich, weshalb Lavinia so lange brauchte, um den Brief zu öffnen und zu lesen. In ihrem Geiste schubste sie sie regelrecht dazu, ihn zu lesen. Sie konnte diese Stille nicht ertragen. Würde Lavinia nicht endlich den Brief öffnen, so dachte die Hexe bei sich, dann würde sie ihn aus der Hand reißen und schreien.

Sie seufzte leise.

Dann entfaltete Lavinia endlich den Brief und atmete tief ein und aus. Dann begann sie, ihn zu lesen. Es waren zwei dicht beschriebene Seiten und Lavinia sog jedes einzelne Wort auf, um genau zu verstehen, was ihre Eltern ihr sagen wollten.

Es war unfassbar.

Lavinia atmete schwer. Dann blickte sie, nachdem sie

den letzten Satz und die lieben Grüße ihrer Eltern gelesen hatte, vom Brief auf. Sie wandte ihr Gesicht Karl zu. Mit großen Augen sah sie ihn an, der sie erwartungsvoll anschaute. »Und?«, wollte er wissen. »Was steht da? Was ist mit deinen Eltern passiert?« Gierig nach der Antwort starrte er Lavinia an. Diese war noch zu geschockt, um zu begreifen und es angemessen in Worte zu fassen. Sie konnte kein Wort herausbekommen.

Karl sah schließlich zur Hexe, die genervt dem ganzen Schauspiel zuschaute. »In dem Brief steht drin, dass Lavinias Eltern vor einem Mörder auf der Flucht waren. Daher mussten sie Vorsorge treffen und ihre Tochter – wenn der Mörder ihre Eltern doch zu fassen bekäme – in einem Heim in Sicherheit bringen«, beantwortete die Hexe Karls fragenden Blick.

Dieser starrte sie nun noch verwirrter an.

»Auf der Flucht? Vor einem Mörder? Wieso das denn?« Ihm stand die Verwirrung sichtlich ins Gesicht geschrieben.

»Weil Lavinias Familie einer alten adligen Familie entstammt. Dem Adelsgeschlecht der Normandells von Lörrach. Lavinia ist die letzte Nachfahrin dieses Geschlechts und ihre Familie wurde Jahrhunderte lang gejagt. Man sagt, ihre Familie bewahre ein großes Geheimnis und viele Schätze irgendwo versteckt. Jeder, der geldgeil ist würde diesen Leuten hinterherjagen. So war es all die Jahrhunderte. Und so war es auch bei Lavinias Eltern.« Die Hexe klang gelangweilt, als sie dies erzählte. Als würde ihr diese Geschichte jeden Tag begegnen und sie inzwischen zu Tode langweilen.

Karl riss die Augen weit auf. »Adlig?« Er starrte Lavinia fassungslos an. Diese starrte genauso fassungslos zurück. Sie bekam einfach kein Wort über die Lippen.

»Aber stimmt das mit dem Geheimnis und den Schätzen?«, wollte Karl weiter wissen. Die Hexe zuckte mit den Schultern. »Kann ich Ihnen nicht sagen, ich weiß davon nichts. Nach all der Zeit halte ich es inzwischen für immer unwahrscheinlicher.« Sie rümpfte abfällig die Nase.

Karl atmete tief durch. »Wo sollen wir anfangen danach zu suchen?«

»Steht in dem Brief«, schloss die Hexe und räusperte sich dann ächzend. »Schön, das war´s. Ich muss weitermachen. Das ist alles, was ich für Sie tun kann. Alles Gute.« Sie drängte Karl und Lavinia hinaus und schlug die Türe hinter ihnen mit einem lauten Knall zu.

Draußen standen Karl und Lavinia nun völlig verdattert da und Lavinia musste immer und immer wieder den Brief anschauen und genau nachlesen, ob das, was die Hexe ihnen da gerade erzählte, auch wirklich stimmte.

Lavinia konnte nicht glauben, was da stand:
Adelsgeschlecht Normandell von Lörrach.
Sie, Lavinia Normandell, war also Gräfin!
Lavinia Gräfin Normandell von Lörrach.
Unfassbar.

»Also konnten meine Eltern diesem Mörder nicht entkommen«, flüsterte Lavinia melancholisch.

Karl sah sie traurig an. Er schüttelte den Kopf. »So wie es aussieht wohl nicht.« Er fühlte mit ihr. Sie schniefte.

»Na gut, dann müssen wir uns auf die Suche nach diesem großen Familiengeheimnis und die Schätze machen«, entgegnete sie und zeigte mit dem Zeigefinger auf die Adresse in dem Brief.

»Schlosshotel Waldlust«, sagte sie. »Dort stand früher, im 13. Jahrhundert, der große Palast meiner Familie. Den Normandells von Lörrach. Im letzten Jahrhundert wurde dort dieses Schlosshotel gebaut, nachdem etliche Kriege in den letzten Jahrhunderten den Palast mehr und mehr zerstört und meine Familie von dort vertrieben haben. In diesem Schlosshotel soll es spuken. Angeblich sollen dort einige meiner Verwandte hausen und die Gäste erschrecken.« Lavinia musste kichern. Karl stöhnte. »Na toll, hast du eine nette Familie!«

Lavinia grinste. »Tja, so sind wir eben. Immer für

einen Spuk gut.«

Karl lachte. »Ich wusste schon immer, dass deine Verrücktheit einen Ursprung haben muss, Livi!«

Beide lachten.

»Na komm«, sagte Karl, »gehen wir erstmal was Leckeres essen und dann fahren wir weiter … zu diesem Spukschlosshotel.«

»Gute Idee«, sagte Lavinia und so gingen sie und Karl zurück in die Innenstadt, fanden bald ein gutes Restaurant und genossen zunächst die Mittagspause mit einer leckeren Mahlzeit.

Etwa eine Stunde später gingen sie zu ihrem Auto zurück und fuhren zu der Anschrift, die Lavinias Eltern in dem Brief hinterlassen hatten. Je näher sie dem Schlosshotel kamen, desto dunkler wurde es. Als sei alles Leben aus der Gegend gezogen worden.

Karl fuhr langsam das Auto näher an das Spukhotel heran. Sie mussten durch den Wald fahren und kamen schließlich an einem Schild vorbei, auf welchem »Schlosshotel Waldlust« stand.

Hier müsste es also sein.

Karl bog in die Auffahrt des Schlosshotels ein und blieb mit dem Auto in einiger Entfernung stehen. Lavinia und

Karl steckten ihre Köpfe aus dem Autofenster und sahen hinauf. Groß und weiß war das Hotel gehalten. Von außen wirkte es kaum wie ein Spukhotel. Es besaß einige Balkone und viele Giebel, die das Haus abstützten und wohl auch zusammenhielten. Wahrscheinlich gab es auch drinnen mehrere Säulen, die das Gebäude stützten.

Karl und Lavinia stiegen aus dem Auto aus und traten näher an das Schlosshotel heran. Sie erkannten, dass das Weiß des Hauses inzwischen durch Wind und Wetter verschmutzt worden war und so recht heruntergekommen aussah. Sie traten um das Gebäude herum, um zu sehen, wie groß es tatsächlich war. Aus der Vorderansicht würde man nicht meinen, dass es besonders groß wäre. Doch als sie herumschritten erkannten sie, dass es doch eine beachtliche Größe besaß. Der untere Teil des Schlosshotels war aus braunen Steinen gefertigt und erinnerte an ein Fachwerkhaus. Alles in allem konnte es doch schon gruslig werden, dachte sich Lavinia, wenn man den Hintergrund kennt, dass es dort tatsächlich spuken soll.

Karl besah sich alles mit Skepsis und doch ernsten Gesichtszügen. »Ein wirklich schönes Haus«, bemerkte er. »Ich würde nicht unbedingt darauf kommen, dass es hier spuken soll. Aber vielleicht haut mich ja sein Innerstes um?« Er sah zu Lavinia.

»Vorausgesetzt man kommt hinein«, gab sie zurück und beide gingen wieder zum Vorderteil des Hauses, um sich die Eingangstüre anzusehen.

Lavinia seufzte bei dem Anblick. »Dachte ich mir schon: Es ist nicht geöffnet. Eine Kette mit Schloss hängt daran. Wie sollen wir nun reinkommen?«

Karl seufzte nun auch. »Auf rechtlichem Wege wohl gar nicht«, sagte er. Lavinia sah ihn verwirrt an. »Soll heißen? Etwa einbrechen?« Sie sah ihn entrüstet an.

Karl zuckte mit den Schultern. »Naja, wenn es niemandem mehr gehört, dann ist es, meiner Kenntnis nach, kein wirkliches Einbrechen, oder?«

»Sagt der Rechtsanwalt!«, entgegnete Lavinia belustigt.

»Ja gerade deswegen, Livi! Ich kenne die Rechtslage!«, verteidigte sich Karl.

Lavinia sah ihn misstrauisch an. »Hört sich für mich nicht legal an, was du da sagst. Obwohl es ja im Grunde schon jemandem gehört: mir!«

Triumphierend sah sie Karl an. Dieser verzog das Gesicht. »Nein, Livi, wirklich gehören tut es dir nicht. Wenn es der alte Palast deiner Ahnen wäre, dann vielleicht schon. Aber dieser Bau hier gehörte niemals deiner Familie.«

Lavinia sah ihn enttäuscht an. »Ja und nun?«

Karl seufzte laut. »Wie gesagt, man könnte zusehen, wie man das Schloss öffnet, ohne es zu beschädigen.«

»Du willst das wirklich tun?«, fragte Lavinia vorsichtig.

»Wenn ich nichts beschädige und wir eine gute Ausrede parat haben, wenn uns doch jemand erwischt, dann kann eigentlich nichts dagegensprechen.«

Karl sah Lavinia herausfordernd an. Diese zögerte. »Na ich weiß nicht«, gab sie leise zurück.

Karl trat näher an das Schloss heran und bemühte sich es mit einem seiner Schlüssel zu öffnen. Haustürschlüssel, Autoschlüssel, Fahrradschlüssel, Kellerschlüssel. Nichts ging. Dann fand er einen alten Draht auf dem Treppenabsatz liegen den er nahm und probierte. Er drehte und zog es im Schloss herum, aber auch dann tat sich nichts.

Es hatte keinen Zweck.

Lavinia wurde ganz ungeduldig. »Wie soll ich dann je auf das Geheimnis meiner Familie stoßen, wenn ich niemals reinkomme?«, jammerte sie.

Karl seufzte und drehte sich zu ihr um.

»Besser wir fahren wieder zurück. Im Stadtarchiv lässt sich vielleicht etwas sagen zu dem Haus, seinen Besitzern, dem Erbauer, an wen man sich wenden kann.« Er kam auf Lavinia zu, die nun nickte. »Ja, gut. Super Idee.«

Gemeinsam gingen sie wieder zurück zum Auto und fuhren wieder in die Innenstadt von Freudenstadt. Dort suchten sie das Stadtarchiv.

6.

1204 n.Chr., SCHWARZWALD, HEILIGES RÖMISCHES REICH

Die Prinzessin lachte. »Ach, das war doch nichts! Wir sind eben Freunde. Es hatte keine weitere Bedeutung.«

Diese Worte trafen den Buben hart.

Der Vetter sah skeptisch drein. »Soso.«

Er war inzwischen ein echter Jüngling geworden mit leichtem Bart und tiefer Stimme. Er tat, als habe er bereits Macht über das Land und seine Bewohner.

»Kommst du etwa wegen meines Wiegenfestes, lieber Vetter?«, fragte die Prinzessin erfreut.

Der Vetter lächelte kühl. »Ja, in der Tat. Und auch, da der König und die Königin etwas verkünden wollen. Von höchster Wichtigkeit. Wir möchten uns zu Mittag alle im Salon einfinden.«

Die Prinzessin lachte heiter. »Was wünschen Mutter und Vater denn?«

Gespannt sah sie ihren Vetter an. Der jedoch verzog keine Miene. »Wenn wir hingehen, werden wir es, so nehme ich an, erfahren.«

Herablassend sah er den Buben an. Der wiederum schaute kühl zurück und ließ sich nichts anmerken.

*   *   *

Als die Prinzessin, der Vetter und der Bub in den Salon traten, erwartete sie bereits der König und die Königin. Freudestrahlend sahen sie dem Vetter entgegen, wie er in Begleitung ihrer Tochter hereintrat. Jeder bekam sodann ein Glas mit Spirituosen darin vom Diener serviert. Dies wunderte die drei jungen Leute sehr. Worum es wohl ging? Es schien ein sehr festlicher Anlass zu sein. Ob es wohl nur des Wiegenfestes wegen war?

Sofort ergriff der König das Wort: »Meine Lieben. Heute – am vierzehnten Wiegenfest unserer lieben und wunderschönen Tochter – möchte ich dies ebenso zum Anlass nehmen, eine große Freude zu verkünden. Die Königin und ich haben uns beraten und finden den Entschluss als das Beste, was uns je widerfahren könnte.«

Alle sahen sich gespannt an und der Bub befürchtete das Schlimmste.

Der König und die Königin sahen einander lächelnd

an. So fuhr der König fort: »Da auch mit unseres Tochters Vetter so abgesprochen, gebe ich hiermit voller Freude offiziell die bevorstehende Vermählung unserer Prinzessin mit ihrem Vetter, dem Prinzen, bekannt!«

Er und die Königin hoben das Glas.

Dem Buben riss das Herz entzwei.

Die Prinzessin sah ihre Eltern ungläubig an, während der Vetter sie leicht lächelnd anschaute.

»Aber …«, stammelte die Prinzessin. Der Bube sah sie erwartungsvoll an. »Aber … ich liebe ihn doch gar nicht.«

Dem Buben wurde leichter ums Herz.

Der Vetter lachte leise. »Ich dich doch auch nicht.«

Der König und die Königin lächelten einander an. »Das haben deine Mutter und ich anfangs auch nicht. Das wird mit der Zeit. Hier geht es aber um etwas viel Größeres und Bedeutenderes als die Liebe. Der Erhaltung unseres Königreiches und auch der Aristokratie.« Der König hob das Glas.

„Auf euch!"

Alle prosteten einander zu.

Der Vetter blickte siegessicher zum Buben, der mit versteinerter Miene dastand, das Glas feste umklammert hielt. Dieser erinnerte sich an die Worte des Vettern vor fünf Jahren. Er schluckte. Der Bub konnte es nicht fassen, dass man seine Liebste an einen Mann weggab, den sie nicht liebte und der wiederum sie nicht liebte, nur, um ein Königreich und den Adel zu erhalten, anstatt sie mit einem Manne zu vermählen, der für sie quer durch die Hölle und wieder zurück laufen und mit dem Teufel höchstselbst sich bekriegen, wenn nicht sogar ihm seine Seele für sie verkaufen würde!

Hanebüchen!

Mit noch festerem Griff umklammerte er sein Glas und bemühte sich gleichsam, es nicht kaputt zu brechen.

Er umfasste es so feste, wie auch die Ketten sein schmerzendes Herz umfassten.

Ein herzkalter Steinblock würde seine Liebste heiraten, sie womöglich ignorieren, regelmäßig anschreien, wenn nicht gar schlagen! Diesem Vetter mit seiner herablassenden und überlegenen Art war alles zu zutrauen …

Anstatt sie auf Händen zu tragen, würde er sie wohl eher fallenlassen; anstatt sie mit Liebe zu überschütten, würde er sie eher mit Befehlen, Schimpfworten und Hasstiraden bewerfen. Heiße Wut flammte in dem Buben für den Vetter auf. Das konnte er nicht zulassen, dass man seine Liebste, sein Herz, sein Ein und Alles so behandelte.

Er besah sich die Prinzessin nun genau. Der Schock dieser Verkündung saß offenbar tief. Mit versteinerter Miene starrte sie in ihr Glas, während der König und die Königin mit dem Vetter sprachen.

Der Bub fühlte mit ihr. Er konnte sich vorstellen, wie es nun in ihr aussah, wie sie sich fühlte. Eine furchtbare Ehe stand ihr bevor …

* * *

Am Abend, als der Vetter wieder abgereist war und alle in ihren Betten lagen, schlich sich der Bub aus seinem Zimmer und hin zum Schlafgemach der Prinzessin.

An der Türe angekommen, hörte er ein leises Wimmern.

Das stach ihm arg ins Herz!

Langsam öffnete er die Türe und trat hinein.

Die Prinzessin saß auf ihrem Bette, das Zimmer noch hell erleuchtet und sie weinte. Der Bub schloss die Türe und trat näher.

Sofort schrak die Prinzessin hoch und sobald sie ihren besten Freund erkannte, stürzte sie sich auf ihn und schluchzte schwer an seiner Brust.

»Alles wird wieder gut«, flüsterte der Bub beruhigend und strich ihr sanft durchs Haar. Er führte sie zurück in ihr

Bett, deckte sie zu.

»Bleib bei mir«, bat die Prinzessin mit nassen, roten Augen.

Dem Buben schmerzte dieser Anblick. Er legte sich neben sie in ihr Bett. »Wenn du es wünschst, werde ich bei dir wachen und mich um dich kümmern, dich beschützen.«

Die Prinzessin lächelte sanft. »Ja, ich wünsche es. So sehr.«

Der Bub gab ihr einen Kuss auf die Stirn und die Prinzessin kuschelte sich schutzsuchend an seine Brust.

»Ich bleibe bei dir, meine Freundin«, so sprach der Bub und es war das erste Mal seit er dort lebte, dass er sie duzte und ebenbürtig zu ihr sprach.

»Ich werde nicht eher gehen, als du mich darum bittest.« Er strich ihr liebevoll über die rote, glühende und nasse Wange.

»Also niemals?«, sagte die Prinzessin und lächelte.

Dem Buben hüpfte das Herz in der Brust.

»Genau. Niemals. Wenn du es wünschst.«

Er gab ihr nun einen Kuss auf die Wange. Die Prinzessin seufzte wohlig. »Du verstehst mich. Sonst tut das niemand. Ich danke dir.«

Nun war sie es, die ihm einen Kuss auf die Wange drücken wollte, doch in diesem Moment drehte auch der Bub sein Gesicht in ihre Richtung und so trafen ihre Lippen auf seine. Ausversehen.

    Erschrocken sah sie ihn an. Sofort wurde der Bub knallrot.

    »Oje, Verzeihung«, flüsterte sie verlegen.

    »Der sollte eigentlich auf deine Wange.«

    Beschämt verbarg sie ihr ebenso knallrotes Antlitz an der Brust des Buben. Dessen Herz machte nun viele kleine Luftsprünge und ihm war, als habe er sich nun umso bindender und stärker in sie verliebt. Diese Nähe, die er mit ihr verband, war so tief, rein und innig, dass der Bub die Prinzessin nie mehr missen wollte. Er liebte sie so sehnsüchtig, dass er sich wünschte, er wäre bloß eine winzige Haarsträhne von ihrem rotblonden Schopf. Sanft sah er die Prinzessin nun an. Ausgelöst durch warme Liebe. Diese blickte nun wieder auf zu ihm. Er liebte ihre Augen. Strahlend grün. Wenn man sich zu lange in ihnen verlor, konnte man die ganze Welt um sich vergessen. Man vergaß, wer man war, man vergaß sogar eventuell jeglichen Zorn auf diese Person und man empfand nur noch reine Wonne. Gewärmt von Liebe, als habe man eine Erscheinung eines himmlischen Wesens erhalten. Ihm war, als läge ein kleiner Engel an seiner Brust, der geradewegs vom Himmel gefallen war und er ihm nun Obdach bietet.

Glücklich sah der Bub die Prinzessin an und konnte keinen klaren Gedanken fassen. Dieser Moment der Freude, die er nun fühlte, war für sein Herz fast nicht zu ertragen. Schon bald war die Prinzessin an seiner Brust eingeschlafen und der Bub löschte das Licht. Er entschloss sich, dem Wunsch der Prinzessin nachzukommen, niemals zu gehen, sie niemals zu verlassen. Er schwor sich, diese beiden Verpflichtungen der Prinzessin, und all jene die noch kommen mögen, nicht mal dann zu vernachlässigen, wenn er im Sterben läge. Nichts sollte ihn daran hindern, seiner Liebe nahe sein zu können. Nicht einmal der Tod.

* * *

Langsam graute der Morgen, erste kleine Sonnenstrahlen warfen ihr Licht in das Zimmer der Prinzessin.

Die Bediensteten waren schon seit Stunden auf.

Im Bette der Prinzessin lagen Hand in Hand und Arm in Arm der Bub und die Prinzessin. Sanft schlummernd lagen sie da, flogen durch ihr Traumland, fern von allem Leid, allem Bösen.

Auf den Gängen vor der Türe waren Schritte zu hören.

Immer lauter wurden sie, je näher sie kamen.

Und auf einmal ging die Zimmertüre auf und das Dienstmädchen wehte herein. Da bereits so viel Licht in das Zimmer gekommen war, dass man mehr erkennen konnte durch das Dunkel, erschrak sie fürchterlich, als sie neben der Prinzessin im Bett den Buben erkannte.

Eilig wehte sie wieder hinaus und rasch hin zum König und zur Königin.

Diese konnten nicht glauben was sie da hörten! Ihre liebe, reine Tochter soll mit dem Buben in ein und demselben Bette liegen? Dem Buben, dem sie damals das Leben gerettet und Obdach geboten haben? Dem lieben und guten Jungen, der für sie wie ein Sohn war? Und ausgerechnet dann, wenn die Prinzessin mit einem anderen Mann so gut wie vermählt war?

Schnellen Schrittes liefen die Königin und der König zum Schlafgemach ihrer Tochter, vorneweg das Hausmädchen und die oberste Hausdame.

Mit einem Schwung warf diese dann die Zimmertüre auf und sogleich schrak der Bub vom Schlafe hoch.

Der König und die Königin erschraken sehr bei diesem Anblick.

»Grundgütiger!«, entfuhr es dem König. »Was hast du mit meiner Tochter zu schaffen, Bengel?

Was hast du in ihrem Bett zu suchen? Nun rede schon!«

Dem Buben verschlug es die Sprache. Er hatte immerhin nichts Unanständiges im Sinn gehabt. Nur reine, wahre Liebe. Vom Grunde seines Herzens. Nichts war geschehen und es sollte auch nichts geschehen.

Sofort trat der König voller Zorn zu ihm und riss diesen unsanft aus dem Bett seiner Tochter.

Diese schien einen gesegneten und sehr tiefen Schlaf zu haben, denn nicht mal ein Wimpernzucken oder ein Geräusch von ihr war zu vernehmen. Sanft und in gleichmäßigem Rhythmus hob und senkte sich ihr Brustkorb und die Augenlider blieben fest geschlossen.

Der König stieß den Jungen auf den Korridor hinaus, vor das Zimmer der Prinzessin, und sah diesen voller Zorn an. Sofort schloss die Hausdame die Zimmertüre hinter sich, um die schlafende Prinzessin nicht zu wecken, aufdass sie nicht teilhaftig würde an diesem nun folgenden Drama.

Allesamt standen sie nun im Korridor.

»Verzeiht mir, Hoheit«, so sprach der Bub mit zittriger Stimme. »Ich habe nichts Unanständiges getan und ich hatte nichts Derartiges vor. Eure Tochter und ich sind sehr enge Freunde – Seelenverwandte gar! Sie war traurig wegen der Verlobung und ich habe sie getröstet. Es ist nichts passiert.

Aber es ist wahr, ich liebe Eure Tochter, Hoheit.«

Der Junge sah den grimmig dreinschauenden König schmerzverzerrt an.

Die Königin sah erschrocken aus.

Der König trat näher. »So, mein Junge. Jetzt werde ich mal etwas klarstellen. Wir sind Könige, wir müssen uns an Etikette und Tradition halten.

Davon weißt du selbstredend nichts. Wen unsere Tochter heiratet und wen nicht entscheide ich allein! Es muss rasch ein männlicher Thronfolger her. Dafür muss die Prinzessin schnell verheiratet werden, vorrangig mit jemandem auch aus königlichem Hause. Und du mischst dich da nicht ein. Damals haben wir dich nur deshalb hier behalten, weil du beinahe gestorben wärst und weil du ein Waisenkind warst. Aufgrund unserer Güte konntest du leben wie ein Prinz. Wir gaben dir alles.

Und nun? Ist **das** nun der Dank dafür? Dass du unsere Tochter verführst?«

Der Bub wurde knallrot. Er schüttelte heftig den Kopf. »Nein, Hoheit. So hört doch: Ich habe nichts Unanständiges getan! Ich liebe Eure Tochter, ja. Aber rein und wahr! Ich bin kein Streuner!«

Verzweifelt sah er vom König zur Königin.

»Was ich soeben gesehen habe, reicht mir«, zischte

der König. »Wollen wir Gott inständig anflehen, dass nichts passiert ist und dass kein uneheliches Kind entstanden ist und die Vermählung normal stattfinden kann.«

Der Bub wurde immer verzweifelter.

Der König wandte sich an die Hausdame:

»Sperren Sie den Jungen bitte in sein Zimmer ein. Er darf nicht mehr ohne Begleitung hinaus. Und er darf vor der Hochzeit kein Wort mehr mit der Prinzessin wechseln, sie nicht mehr sehen. Das Essen wird drei Mal am Tag auf sein Zimmer gebracht. Wenn in einem Jahr die Hochzeit vorbei ist, darf er wieder raus. Nicht früher. Haben Sie mich verstanden?«

Die Hausdame nickte und knickste daraufhin.

»Jawohl, Eure Hoheit.«

Der Bub keuchte. Das konnte nicht wahr sein!

Er musste sie verlassen, vergessen, ein ganzes Jahr nicht zu ihr?

Wie sollte er das nur überstehen? Sein Herz brannte wie Feuer, heiße glühende Kohlen bohrten sich durch sein Fleisch. Heißes rubinrotes Blut quoll ihm aus dem Herzen, schien es zu verdorren. Zu vertrocknen.

Voller Pein dachte der Bub an ein ganzes Jahr ohne sie. Ohne seine Liebste. Ohne ihre großen grünen Augen, die ihn anlachten. Ohne ihr heiteres melodiöses Lachen, das ihn immerzu fasziniert und aufgemuntert hatte. Ohne ihre Zeichnungen, die er so bewundert hatte. So gefesselt. Ein ganzes Jahr ohne die andere Hälfte seines Herzens. Ein gesamtes Jahr sollte er nur mit der einen Hälfte leben …

Panisch dachte der Bub nach, hoffte, einen Ausweg zu finden.

Und schon packte der König den Jungen und riss ihn vom Korridorboden hoch. Dieser wehrte sich durch Schreie, Strampeln und dem Rufen nach der Prinzessin.

Doch nichts half.

Der König schleppte ihn in sein Zimmer und warf ihn auf dessen Bett. »Ich bin der König und du wirst mir ab sofort gehorchen!«, sprach dieser mit Ernst und Wut.

Dann wandte er sich zur Hausdame: »Sehen Sie allstündlich nach ihm, falls er etwas benötigt. Ich will ihn ja nicht umbringen« – und an den Buben gewandt – »obwohl ich gerade nicht minder Lust dazu hätte.«

Die Hausdame knickste.

Sogleich verschwanden alle hastig aus dem Zimmer und der Bub hinterher. Doch die Hausdame war schneller und schon fiel die Türe ins Schloss. Er war nun eingesperrt. Ein Gefangener. Für ein ganzes Jahr. In seinem eigenen Zimmer …

* * *

»Wo ist er?«, sprach die Prinzessin schluchzend. »Wo?«

Die Königin lächelte ihre Tochter sanft an.

»Wir haben uns alle in ihm getäuscht, meine Kleine. Er ist mitten in der Nacht aufgebrochen und hat nicht einmal eine Notiz hinterlassen. Nicht einmal einen Dankesbrief für all das, was wir ihm gaben. Er ging einfach fort. Es tut mir sehr leid, dass er dir so wehgetan hat. Aber bald wirst du heiraten und du vergisst ihn rasch.« Sanft strich die Königin über die Wange ihrer Tochter. Dessen Augen füllten sich nun mit Tränen.

»Fort? Aber wieso? Nein, das ist nicht wahr!

Das würde er nie tun! Er hat es mir versprochen! Er hat versprochen, niemals zu gehen.

Nie! Versprochen, verstehst du?«

Sie schrie es fast.

Die Königin nickte ernst. »Ja. Und dennoch, er ist fort.«

Die Prinzessin weinte nun bitterlich.

»Wieso? Wieso, Mutter? Wieso tut er sowas? Gestern war er so lieb zu mir, hat mich getröstet! Wieso tut er das? Was habe ich ihm denn getan?«

Eine Flut heißer Tränen rann des Prinzessins Wange hinab. Sie saß aufrecht in ihrem Bett, die Königin hockte auf der Bettkante.

»Ich weiß es nicht, Schatz. Es ist wie es ist.

Du hast nun einen Gemahl. Er wird heute zum Dinner zu uns kommen. Dann besprechen wir die Hochzeit. Daran sollten wir jetzt denken. Es gibt Pflichten zu erfüllen, meine Tochter, vergiss das nicht. Könige sein, das bedeutet Herrschen. Gefühle unterdrücken. Tun, was rechtens ist.«

Die Königin sah die Prinzessin ernst an.

Diese jedoch blickte ausdruckslos zurück.

»Trockne deine Tränen und dann wirst du angekleidet.«

Die Königin stand vom Bett auf und verließ das Zimmer. Sobald sie die Türe hinter sich geschlossen hatte, brach sich die Tränenlawine erst recht Bahn über das ganze Antlitz der Prinzessin.

Oh, wie sie den Buben nun verabscheute!

Wie konnte er nur so etwas tun? Wie konnte er nach all den Jahren, nach all den Jahren der Zweisamkeit, der Geschwisterlichkeit, der Vertrautheit, einfach ohne ein Wort des

Nachts entschwinden?

    Welcher Mensch würde so etwas nur tun?

    Warum war er so grausam? Warum zerriss er ihr gerade jetzt das Herz, wo man es ohnehin zertrampelte und für ein Leben in der Hölle vorbereitete? …

7.

5. November 2016, FREUDENSTADT (SCHWARZWALD)

Am Rathaus in Freudenstadt angekommen, eilten Karl und Lavinia ins Gebäude. Nachdem sie nach einer Weile der Suche das Stockwerk des Stadtarchivs ausfindig machen konnten, klopften sie schließlich an die Türe.

Montags, mittwochs und freitags war das Stadtarchiv geöffnet. Heute jedoch war Samstag. Ob dennoch jemand öffnete?

Eine Dame öffnete schließlich die Türe und lächelte sie freundlich an.

»Was kann ich für Sie tun? Heute haben wir eigentlich nicht geöffnet.«

Karl räusperte sich. Die Dame war sehr schön.

»Ja, naja. Entschuldigen Sie bitte. Aber, meine Begleiterin Frau Normandell und ich hätten gerne Zugriff auf Ihr Archiv. Wir suchen Dokumente zum Schlosshotel Waldlust und wem es früher gehört an.

Es ist eine Familienangelegenheit und sehr dringend.«

Die Dame nickte zustimmend. »Ja, gerne. Ausnahmsweise. Kommen Sie herein.«

»Haben Sie vielen Dank.« Karl und Lavinia betraten das Zimmer des Stadtarchivs und wurden von der Dame zu einem Regal geführt.

»Hier haben wir alle Dokumente ab 1900«, erklärte sie und zeigte auf das Regal. »Sie können gerne darin stöbern. Aber bitte gehen sie sorgfältig damit um, es sind unersetzliche Schätze.«

Karl und Lavinia nickten. »Ja natürlich. Vielen Dank«, sagte Karl und Lavinia merkte, wie er ein klein wenig rot geworden war, als die Dame ihnen die Türe öffnete.

Lavinia zog es das Herz zusammen. Aber warum?

Karl räusperte sich erneut und die Dame ließ beide allein. »Gut«, setzte Karl an, »dann wollen wir mal stöbern.«

Er durchforstete die Regale und zog ein für ihn vermeintliches Büchlein mit Informationen drin heraus. Er schlug es auf und sofort fiel ihm ein Zeitungsartikel in die Hände, welches das Schlosshotel Waldlust skizzierte. »Hier«, sagte er und hielt es Lavinia hin. »Ich hoffe, was Interessantes für uns.«

Lavinia überflog den Artikel und nickte. »Ja, das könnte für uns interessant sein.« Sie begann vorzulesen: »Das Ende des 19. Jahrhunderts erbaute und 1902 eröffnete Grand Hotel »Waldlust« wechselte immer und immer wieder seine Besitzer.

Es ist nun seit zehn Jahren unbewohnt und verwaist. Einzig die Hausgeister sollen nur noch dort leben. Aufgrund der Legende, die besagt, dass die einstige Königin, deren Palast dort im 13. Jahrhundert gestanden hat, im Hotel herumspukt und keinen Frieden findet, zieht es nur noch einzelne Menschen an, die einen Nervenkitzel suchen oder der Kunst wegen an dem Gebäude interessiert sind.

Im damaligen Heiligen Römischen Reich befand sich auf dem Gelände ein immenser Palast, in dem die alte Adelsfamilie Normandell von Lörrach seit Jahrhunderten lebte. Mitte des 18. Jahrhunderts war dann der Letzte des Clans vollständig von dort verschwunden. Beide Weltkriege hatten den Palast anschließend so zerstört, dass er nicht mehr zu restaurieren war. So befand man, dort, wo der immense Königspalast einst gestanden hatte, ein Schlosshotel zu erbauen; im Andenken an die Königsfamilie und ihrer königliche Herrschaft hier im Schwarzwald. So entstand das weltberühmte Schlosshotel Waldlust, das so häufig in der Vergangenheit durch illustre Gäste wie Mark Twain, J.D. Rockefeller, Gerhard Hauptmann, Douglas Fairbanks, Mary Pickford sowie den Prince of Wales, König Gustav V. von Schweden und weiteren Fürsten, Sultanen und Königen gut besucht war. Ebenso wurde hier bereits Filmgeschichte geschrieben. Seit seiner Schließung vor zehn Jahren versucht seitdem ein ehrenamtlicher Verein seinen Verfall so gut wie möglich aufzuhalten.«

Lavinia sah Karl an, der gespannt zuhörte. Ernst sah er sie an.

»Wahnsinnsgeschichte«, bemerkte er interessiert und Lavinia nickte. »Ja, in der Tat. Aber wir müssten noch mehr herausfinden, am besten vom 13. Jahrhundert. Warum im Schlosshotel die einstige Königin spukt, wieso sie das macht. Wurde sie ermordet oder weswegen ist sie dort? Was ist genau geschehen? Dem müssen wir noch auf den Grund gehen.« Lavinia sah sich suchend im Zimmer um. »Gibt es hier keine Regale vom 13. Jahrhundert?«

In dem Moment trat wieder die Dame hinzu.

Sie kam vorsichtig hinzu und sah Lavinia an, als habe sie sie schon einmal gesehen. Karl wunderte sich über ihr Verhalten.

»Entschuldigen Sie«, begann die Dame , »aber … Sie sagten doch eben, dass Sie Normandell heißen, richtig?«

Lavinia sah Karl verwirrt an. »Ja, das ist richtig. Warum?«

Die Dame schluckte. »Wie Sie schon herausgefunden haben, wie ich hören konnte, lebte hier einst die Adelsfamilie Normandell von Lörrach.

Darf ich fragen, ob Sie mit ihnen verwandt sind?«

Lavinia lächelte. »Ja, das ist richtig. Ich bin mit genau dieser Familie verwandt. Das weiß ich aber erst seit wenigen Stunden.« Etwas verlegen sah sie erstmal zu Boden und dann zu Karl.

Die Dame war sprachlos. Sie schien nach Worten zu suchen. Mit großen Augen sah sie Lavinia an. »Das ist ja unfassbar!«, brachte sie schließlich hervor. »Alle glaubten, die Familie sei ausgestorben. Im 18. Jahrhundert wurde der Letzte der Familie hier gesehen, danach wurde nie wieder davon geredet. Wo waren Sie solange?« Sie trat näher an Lavinia heran.

Diese war so viel Aufmerksamkeit – schon gar keine positive – gewohnt und zögerte. »Ähm, naja. Wie gesagt, ich habe erst vor wenigen Stunden von meiner Vergangenheit erfahren. Ich bin als Waise in einem Kinderheim aufgewachsen und bin mit achtzehn von dort geflohen. Ich habe mir woanders, in Todtnau, ein neues Leben aufgebaut, ohne zu wissen, wie sehr mich dieser Ort hier verbindet.« Sie lachte verlegen.

Die Dame starrte sie weiterhin fassungslos an. »Unglaublich«, flüsterte sie. »Wenn das die Bevölkerung erfährt! Wie schön, dass die Letzte der Nachkommenschaft der Normandells von Lörrach wieder daheim ist!« Offenbar sehr gerührt gab sie Lavinia die Hand.

»Danke Ihnen«, sagte Lavinia verlegen.

»Ähm, können Sie uns sagen, wo Sie Unterlagen aus dem 13. Jahrhundert lagern?«

Die Dame verzog das Gesicht. »So weit zurück haben wir leider kaum Unterlagen da. Die müssten eigentlich dennoch zwischen denen, die Sie bereits entdeckt haben, liegen, da sie thematisch zueinander gehören.«

»Ah, okay«, machte Lavinia und sah Karl an. Die Dame wandte sich nun auch Karl zu.

»Darf ich fragen, wer Sie sind, mein Herr? Gehören Sie auch zu den Normandells?«

Sichtlich freundlich sah sie ihn an. Dieser wurde wieder rot. »Ähm … nein, ich habe damit nichts zu tun. Wir sind nicht verwandt.«

»Nicht verheiratet oder Ähnliches?«, wollte die Dame neugierig wissen.

Karl schüttelte den Kopf. »Nein, nicht verheiratet. Total ledig«, sagte er trocken. Die Dame schien dies sehr zu erfreuen und lächelte Karl besonders süß an. Bei diesem Anblick stach es Lavinia ins Herz. Ein weiteres Mal. Aber wieso?

Sollte ihr doch egal sein, mit wem Karl flirtete. Was juckte sie das?

Lavinia fiel eine Frage ein. »Können Sie uns bitte sagen, wer dafür zuständig ist, dass man das Schlosshotel Waldlust besichtigen kann? Etwa der ehrenamtliche Verein, der in einem Zeitungsartikel erwähnt wurde?« Erwartungsvoll sah sie die Dame an, die sich nun von Karl abwandte und Lavinia –weiterhin freundlich – ansah. »Ja, wahrscheinlich wird der Verein dafür Sorge tragen. Ich weiß nicht, ob die Stadt einen Schlüssel zum dem Hotel besitzt.

Der Verein wird sich bestimmt darum kümmern.«

»Wie heißt dieser Verein, damit wir mit ihm in Kontakt treten können?«, wollte Lavinia weiter wissen.

Die Dame dachte nach. »Da muss ich mich erstmal schlau machen. Vielleicht kann ich Sie dann auch direkt telefonisch mit ihnen verbinden und einen Besichtigungstermin vereinbaren.«

Lavinia nickte. »Ja, vielen Dank, das wäre sehr nett.«

Die Dame nickte freundlich und verschwand in ihrem Büro.

Lavinia wandte sich Karl zu. Karl sah der Dame verträumt hinterher.

»Hör auf damit!«, motzte Lavinia und Karl erschrak. »Wie? Was?«

»Du sollst mit dieser dämlichen Flirterei aufhören! Wir haben eine Mission!«

Karl fühlte sich ertappt. »Ich flirte gar nicht! Mit wem

denn auch? Ich bin voll konzentriert bei der Sache!« Er verschränkte die Arme vor der Brust.

Lavinia seufzte. „»a, sicher. Unsere nächste Anlaufstelle ist der Verein. Dann kommen wir ins Hotel und vielleicht kommen wir dann langsam auch ans Ziel.«

Karl nickte. »Gut. Siehst du, wir kommen der ganzen Sache immer näher.«

Lavinia besah sich nochmal das Regal genau und bald fand sie etwas Interessantes. Es war eine Mappe mit vielen herausragenden Zeitungsartikeln und Dokumenten. Lavinia erstarrte. Sie sah zu Karl.

»Das ist es! Hier ist ein Artikel über das Königspaar!« Sie zog es aus der Mappe und las laut:

»Im Jahre 1223 lebten das Königspaar Normandell von Lörrach im großen Königspalast, wo heute das Schlosshotel Waldlust steht. Zwischen 1223 und 1225 soll die Königin Theresia Lavinia Sophia Normandell von Lörrach I. nach dem Verlust ihres Ehemannes, dem König Edmund Siegfried Wenzel Normandell von Lörrach, durch Selbstjustiz in ihrem Bett gestorben sein. Die Königin hatte einen Mord an ihrem zukünftigen Schwiegersohn, dem König Jonathan Normandell von Lörrach, in Auftrag gegeben, der fehlschlug und stattdessen ihren Ehegatten, den König, traf. Seit ihrer Selbstjustiz, so heißt es, spukt die Königin im Schlosshotel Waldlust herum und es geschehen seltsame Dinge. Zum Beispiel entstehen Geräusche, es verrücken Möbel, Bilder verändern sich, Stimmen sind zu hören. Ebenso hält sich der Mythos um die Dame vom glänzenden See sehr hartnäckig. Die Dame soll die Tochter der Königin Theresia Lavinia Sophia Normandell von Lörrach I. sein, die Theresia Lavinia Sophia Normandell von Lörrach II., die Ehefrau des König Jonathan Normandell von Lörrach. König Jonathan soll seiner Frau diesen See, der magische Kräfte besitzen soll, geschenkt haben, in dem sie täglich gebadet hat. Dieser See soll ebenso das gesamte Königreich verändert haben:

Krankheiten, Hunger, Tod, Trauer, Alter soll es laut Legende nicht mehr gegeben haben, seit der See existiert. Im alten Adelsgeschlecht Normandell von Lörrach wurde seit dem 10. Jahrhundert ein antikes Medaillon mit lateinischer Goldgravur darauf von Generation zu Generation weitervererbt.

Doch seit Ende der Herrschaft von König Jonathan und seiner Frau ist dieses Medaillon verschwunden.«

Lavinia sah Karl fassungslos an. Dieser blickte sie ernst an. »Das ist wirklich mal was!«, bemerkte er und seufzte. »Das wird ja immer merkwürdiger! Ist das hier eine Kriminalgeschichte?« Lavinia seufzte nun auch. »Es scheint so. Und woher das Medaillon kommt, wie man es öffnet und wie seine Geschichte ist, wissen wir auch noch nicht. Davon stand nirgendwo etwas.«

Sie verzog das Gesicht.

Karl sah Lavinia immer noch mit ernster Miene an. »Dann werden wir uns wohl auf eine große Suchaktion durch das spukende Schlosshotel machen müssen.«

8.

1204 n.Chr., SCHWARZWALD, HEILIGES RÖMISCHES REICH

Viele Tage zogen ins Land und schwere Tristesse überkam das früher so strahlende Königreich.

Die Prinzessin war nun ganz alleine, ihr bester Freund war fort.

Ihre Eltern verstanden sie nicht und verheirateten sie mit ihrem herzkalten Vettern.

Fortan war kein Strahlen mehr auf des Prinzessins Antlitz zu finden, kein Lachen erfüllte mehr den Palast. Herr Gram zog ein in ihr Herz …

Wie ein Geist schlich die Prinzessin durch die Korridore, kaum mehr ein Wort kam über ihre Lippen. Bleich und dürr schritt sie von Kammer zu Kammer.

Das Leben war von ihr gewichen.

Die einst so beschwingte Prinzessin war dem Tode anheimgefallen.

Ihre sonst so aufmerksamen Eltern waren nun durch die Hochzeit so abgelenkt, dass sie den langsamen Seelentod, den ihre Tochter überkam, gar nicht bemerkten.

Seit jenem furchtbaren Tage trat die Prinzessin keinen Fuß mehr vor die Türe.

Der Zauber des Gartens verlor seine Wirkung.

Auf der anderen Seite des Palastes saß, eingeschlossen, der Bub, ganz ähnlich der Prinzessin gleich tot, auf seinem Bette und starrte vor sich hin.

Sein sehnlichst liebendes strahlendrotes Herz hatte seine Nahrung verloren, das es bekam, immer, wenn es der Prinzessin nahe war. Seit vielen, vielen Tagen nun war es am Verdursten. Sein Lebenssaft vertrocknete Stück für Stück. Es schmerzte unfassbar stark in der Brust des Buben.

Voller Gram pochte es weinend darin.

Die Augen des Buben waren blutrot und nass.

Ein ganzer Ozean könnte man mit seinen Tränen füllen, so sehr weinte er um seine Liebe.

Zum einen, weil er sich nach ihr sehnte. Zum anderen, weil ihm ihr Schicksal entsetzliche Schmerzen bereitete. Und auch, weil er sich so sehr wünschte, der Vetter der Prinzessin zu sein, der sie bald ehelichte und gar nicht den Wert dieser Ehe kannte. Dem Vetter war es gleich, wen er ehelichte.

Ihm war die Prinzessin einerlei. Er befand sie nicht einmal als ansehnlich. Ihm stand nur der Sinn nach Macht und einem noch größeren Königreich.

Er hätte ebenso eine alte Dame geheiratet, nach der

bereits der Tod greift, wenn es ihm Vorteile verschaffte.

Dieses Wissen schmerzte den Buben so sehr, dass er fast nicht mehr atmen konnte.

Er legte eine Hand an seine Brust.

Sein Herz sehnte sich so sehr nach der Prinzessin, dass es ihn beinahe umbrachte.

Im Gegensatz zum Vetter wollte der Bub seine Liebste glücklich machen, ihr gut sein, nur tun und sagen, was ihr gefiel, gar sich selbst so sehr verändern, dass ihr Leben dafür umso angenehmer würde. Er wollte sie auf Händen tragen, sie beschützen, ihr dienen.

Anstelle eines Engels bekam die herzensgute Prinzessin einen Dämon zum Gemahl.

Ein Unmensch, der nur Liebe vortäuschte, der Barmherzigkeit, Milde, Güte, Sanftmut und Schutz vortäuschte, damit ein großes Königreich bestehen bleibt und so das menschliche Herz bei lebendigem Leibe in der Brust verdorrt.

So zogen die Tage und gar die Wochen dahin und eines Tages, als der König und die Königin für einige Stunden verreist waren und die Prinzessin alleine im Palaste schien, war ihr danach, im Garten zu spazieren.

Sie schritt langsam durch den Palastgarten und ein Stechen durchfuhr ihr Herz. Die Erinnerung an den Buben, ihren besten Freund, kam auf und eine Träne stahl sich heimlich aus ihrem Auge.

Unterdessen schritt der Bub mit roten, verweinten Augen durch sein Zimmer und dachte nach. Und auf einmal, mit einem kurzen Blick aus dem Fenster, sah er sie!

Von Weitem erblickte der Bub seine Liebste im Garten spazieren und sofort war er beim Fenster.

Doch er konnte es nicht öffnen! Jedoch schon ein Blick genügte und das Herz des Buben war besänftigt.

Die Prinzessin schritt näher im Garten an den Palast heran, nun genau unter dem Fenster des Buben und so konnte dieser seine Liebe noch besser anschauen. Er erkannte, dass sie ebenso geweint hatte und auch, dass sie bleich und dürr geworden war.

Das machte den Buben traurig. »Mein armer Schatz«, sprach er zu sich. Es tat ihm fürchterlich weh zu sehen, wie sehr sie litt. An der Trennung vom Buben und an der Vereinigung mit dem Vetter.

Der Bub fühlte mit der Prinzessin. Er verband sein Herzeleid mit dem ihren. So gern hätte er ihr geholfen, zumindest beigestanden.

Was konnte er nur tun?

Lange beobachtete er sie. Dann kam ihm eine Idee. Er würde, sobald er in Begleitung hinausdürfte, heimlich in ihren uns seinen Lieblingsbaum ihrer beider Namen einschnitzen, sodass die Prinzessin erfuhr, dass der Bub nicht fort war, sondern ihr ganz nah.

Ja!, dachte der Bub voll Hoffnung. So mach ich es!

Nun hüpfte sein Herz voller Lebensfreude und mit warmen Herzen beobachtete er weiter die Prinzessin, wie sie ohne jedwede Lebensfreude und ohne Hoffnung trübe durch den Palastgarten schritt.

* * *

Ein paar Tage vergingen und an einem schönen sonnigen Vormittage bat der Bub im großen Palastgarten spazieren zu dürfen.

Man gewährte es ihm.

Aber in Begleitung eines Hausmädchens.

So schritt diese neben dem Buben her und er überlegte, wie er nur für wenige Augenblicke alleine sein konnte, um eine Botschaft für die Prinzessin in den Baum schnitzen zu können.

Ihm wollte nichts einfallen.

Eine halbe Stunde verstrich und sie schritten nur so nebenher.

»Fräulein«, sprach dann der Bub zum Mädchen.

Diese sah ihn kühl an.

»Wäre es mir wohl gestattet, ein wenig freier umher zu spazieren? Ich bleibe ganz gewiss hier im Garten. Nur wäre ein etwas größerer Abstand zwischen Ihnen und mir sehr genehm.« Sanft lächelnd und doch aus traurigen Augen sah er sie an.

Diese überlegte zunächst misstrauisch dreinschauend. Doch dann nickte sie. »Gewiss. Aber ich behalte dich im Auge, Jüngling.«

Der Bub nickte.

Sofort schritt er zu seinem Lieblingsbaum, der auch der Lieblingsbaum der Prinzessin war. Er holte sein Taschenmesser hervor und begann zu schnitzen.

Seinen Namen plus ihren Namen und hinter das Gleichheitszeichen ein Herz. Sie wird es sehen, dachte der Bub fröhlich. Und es verstehen.

Nach wenigen Minuten trat er zurück zum Mädchen und lächelte. »Ich bin genug spaziert, Fräulein. Man kann mich wieder zurückbringen.«

Zurück in seiner Kammer hoffte der Bub inständig, dass es der Prinzessin ganz bald wieder gelüstet, in der Flora des Palastes zu spazieren.

Schon am selben Nachmittage erspähte der Bub, wie die Prinzessin wieder im Garten umherschritt und er hoffte, sie würde seine Nachricht sehen.

Voller Hoffnung stand er an seinem Fenster und beobachtete seine Liebe.

Nach einer halben Ewigkeit erst trat die Prinzessin an ihren Lieblingsbaum und umkreiste ihn voll an Gedanken und Erinnerungen an ihren verlorenen besten Freund.

Der Bub hinter dem Fenster stockte der Atem, als sie plötzlich an seiner Botschaft stehenblieb.

Erschrocken las sie diese und konnte nicht begreifen, was dies bedeutete.

War diese Nachricht schon länger dort gewesen? Hatte der Bub sie schon vor Jahren dort hineingeschnitzt? Oder war er zurückgekehrt und hatte dies hier für sie hinterlassen?

Die Prinzessin blickte sich um. Sie sah niemanden. »Schau hoch, Liebste«, flüsterte der Bub. »Schau hinauf zu mir.«

Durch Winken versuchte er aus dem Augenwinkel heraus ihre Aufmerksamkeit zu bekommen. Aber sie sah ihn nicht. Überdies redete sie sich ein, dass es wohl nur eine alte Botschaft war. Nichts Neues. Nichts Besonderes. Warum sollte er zurückkehren und nur eine nichtssagende Botschaft in einen Baum ritzen? Warum kam er nicht zu ihr? Und was sollte das Herz bedeuten?

Dass er sie wie eine Schwester liebte?

Ihr Herz war betäubt, um all das zu verstehen.

Um dem auf den Grund zu gehen. Wäre sie ihm auch nur einen Funken wichtig, wäre er nie fortgegangen ...

Sie las die Botschaft und spazierte dann einfach weiter.

Der Bub hinter dem Fenster seufzte traurig. Er hatte gehofft, dass diese Nachricht ausreichen würde, um alles zu klären. Doch vergebens.

Jedoch wollte der Bub nicht so schnell aufgeben. Erneut trat er einen Spaziergang durch das Zimmer an und überlegte krampfhaft, wie er ihr endlich die Wahrheit mitteilen konnte. Ihm wollte nichts einfallen.

Stunde um Stunde verging und der Bub schien dem Wahnsinn nahe. Ihm kam der Gedanke, ihr irgendwie einen Zettel zukommen zu lassen mit einer Nachricht darauf. Aber wie übermitteln?

Keines der Hausmädchen würde dies für ihn tun, ohne ihn beim König und der Königin zu verraten!

Ennuyiert vom Nachdenken warf sich der Bub auf sein Bett. Er wurde sehr schläfrig und bald schon war er eingenickt.

*   *   *

Die Monate zogen eiligen Fußes am Palaste vorüber und es waren nur noch wenige Monate bis zum fünfzehnten Wiegenfeste der Prinzessin und damit bis zu ihrer Vermählung mit dem Vetter.

Seit dem Tage, als der Bub der Prinzessin eine Nachricht in den Baum geschnitzt und sie diese verschmäht hatte, überlegte der Bub, wie es möglich war, seiner Liebsten nahe zu kommen. Um mit ihr zu reden.

Doch ihm wollte nichts einfallen und so vegetierte der Bub seit jenem Tage – dem Wahnsinn nahe – in seinem Zimmer eingeschlossen vor sich hin ohne jede Hoffnung. Er wusste, bald schon würde die Hochzeit stattfinden und er konnte nichts dagegen tun. Nicht, da er sich selber für so wichtig erachtetet, um des Prinzessin Bräutigam zu sein, sondern, um ihr ein Leben an der Seite eines Teufels zu ersparen. Davor graute es ihm!

An einem Tage trat ein Hausmädchen herein mit frohem Antlitze und machte beherzt die Fenster im Zimmer des Buben auf. Offenbar war sie ein recht neues Hausmädchen, unerfahren und jung.

Denn andernfalls hätte sie gewusst, dass die Zimmerfenster im Gemach des Buben nie geöffnet werden durften, damit dieser nicht fliehen oder die Aufmerksamkeit der Prinzessin suchen konnte. In Folge dessen wurde also nie frische Luft in sein Gemach gelassen und alles moderte nur so.

Das Mädchen öffnete, fröhlich eine Melodie summend, die Fenster und sobald dies geschah, kam dem Buben eine Idee. Sobald ihm – nach Monaten! – frische kühle Luft um die Nase wehte, wusste er, was zu tun war.

»Warum sind Sie so fröhlich, Fräulein?«, fragte der Bub zum Schein.

Das Hausmädchen lachte. »Na weil die Prinzessin bald Hochzeit feiert. Ich habe eben ihr Brautkleid gesehen! Sie wird als Braut einfach wunderschön aussehen – wie ein Engel!«

Das gab dem Buben einen Stich. Ja, einen Engel, der bald einen Teufel heiratet!

Das Mädchen verschwand kurz in ein anderes Zimmer, das zum Gemach des Buben grenzte, und sofort sprang der Bub vom Bette hoch, nahm ein Stück Papier und schrieb seine Botschaft darauf.

Anschließend warf er es zerknüllt hinaus in den Palastgarten, sah, wie es unter dem Baum mit der eingeschnitzten Botschaft landete und warf sich wieder auf sein Bett zurück. Rasch darauf kam das Mädchen wieder zurück und war knallrot im Gesicht.

Sie schloss eilig die Fenster. Offenbar war ihr ihr Missgeschick aufgefallen und war hierüber sehr verlegen.

Anschließend verließ sie wieder das Zimmer und verschloss es von außen. Jetzt musste der Bub nur noch abwarten!

Wenige Stunden später schon erblickte der Bub die Prinzessin, die in Begleitung ihres Vetters einen Spaziergang durch den Garten unternahm, und sein Herz schlug ihm bis zum Halse.

Lange dauerte es, bis sie an dem Baum mit der Botschaft ankamen. Der Vetter sah den Baum und rümpfte die Nase. Er sagte etwas, doch der Bub konnte es durch die verschlossenen Fenster nicht verstehen. Die Prinzessin zuckte nur die Schultern.

Doch plötzlich erblickte der Vetter den zerknüllten Zettel am Fuß des Baumes, hob ihn auf und entfaltete ihn.

Dem Buben stockte der Atem. Was tat er da?

Die Prinzessin sollte ihn bekommen! Jetzt war alles vorbei.

Der Vetter las den Inhalt des Zettels, schaute zum Zimmerfenster des Buben hoch, grinste selbstgefällig, zerriss den Zettel und die Prinzessin fragte, was dies für ein Zettel gewesen sei. Der Vetter jedoch schüttelte nur den Kopf und schritt weiter mit ihr umher.

Der Bub konnte es nicht fassen. Wäre nur der Vetter nicht dabei gewesen, dann hätte es klappen können! Und das dieser ausgerechnet den Zettel lesen würde war überaus erniedrigend! Der Bub hatte geschrieben, dass der König und die Königin den Buben in ein bestimmtes Zimmer weggesperrt haben, um ihn vor der Prinzessin fernzuhalten, damit diese die Verbindung mit ihrem Vetter in Ruhe eingehen könne, da der Bub hierbei nicht erwünscht war.

Das war nun natürlich ein großer Sieg für den arroganten Vetter, wusste er doch, dass dieser ihn als zukünftigen Herrscher über dieses Anwesen in einen Kerker sperren wollte.

Alles war verloren!

Dem Buben pochte das Herz wie wild in der Brust. Weißglut stieg in ihm hoch und Zornesröte in sein Gesicht.

Tränen der Wut traten aus seinen Augen.

Immer mehr entglitt ihm sein Leben und immer mehr

entfernte er sich von seiner Liebe.

Wie konnte er dies nur aufhalten?

Der Bube wusste nicht mehr ein noch aus.

Wie ein wildes Tier im Käfig schritt er hin und her. Er war gefangen. In jeder nur möglichen Art und Weise. Sein Leib war ein Gefangener, sein Herz war ein Gefangener, seine Seele war eine Gefangene.

Wie lange würde man ihn noch festhalten, wie lange würde er dies noch durchstehen?

Und wie würde sein Leben nach der Gefangenschaft aussehen? Ohne sie?

Eine heiße Flut an Tränen kochte in dem Buben hoch und mit einem fürchterlichen Ausbruch warf er sich heulend und schreiend und strampelnd zu Boden.

Wie konnten andere Menschen einem so derartig zusetzen? Wie können andere Menschen über einen eine so dermaßen große Macht verfügen?

Warum gibt es so etwas, dass Menschen miteinander machen können, was sie wollen, gar mit einem spielen, als sei man eine Puppe?

Hanebüchen!

Dem Buben war, als platze ihm jeden Moment das Herz.

Bald schon hörte er von draußen laute schnelle Schritte und Stimmen. Dann das Klappern eines Schlüsselbundes.

Rasch schloss man das Zimmer auf und herein trat die oberste Hausdame mitsamt dem König.

»Gott, Allmächtiger!«, sprach der König, als er den Buben schweißgebadet, voller Tränen, keuchend und knallrot im Gesicht am Boden liegend erblickte. »Er dreht durch!«

Die Hausdame war ebenfalls geschockt.

»Was gedenkt Ihr zu tun, mein Herr?«

Der König seufzte schwer. »Wir müssen ihn irgendwie beruhigen. Nur wie?«

»Soll ich nach einem Medicus schicken?«

Der König schüttelte den Kopf. »Nein, das würde wohl zu viele Fragen aufwerfen. Wir müssen uns etwas Einfacheres überlegen.«

»Nur was?« Die Hausdame war sehr schockiert von diesem Anblick. »Wie wäre es mit einem Priester? Es scheint mir, als habe der Bub den Teufel im Leib!«

Der König schüttelte abermals den Kopf. »Ich denke nicht, dass es derlei ist. Er scheint nur irre geworden. Ich glaube nicht, dass hier der Teufel seine Klauen im Spiel hat.« Der König überlegte.

Dann griff er beherzt den Bub am Hemd und riss ihn vom Boden hoch.

»Hoheit! Was habt Ihr vor?«

»Halten Sie ihn!«, rief der König.

Sobald die Hausdame ihn gepackt hatte, suchte der König nach einem schweren und harten Gegenstand. Er griff schnell zur Lampe und mit einem Mal schlug er diese dem Buben gegen den Schädel.

Die Hausdame schrie auf und ließ vor Schreck los.

»Aber Hoheit! Was habt Ihr getan!«

»Sehen Sie nach, ob er noch lebt.«

Die Hausdame zitterte am ganzen Leibe. Sie kniete sich neben den erschlafften Körper Jonathans.

Eine Platzwunde zierte seinen Kopf. Sie tastete an seinem Hals nach seiner Hauptschlagader und fühlte.

Sie keuchte. »Er lebt.«

Der König atmete erleichtert auf. »Na Gott sei Dank.«

* * *

So trug es sich zu, dass die Prinzessin ihr fünfzehntes Wiegenfest feierte.

Eine Woche später sollte sie sich vermählen. Unglücklich und bleich sah sie drein.

Man konnte ihr ansehen, dass sie keine glückliche Braut war. Sogar der Vetter gab zu, dass er kein glücklicher Bräutigam war! Aber es mussten Pflichten erfüllt werden und es musste rasch ein männlicher Erbe und Thronfolger her, um die Dynastie aufrechtzuerhalten.

Dic Prinzessin kam sich vor wie eine Puppe. Man spielte nach Gutdünken mit ihr. Sie selber hatte nicht mitzureden. Sie musste tun, was man ihr sagte.

Bald schon würde sie nicht mehr ihren Eltern gehorchen müssen, sondern ihrem Ehegatten. Davor graute es ihr: Befehle eines arroganten Jünglings entgegenzunehmen und selber keine eigene Meinung mehr zu besitzen. Sie musste anfangen, ihren Charakter abzulegen, um dieses Spiel mitzuspielen.

Entweder, oder.

Sie würde wie ihr Ehegatte werden müssen, um all diesem Gehabe gerecht zu werden.

Arrogant, selbstherrlich, eitel, eiskalt.

Vor lauter Gram und Blässe erschien die Prinzessin allmählich wie eine alte Dame. Die einst so schöne strahlende Prinzessin sah nun immer weniger schön aus.

Was half denn auch Schönheit, denn das Leben die

Hölle war?

Ihre Eltern sorgten sich immer weniger um sie. Stattdessen umso mehr um die Hochzeitszeremonie, ihren zukünftigen Schwiegersohn und die Vorfreude auf den Thronfolger, der heute in einem Jahr dann schon geboren worden sein sollte.

Wenn ein Leben nicht mehr aus der Würze heraus gelebt wurde, sondern nur noch nach Vorschrift, dann war der Geschmack dahin.

Das Leben der Prinzessin schmeckte vor einiger Zeit wunderbar süß und himmlisch. Nun kam sie sich verdammt vor und der Geschmack von Schwefel und Galle stiegen in ihr hoch. So, als führe sie Stück für Stück hinab in die Hölle.

Der Gedanke an Freitod erfüllte alle Sinne der Prinzessin. Ihre Seele, ihr Herz waren tot.

Betäubt.

Nur noch funktionieren, nicht mehr leben.

Aus leeren, toten, dunklen Augen sah die Prinzessin nur noch drein. Schwarz war die Farbe, in welcher sie ihre Umwelt wahrnahm.

Immer mehr spürte sie, wie sie innerlich verkümmerte. Wie Finsternis und Kälte einzogen.

Wie sie immer mehr wie ihr Gemahl wurde.

Die Verwandlung begann bereits. Die Gefangenschaft

in ihrem eigenen Leben.

* * *

Das Wiegenfest der Prinzessin wurde selbstverständlich im Beisein ihres zukünftigen Gemahl begangen, dessen Ankunft der Bub von seinem Fenster aus beobachtete. Sein Magen zog sich beim Anblick des Vettern zusammen; wie stolz und selbstherrlich diese in seinem Gehabe war!

Es stank bis zum Himmel.

Dann erblickte er die Prinzessin, wie sie auf ihren baldigen Ehegatten zuschritt und sich gar vor ihm verneigte!

Der Bub traute seinen Augen kaum.

Als sie sich dann umdrehte und der Bub sie besser sehen konnte, erschrak er vor ihrem Anblick – sie sah aus wie der Tod in Person! Noch bleicher, noch dürrer und noch trauriger als ohnehin schon.

Dem Buben zerbrach es das Herz in Milliarden mikroskopisch kleine Stücke. Er schluckte hart.

Er konnte seiner Liebsten nicht helfen. Es war zu spät, es gab keine Möglichkeit.

Ihm rann eine dicke heiße Tränen über das Gesicht.

»Alles Liebe und alles erdenklich Gute zu deinem Geburtstag, meine Liebe. Ich denke an dich«, flüsterte der Bub, während er mit ansah, wie der Vetter seine zukünftige Gemahlin mit Missachtung anblickte und geringschätzig die Nase rümpfte.

»Er bringt sie noch um«, dachte der Bub bei sich. »Irgendwann wird er schuldig sein an ihrem Tod. Man sieht es bereits.«

Keine ganze Woche danach musste der Bub mit Gram im Herzen mitansehen, wie der Palastgarten für die Hochzeitszeremonie geschmückt wurde.

»Übermorgen ist es soweit«, hat das Hausmädchen, das sein Zimmer reinigte und ihm Essen brachte, erquickend getönt.

Der Bub schluckte hart.

»Wo werden sie dann wohnen?«

Das Hausmädchen dachte nach. »Ich glaube, vorerst weiter hier im Palast.«

Der Bub schluckte eine Träne hinunter und nickte.

Ihm wurde immer übler, je näher die Vermählung seines Engels mit dem Dämon rückte.

Er konnte und wollte sich nicht damit abfinden. Er

musste seiner Liebsten dabei zusehen, wie sie dahinsiechte, wie sie innerlich wie äußerlich erstarb.

Kein Funken Lebensfreude loderte mehr in ihr, kein Interesse mehr daran zu zeichnen, die Welt zu erkunden, zu lachen.

Für den Buben fühlte es sich an, als wäre die Prinzessin gestorben. Als käme sie nie mehr wieder.

Und sein Herz weinte bitterlich in seiner Brust.

Der Tag der Hochzeit war da, alle Gäste strömten in den wundervoll hergerichteten Palast.

Alle freuten sich und tanzten. Alle, bis auf das vermählte Paar. Im Brautkleid sah die Prinzessin aus wie ein Geist. Leblos und schon lange beerdigt. Und so fühlte sie sich auch. Lebendig begraben.

Der Bub hatte sie erblicken können, als sie im Palastgarten war, und grämte sich noch mehr. Jetzt war sie völlig verloren.

Dem Buben tat noch immer der Kopf vom Schlag mit der Lampe weh, eine rote Beule zierte seinen Kopf. Doch durch die Haare hindurch konnte man diese nicht erkennen.

Es blieb kein anderes Gefühl mehr im Buben übrig als Schmerz. Körperlicher Schmerz, seelischer Schmerz. Außer

Schmerz fühlte er gar nichts weiter.

»Sie haben sie bereits getötet«, flüsterte der Bub zu sich. »Einst war sie wunderschön, rosig und lebensfroh. Dann nur noch tot.«

Wehmütig besah er sich seine Liebe, die bei lebendigem Leibe erstarb. Vor aller Augen verweste sie, vor aller Augen löste sie sich auf.

Dem Buben wurde das Herz sehr schwer, er hasste sich dafür, dass er ihr nicht helfen konnte.

Dass er sie nicht hiervor bewahren konnte.

Oh weh mir!

Dem Buben überkam ein schwerer Anfall von Tränen. Leise wimmernd gab er sich der Flut hin, bereit, darin zu ertrinken.

»Ich konnte mein Versprechen, immer bei ihr zu bleiben und sie nie zu verlassen, nicht einhalten.

Ich habe sie so schwer enttäuscht. Man hat mich um mein Versprechen gebracht. Anstelle von ihr sollte ich lieber ersterben und bei lebendigem Leibe verwesen.« Der Bub war zu Tode betrübt.

Noch dazu bereitete ihm die Gefangenschaft ungeheures Herzeleid, es belastete ihn arg.

Er musste versuchen zu fliehen, versuchen, einen Ausweg hieraus zu finden. Denn auch wenn die Prinzessin nun sicher vermählt war, so konnte der Bub nicht sicher sein, dass seine Gefangenschaft damit endete.

Selbst wenn, was käme dann?

Wohin sollte er gehen, arm und mittellos wie er war?

Würde man ihm irgendwo eine Anstellung geben? Welchen Beruf sollte er ergreifen?

Man kannte ihn im Ort immerhin als Ziehsohn des Königspaares! Hier konnte er kein neues Leben aufbauen, er müsste für einige Zeit fortziehen, woanders sein Glück finden. Ohne sie. Der Bub schüttelte sich bei diesem Gedanken, seine Liebe erst recht allein und schutzlos zurückzulassen. Aber solange er hier eingesperrt war, was konnte er ohnehin schon für sie tun? So oder so, er konnte ihr nicht helfen.

Doch wenn er es schaffte auszubrechen, würde er sie, seine Liebe, mitnehmen können?

Gemeinsam ausbrechen, aus dieser beider Gefangenschaften?

Beide waren voneinander getrennt und doch am selben Ort gefangen.

Dem Buben schwirrte der Kopf. Er dachte lange nach, wie er den Ausbruch bewerkstelligen, wo er hingehen, ob er seine Liebe mitnehmen sollte und wo sie beide leben würden.

Er und sie waren nun für das weitere Leben gezeichnet, schweres Leid hatte sie beide getroffen, schwere und tiefe Wunden hatte es in ihren Leibern und Seelen hinterlassen.

Stundenlang sah der Bub aus seinem Zimmerfenster dem Treiben der Hochzeitsgäste im Palastgarten zu. Tanz, Lachen und Stimmengewirr zogen zum Buben hinauf. Mittendrin das freudlose, frischvermählte Ehepaar. Weder der Bräutigam, noch die Braut sahen besonders erquickt drein. Hätten sie keine Hochzeitsrobe getragen, so hätte man meinen können, sie wären Gäste auf einer Beerdigung!

Erst am späten Abend endete die Zeremonie, denn man wollte dem Brautpaar die Hochzeitsnacht nicht verderben, vor der es beiden schon graute.

Auch dem Buben. Allein die Vorstellung daran brachte ihm furchtbarer Ekel und Schmerz.

Wie das Treiben in der Hölle.

Er beobachtete in der Dunkelheit das Abfahren der Gäste und wie das Brautpaar mit ernsten Antlitzen wieder in den Palast schritt.

Als eine nahegelegene Turmuhr Mitternacht schlug stöhnte der Bub vor Schmerz auf.

Der Gedanke, dass ein Teufel nun seinen lieben Engel in den Armen hielt, auf ewig zu ihr gehörte, brachte ihm schweres Leid, gar schon fast um den Verstand.

Was für eine grausame Sache!

Der Bub wälzte sich im Bett hin und her und er konnte nicht in den Schlaf finden.

Was, wenn dieser Teufel seinem Engel wehtat? Würde er ihre Schreie vernehmen? Was, wenn sie nach Hilfe schrie? Würde jemand zu Hilfe eilen?

Die höllischsten Gedanken spukten in des Buben Kopf umher und voll Angst und Panik blieb er die ganze Nacht wach und lauschte. Doch gegen Morgen schlummerte er plötzlich ein und ein wundersamer süßer Traum überkam ihn:

Ein sonniger und milder Frühlingstag war angebrochen, der Palastgarten war voller duftendem Lavendel und alles war mit weißen Schleiern dekoriert. Der Palast selber war ebenso weiß geschmückt und das Vogelgezwitscher ließ alles wie in einem Märchen wirken.

Der Bub spazierte mit frohem Herzen durch den Garten, bis ihm die Prinzessin entgegenhüpfte. Sie strahlte über das ganze Gesicht. Sie sah aus wie das blühende Leben und sie lachte und jauchzte dem Buben entgegen.

Diesem ging das Herz bei diesem Anblick auf.
»Was hast du?«, fragte er sie als sie bei ihm angekommen war.

Die Prinzessin lachte. »Das fragst du noch, du Dummchen? Ich freue mich so sehr auf unsere Hochzeit morgen!

Das wird einmalig und so schön!«

Sie gab ihm einen Kuss auf den Mund und hüpfte begeistert um ihn herum und bewirkte so, dass er ganz vom Duft des Lavendels eingehüllt wurde. Unsere Hochzeit?, fragte sich der Bub verwirrt und plötzlich traten ihm Tränen in die Augen. Ja, unsere Hochzeit!

Die Prinzessin lachte und sang, während sie um ihren zukünftigen Gemahl tanzte. Er beobachtete sie dabei und mit von Liebe betrunkenem Herzen fasste er sie sanft an beiden Händen, zog sie an sich und umarmte sie liebevoll. Die Prinzessin seufzte wohlig und gab sich der lieblichen Umarmung hin.

»Morgen gehöre ich vor Gott und den Menschen dir. Ganz und gar dir. Bis in alle Ewigkeit«, flüsterte sie an seinem Ohr.

Dem Buben liefen Tränen über sein Gesicht und manche fielen auf die Haarpracht der Prinzessin. Das spürte diese und erschrocken löste sie sich von ihm. »Was hast du, Schatz? Was habe ich getan?« Verzweifelt sah sie ihn an.

Der Bub schniefte. »Gar nichts, mein Engel. Du hast gar nichts getan. Nur, dass ich überglücklich bin dank dir.« Er lächelte seine Liebe an, die nun freudig lachte. »Das macht mich froh, denn so geht es mir auch mit dir.«

Sie warf sich wieder in seine Arme und das Herz des

Buben tanzte in seiner Brust.

Der Tag der Hochzeit war gekommen und der Bub stand neben seiner schönen Braut, die ihn anstrahlte wie die Sonne selbst.

Der Priester sprach die Worte zur Vermählung und schließlich küssten sich der Bub und die Prinzessin. Dem Buben ging das Herz auf. Voller Wonne genoss er den Kuss seiner Liebe.

Die Zeremonie war himmlisch und alle Gäste und gar das Königspaar freuten sich für die beiden frisch Vermählten.

Der Bub und die Prinzessin tanzten die ganze Zeit glücklich miteinander und konnten nicht aufhören. Immer wieder blieben sie stehen, sahen sich tief in die Augen und umarmten sich.

Ich halte einen Engel im Arm, dachte der Bub glücklich. Ich habe soeben einen Engel geheiratet!

Mit kitzelndem Herzen sog er den Duft des Lavendels ein, nach dem seine Liebe roch.

Der Duft der Liebe ist der des Lavendels!
Stunde um Stunde verging und beide konnten nicht ablassen voneinander. Immer wieder mussten sich beide umarmen, ihr Glück kaum fassend.

Als die Gäste abgereist waren, kehrten der Bub und

seine Liebe in ihr Zimmer ein, dass sie ab sofort gemeinsam als Eheleute bewohnten.

Alles gehörte nun ihnen gemeinsam.

Der Bub zog seine Frau sanft zu sich heran und küsste sie liebevoll. Alles war perfekt.

»Mein Herz liebt dich«, flüsterte der Bub seiner Frau zu. »Es gehört nur dir allein. Mach damit, was immer du willst.« Schmerzerfüllt sah er ihr tief in die grünen Augen. Diese lächelte. »Mein Herz liebt dich auch. Es gehört ewig dir. Dein Herz werde ich sanft in meine Hände legen, es küssen und streicheln und beschützen. Es soll niemals frieren, niemals weinen, niemals beschmutzen und niemals brechen. Solange ich lebe.«

Dem Buben traten Tränen in die Augen. »So werde ich es auch mit deinem Herzen halten. So lange ich lebe.«

Es gab ihr einen sanften Kuss und zog sie an sich. Wohlig vergrub die Prinzessin ihr Gesicht an seiner Brust.

Die Hochzeitsnacht verlief ruhig und friedlich und voller Liebe.

Sein Engel schlummerte sanft an der Brust des Buben. Wie im Paradies kam er sich vor. Die Liebe schäumte über und man ertrank fast in ihr.

Der Bub war so gerührt von der Liebe seiner Frau, dass ihm wieder Tränen in die Augen traten und er seine an seiner Brust süß schlummernde Frau näher an sich zog und seine Arme schützend um sie schloss.

»Ich werde immer bei dir sein, dich niemals verlassen, dich beschützen und dich ewig lieben.«

Der Bub gab seiner Frau einen zarten Kuss auf die Stirn. Diese seufzte wohlig und träumte fort.

Der Bub wagte nicht, genau wie seine Frau einzuschlafen, um sie nicht eine Sekunde aus den Augen zu lassen. Und warum träumen, wenn die Realität schöner als jeder Traum war?

So träumte der Bub als schon der Morgen heraufzog und die Dienerschaft bereits auf den Beinen war.

Erst als vor der Türe auf den Korridoren Stimmen und Geräusche zu hören waren, schrak der Bub aus dem süßen Schlafe hoch und sofort traf ihn die Realität.

Diese traf ihn so hart, nachdem, was er noch zuvor Himmlisches geträumt hatte, dass ihm sein Herz schmerzte und eine heiße Tränenglut übermannte.

»Es war nur ein Traum«, sprach der Bub voll Gram zu sich selbst. »**Sie** war nur ein Traum!«

*   *   *

Den ganzen restlichen Tag war der Bub aufgrund des Traumes voller Tristesse und seine Augen waren verweint.

Er verbrachte Stunden an seinem Zimmerfenster, um seine arme Liebe zu sehen. Als er sie endlich erblickte, konnte er nicht fassen was er sah: Die Prinzessin schmiegte sich lächelnd an den Vetter, ihrem Gemahl, und gab ihm sogar einen Kuss auf die Wange!

Dieser sah nur verdrießlich drein, aber dem Buben stockte der Atem.

Was hatte dies zu bedeuten? Hatte sich die Prinzessin etwa in ihren Gatten verliebt?

Hatte der Bub sie nun wahrhaftig verloren?
Noch mehr Tristesse legte sich um das geschundene Herz des Buben.

Lange beobachtete er die beiden in ihrer fragwürdigen Zweisamkeit, die der Bube nicht verstand. Die Prinzessin, seine einstige beste Freundin, seine große Liebe, verstand er nicht mehr.

Was war nur geschehen? Der Bub erschrak, als auf einmal das Hausmädchen in sein Zimmer trat und ihn kühl begrüßte.

»Fahren die jungen Eheleute auf eine Hochzeitsreise?«, fragte der Bub schwach.

Das Mädchen räusperte sich. Offenbar war es ihr zuwider, mit jemandem wie dem Buben über Angelegenheiten bezüglich der Königsfamilie zu sprechen. »Ja. Morgen. Für ein paar Monate. Es soll eine Weltreise werden«, sagte sie daher knapp.

Ein paar Monate? Weltreise?

Der Bub schluckte. »Schön.«

»Ja. In der Tat. Sehr anregend.« Das Mädchen erledigte seine Arbeit und verschwand wieder aus dem Zimmer.

Das Herz des Buben zerbarst in seiner Brust.

Über Monate sollte er sie nun nicht sehen können. Wie sollte er dies überstehen? Ihm schwirrte der Kopf.

Seine Sinne, sein Herz, seine Seele waren betäubt. Er wollte nicht mehr sein. Er wollte kein Bewusstsein mehr haben. Nichts mehr fühlen, nichts mehr mitkriegen.

Nichts mehr von alledem, was er gegenwärtig erlebte.

Er wollte fort. Weit weg. Eine Veränderung, etwas, dass ihn ablenkte. Entweder der Tod oder ein völlig neues Leben. Er spürte innere Leere in seiner Brust. Ein zerfetztes Loch. Eine klaffende Wunde.

Der Bub saß ohne jede Regung auf einem Bett und fing an, nichts mehr zu hoffen und nichts mehr zu ersehnen.

Er würde in sich selber ersterben, darauf legten es offenkundig alle an, und so tat er nun, wie ihm geheißen. Sich selbst vergessen.

*   *   *

Nach einigen Tagen, als die Prinzessin und ihr Gemahl abgereist waren, kam ganz plötzlich der König in die Kammer des Buben und dieser dachte, er würde nun freigelassen werden.

»Nun, Bursche. Alles liegt nun in trockenen Tüchern. Alles ist nun so, wie wir es haben wollten.

Wir dachten – also, die Königin und ich – anfangs zwar, dass wir dich nach der Vermählung wieder freilassen. Doch finden wir es angebrachter, dich noch ein Weilchen hierzubehalten. Besser ist besser. Sonst reist du der Prinzessin hinterher oder sonst derlei und bringt ihre Ehe in Gefahr, noch ehe ein Erbe geboren wurde!«

So verschwand der König wieder aus dem Gemach des Buben und dieser vernahm fast gar nicht, was er sprach. Es hatte sich eh nichts geändert. Gefangen bleibt gefangen …

* * *

Der Bub konnte nicht sagen, wie viele Tage bereits vergangen waren seit dem Besuch des Königs in seinem Gemach. Zeit und Raum lagen für ihn hinter einem dunklen Schleier. Als zöge das Leben frohen Mutes einfach an ihm vorbei, ohne ihn auch nur eines Blickes zu würdigen. Als sagte das Leben: »Verzeih, bei mir gibt es leider keinen Platz für dich.«

Mit ausgetrockneten Augen verbrachte der Bub die meiste Zeit nur noch im Bett. Der Gedanke an Freitod kam ihm immer häufiger in den Sinn.

Wofür lohnte es sich für ihn denn noch zu leben? Seine Liebe war nun Teil eines anderen Mannes und fort auf einer Reise. Sie würde andere Pflichten haben und den Buben vergessen. Wenn sie es nicht schon längst getan hatte …

Wenn der Bub doch nur Ablenkung hätte, dann könnte er sich zumindest mit etwas anderem denn nur sich selbst oder seiner Liebe beschäftigen!

Oder wenn er fliehen und woanders ein anderes Leben – fern von ihr und dem Fluch – beginnen könnte.

Stattdessen wurde er immer länger hier festgehalten ohne irgendetwas zu tun. Sein Geist brauchte Freiheit, Luft,

Unendlichkeit. Er war eingequetscht in nur einem einzigen Zimmer und konnte sich nicht frei entfalten. Seit seine Liebe fort war, dürstete es den Buben auch nicht mehr nach einem Spaziergang draußen im Palastgarten. Jetzt, nachdem er sie verloren hatte, war alles egal geworden. Was war nun noch von Belang?

Dem Buben wurden vor Erschöpfung die Augen schwer. Es war früher Nachmittag. Er schloss die Augen und wünschte sich, rasch in eine andere Welt entschwinden zu können, um sich seiner Schmerzen nicht mehr länger bewusst zu sein.

Da bereits schwere Müdigkeit über ihm lag, entschwand der Bub, sobald er die Augen schloss, in eine andere Welt …

Die Morgensonne strahlte mild lächelnd vom beginnenden Tag herab und es lag Friede über dem Palaste.

Hell erschien dieser in den Sonnenstrahlen des Himmels. Der Garten war belebt von allerlei strahlenden bunten Blumen und gedieh prächtiger als je zuvor. Ein Königspaar, jung und schön, stand in den aufkeimenden Strahlen der Morgensonne auf dem Balkon des Palastes, der zu ihrem Schlafgemach führte und dieses Paar genoss die sanfte Wärme, die vom Himmel ausging und sie liebevoll umarmte.

Das junge Königspaar waren die Prinzessin und der Bub. Sie waren frisch vermählt. Er liebte sie und sie liebte ihn. Wie im Paradies lebten sie in ihrem Palaste, herrschten über ein Volk, hatten alles, was ihr Herz begehrte.

»Mein Liebster«, sprach da die Prinzessin, die nun Königin war.

»Ja, Liebling?«, sprach der Bub, der nun König war.

Die Königin strich sich über den Bauch. Sie strahlte ihren Gemahl mit glänzenden Augen an.

»Ich bin guter Hoffnung.« Sie lächelte breit.

Dem König verschlug es die Sprache. Tränen großer Freude stiegen ihm in die Augen. »Oh, mein wunderbarer Schatz«, flüsterte er und nahm seine Gemahlin in die Arme. »So eine große Wonne!«

Sanft strich er ihr über das Haar. Seine Frau schmiegte sich verschmust in seine Arme und genoss dessen Wärme. »Bald werden wir eine kleine Familie sein«, sprach der König fassungslos vor sich hin.

Seine Gemahlin nickte. Sie löste sich aus der Umarmung. »Ja. Dann haben wir alles, was wir uns jemals ersehnt haben.« Sie gab ihrem Gemahl einen nach Lavendel schmeckenden Kuss auf den Mund.

Ihr Gemahl lächelte milde. »Ich hoffe sehr, es wird ein Mädchen. Dann wird sie deine rotblonden Haare und grüne

Augen erben. Eine kleine Ausgabe von dir. Das wäre so herzallerliebst!«, schwärmte er und seine Gemahlin grinste.

Sie nickte.

»Aber eine kleine niedliche Ausgabe von dir wäre auch sehr herzallerliebst!« Sie gab ihrem Gemahl noch einen Kuss.

»Was immer es wird«, so sprach der König, »es wird unser Ein und Alles sein, unsere Wonne, unser Leben.«

Schließlich war der Tag der Geburt des Nachwuchses des Königs und der Königin gekommen und die Königin lag viele Stunden in Geburtsschmerzen.

Als es endlich geschafft war, verlautete man, dass es ein Mädchen sei. Es hatte bereits rotblondes Flaumhaar am Schopfe, die Augen waren – wie bei allen Neugeborenen – himmelblau.

»Sie ist wunderschön. Ein Engel, wie ihre Mutter«, sprach der König, der stolze Vater, und gab sowohl seiner erschöpften Frau als auch seinem süßen kleinen Töchterchen einen sanften Kuss auf die Stirn.

»Jetzt habe ich zwei wunderschöne Frauenzimmer in unserem Palaste und ich bin der glücklichste Mann der Welt.« So schwärmte er weiter. »Ich danke dir, Schatz, für dieses Wunderwerk.« Mit Freudentränen studierte er sein

kleines Töchterchen und erkannte so vieles von seiner Liebsten in ihr wieder. Die erschöpfte Königin beobachtete entzückt, wie ihr Gatte ihre Kleine mit großer Bewunderung besah, als wolle er nichts, nicht das kleinste Detail, an ihr übersehen.

Dann gab er dem kleinen Mädchen einen zarten Kuss auf die weiche warme Wange und legte sie in die Arme seiner Gattin.

»Ihr zwei seid jetzt mein Leben.«

Das Königreich, in jenem das junge Königspaar mit der neugeborenen Prinzessin lebte, erstrahlte in seiner vollen Pracht und seit ihrer Vermählung, so schien es, überkam das Land keinen Winter mehr, keine Kraft, keinen Frost, keinen Schnee. Ewiger Frühling lag auf dem weißerstrahlenden Königreich und alle Bewohner waren heiteren Herzens und ewiger Jugend. Keiner wurde je wieder krank und keiner schien mehr zu altern.

Man wunderte sich darüber.

Eines Tages jedoch entdeckte der König einen See in seinem riesigen Palastgarten, der nie zuvor dort gewesen war.

Verwundert sah er diesen an. Auf einmal, so merkte er, fiel ein altes Blatt Laub dort hinein, sank im Wasser nieder und trat wieder an die Oberfläche, wo es als junges frisches Blatt erneut zum Vorschein kam. Der König erschrak. Was war dies für ein See?

Mit zittrigen Händen legte er ein altes Stöckchen ins Wasser und als er dieses wieder herausholte, erstrahlte es jung und frisch.

Erschreckt ließ der König das Stöckchen ins Gras des Gartens fallen.

War dieser See etwa ein Jungbrunnen? Wo kam er her, was machte er hier? Und wie genau funktionierte er? Sollte er es wagen, seine Hand in den See zu halten?

Schwer atmend tat er es.

Langsam hielt er seine, ohnehin schon junge, Hand in das Wasser und – wurde von unsäglicher Wonne und Liebe überflutet, dass ihn nie wieder etwas grämen könnte, so schien es ihm.

Seine Hand war jung wie zuvor als er sie aus dem Wasser wieder hervorholte, doch sein Inneres wurde gereinigt, verjüngt, belebt!

Wie sonderbar war doch dieser See – dieser glänzende See ...

Der König beließ es erstmal dabei und ließ diesen

sonderbaren See wo er war – ganz weit hinten im Palastgarten. Seine Kleine lief nie so weit in diesen hinein, sodass man sich hätte sorgen müssen, dass sie dort ertränke.

Viele Monate gingen ins Land und das kleine Mädchen entwickelte sich prächtig. Der König dachte häufig über den See nach und auch, ob dieser ebenso bei einem Menschen bewirken könne, dass dieser nicht altert, oder dass dieser gar wieder jung wird?

Offenbar schrien dies ja bereits in ihrem Königreich zu funktionieren, auch ohne, dass wohl jeder diesen See besaß.

Der glänzenden See im Palastgarten des Königreiches des Landes schien wohl die Quelle zu sein, von der die Wirkung ausging und keiner im Reich mehr alterte, krank wurde oder starb.

Der König wurde ernst. Dieser See war magisch, keine Frage. Aber aus welchem Grund war er da und woher stammte er? War er gut oder war er böse?

Lange Zeit war der König der Einzige, der von diesem See wusste und er beließ es dabei. Bisher war kaum einer so weit nach hinten in den Palastgarten spaziert und so ruhte dieses Geheimnis im Herzen des Königs.

Der Bub schreckte hoch.

Was für eine sonderbare Sache!

Er merkte, dass alles wieder nur ein Traum gewesen war. Sie – seine Gemahlin. Seine Tochter.

Der See.

Warum tat ihm Gott solch böse Sachen an, warum ließ er ihn in der Realität durch die Hölle wandern und schenkte ihm nur im Traume Einblicke ins Paradies?

Warum nur?

Wieder umfasste Herr Gram das Herz des Buben und schnürte ihm fast die Kehle zu.

Furchtbare Ekelgefühle überkamen den Buben, aber nicht körperlich, sondern seelisch. Die Schwarzgalle überfiel ihn mit aller Kraft und der Bub warf sich leidvoll im Bette hin und her.

Er platzte fast vor Schmerz.

Wie sollte es nur weitergehen? Was hatte Gott ihm für ein Los zugedacht? War er nur am Leben, um ein Gefangener zu sein? Dass man über ihn herrschte, er keine eigenen Entscheidungen treffen durfte?

Wozu lebte er dann?

Hätte der Bub ein Messer gehabt, so hätte er sich augenblicklich entweder die Kehle oder die Pulsadern aufgeschnitten.

Er fühlte sich arg betrogen, um sein Leben gebracht,

sein Herz.

Alles wurde in ein schwarzes tiefes Loch geworfen, alles nahm ihm nur, weil er kein Mann von Adel und Reichtum war!

Oh weh mir!

Der Bub schluckte alle Tränen und Herzensschreie tapfer hinunter, zu oft hatte er sich seinem besten Freund, Herr Gram, hingegeben, zu oft zugelassen, dass die Schläge der anderen ihn trafen, ihn niederwarfen, fast um den Verstand brachten.

Ab sofort würde der Bube um alles, was er wollte, kämpfen. Er würde ausbrechen, woanders ein neues Leben beginnen, ein anderer Mensch werden und eines Tages wiederkehren.

In diesem Moment fühlte er sich schwer von der Prinzessin betrogen, die ohne jeden Kampf einfach alles über sich hatte ergehen lassen und nicht eine Sekunde daran gezweifelt hatte, dass der Bub sie verlassen hatte.

Naiv und kleingeistig glaubte sie alles, was man ihr darbot.

Sie war an seinem Leid, seinem Los ebenso beteiligt und schuldig, wie es der König und die Königin waren.

Einfach alle waren schuldig.

Auch seine Eltern, die mit ihrem Tod bewirkten, dass

der Bub zum Waisen wurde und einsam und verlassen in der Gegend herumgewandelt war.

Gott war schuldig, weil er dem Buben im Traume gab, was er sich in der Wirklichkeit mehr als alles andere wünschte. Es war, als hielte man einem Verdurstenden ein Glas Wasser hin, um es ihm mit höhnischem Grinsen wider zu entreißen!

Hanebüchen!

Der Bub wurde knallrot vor Zorn, sein Herz hämmerte wutentbrannt in der Brust.

Er würde nicht länger das Spielzeug im Leben der anderen sein, er würde das teuflische Spiel, das man mit ihm schon so lange spielte, ein für alle Mal beenden – koste es, was es wolle!

Er würde allen zeigen, was er kann, wozu er fähig war und zurückkehren und dann wären alle Menschen, die zuvor mit ihm gespielt haben, sein Spielzeug werden. Dann würde jeder tun, was **er** wollte, dann würde **er** hier herrschen, dann gäbe es hier keinen dämlichen Vetter, der stolz und eingebildet glaubte, die Welt gehöre nur ihm!

Wilde Gedanken kreisten in seinem Kopf umher und er dachte darüber nach, wie er die Flucht bewerkstelligen sollte …

*   *   *

Monate verstrichen und der Bub wartete, bis die Prinzessin zurückkehrte, um sie noch ein letztes Mal vor seiner Flucht zu sehen.

Endlich war der Tag gekommen, an dem das junge Ehepaar von der langen Hochzeitsreise – der Weltreise – heimkehrte.

Als der Wagen vor dem Palaste anhielt, stockte dem Buben der Atem. Er wollte sie sehen, sehen, ob es ihr gutginge, wie sie nun ausschaute.

Ihm traf es wie Blitz und Donner als er ihren großen Bauch erblickte und die Freundesschreie der Königin hörte.

Der Engel des Buben erwartete ein Kind von einem Dämon!

Was für eine Höllengestalt würde die Prinzessin gebären?

Dem Buben wurde übel, doch noch ärger war der heiße Zorn, der ihm hart in den Kopf stieg.

Seine Augen verengten sich zu schmalen Schlitzen.

* * *

Die darauffolgenden Tage waren die reinste Qual für den Buben, der fast täglich die Prinzessin hochschwanger durch den Palastgarten spazieren sah.

Wenige Tage vor der Geburt saß sie dann nur noch in Begleitung ihres Gatten, des Vetters, im Garten auf einer Bank.

Der Bub beobachtete sie die ganze Zeit.

Bis sie gar nicht mehr kam.

»Ist der jungen Frau nicht mehr zum Spazieren zumute?«, fragte der Bub eines Tages das Hausmädchen in seinem Zimmer.

Und plötzlich hörte er einen Schrei.

Ihren Schrei. - Der Prinzessin.

Dem Buben gefror das Blut in den Adern.

»Sie liegt in den Wehen. Schon seit Tagen.

Es müsste bald soweit sein. Wir hoffen alle, dass es ein Knabe wird.«

So wehte das Mädchen weder aus dem Zimmer, verschloss die Türe. Der Bub stand regungslos da und musste voll Schmerz die grauenhaften Schreie seiner Liebsten mitanhören.

Lange dauerte diese Prozedur. Erst am späten Abend, als es schon dunkel war, vernahm er Geschrei eines Säuglings.

Der Bub hoffte inständig, dass alles gut verlaufen und sie noch am Leben war.

Lange danach sah das Hausmädchen nochmal ins Zimmer des Buben, nahm das Esstablett mit.

»Ist alles gut gegangen?«, wollte der Bub rasch wissen.

Das Mädchen nickte ernst. »Ja, das schon. Aber anstelle eines Knaben hat das Haus nun ein Mädchen. Die Aristokratie ist nicht gerettet worden.« Trübsinnig schritt sie hinaus.

Der Bub freute sich. Alles gut gegangen – ein Mädchen!

Er freute sich für seine Liebe. Wenn es ein Mädchen ist, wird es hoffentlich seiner Mutter ähnlich sehen und auch sein, so hoffte der Bub tief in seinem Inneren und konnte es kaum erwarten, bald die Kleine draußen im Garten sehen zu können.

* * *

Tage verstrichen bis die Prinzessin mit Gemahl und Tochter draußen im Garten spazieren gingen.

Dem Vetter war anzusehen, wie sehr es ihm zuwider war, eine Tochter und keinen Sohn – einen Thronfolger – bekommen zu haben. Immerhin hatten auch der König und die Königin damals mit der Prinzessin keinen männlichen Nachfolger bekommen und hatten die Hoffnung, ihr Enkel würde männlich werden. Diese Hoffnung war nun gestorben. Das erstgeborene Kind war erneut weiblich und so würde es dauern, bis es eines Tages einen erblichen männlichen Thronfolger gäbe.

Ihr mit euren dummen Sitten und Traditionen!, dachte der Bub. Er seufzte.

Der Vetter hasste nun nicht nur seine Frau, sondern auch noch sein eigenes Kind! Was würde der Bub für beides geben!

Begeistert sah er vom Fenster hinab auf das kleine, in Tüchern eingewickelte Mädchen. Sofort war es in seinem Herzen drin, sofort empfand er Liebe für die Kleine, aufgrund ihrer Mutter. Sie würde werden wie sie, ich spüre es, dachte der Bub bei sich.

Er hörte, wie die Kleine plötzlich anfing zu schreien

und fand es herzallerliebst. Ebenso, wie süß die Prinzessin mit ihrer Tochter umging.

Wäre ich doch nur der Vater, dachte der Bub.

Dann wäre alles gut.

Voll Zorn besah er sich den eingebildeten Vetter, mit welch einer Verachtung er seine, mit seiner Tochter schmusenden, Frau anblickte!

Du kennst gar nicht den Wert dessen, was dir das Leben gab, Bursche!, zischte es in dem Buben.

Du kannst es gar nicht wertschätzen! Du besitzt strahlendes Gold und behandelst es wie Pech und Schwefel! Du Hund!

Nur zu gern hätte der Bub dem Vetter eine Ohrfeige verpasst, ihn aufgerüttelt, ihn gar von seinem hohen Ross heruntergeholt! Stattdessen sah er weiter zu, wie seine Liebste mit ihrem kleinen Schatz schmuste und wie der Vetter verdrießlich dabei zusah.

Dann sagte dieser etwas, was der Bub leider nicht hören konnte.

Er sah nur, wie die Prinzessin aufhörte zu lachen (seit Ewigkeiten hatte sie nicht mehr gelacht!) und ihren Gemahl ernst ansah.

Er lässt ihr auch keinen Funken Lebensfreude.

Keinen Freiraum. Noch nicht einmal, um mit der Kleinen zu spielen!, dachte der Bub schweren Herzens.

Zu gern hätte er die Kleine auch mal auf den Arm genommen, sie genau angeschaut und vielleicht ihre Mutter in ihr erkannt!

Er seufzte.

Schließlich schritten die Prinzessin und ihr Gemahl wieder zurück in den Palast und der Bub blieb mit einem schweren Herzen allein zurück.

* * *

Die nächsten Nächte waren erfüllt von Geschrei des kleinen Mädchens. Obwohl das Kindermädchen rasch zur Stelle war, ließ es den Buben stets aus dem Schlafe hochschrecken.

Bei so einem Vater würde ich auch nur schreien, dachte der Bub und hielt im Geiste die Kleine im Arm, um sie zu trösten und in den Schlaf zu wiegen.

Er hatte bereits einen Fluchtplan ausgeheckt und wollte diesen so bald als möglich umsetzen.

Lange lag er des nachts wach und dachte nach.

Schlafen wollte er nicht, zu stark waren die Schmerzen, wenn er nach einem himmlischen Traume aufwachte und ihm die bittere Wirklichkeit hart ins Herz trat. So blieb er lieber wach und tüftelte weiter an seiner Flucht.

Wenn ihn die Kleine jede Nacht aufweckte, war er ihr deswegen sogar dankbar, denn so kamen nicht viele Träume zustande, die ihn traurig werden ließen.

Warum nur hatte er das kleine Mädchen so lieb?

Nur wegen der Prinzessin?

Immerhin war sie Kleine auch ein Teil des verhassten Vetters!

Hierauf konnte der Bub sich keinen Reim machen. Er fühlte es einfach, dass da eine Verbindung war. Dass ihn irgendetwas mit der Kleinen verband.

Doch er konnte nicht sagen was.

Er hatte den Drang, sie zu beschützen. Die Mutter hatte er nicht beschützen können, doch die Tochter – das Kleine -, so spürte er, musste er beschützen. Irgendetwas in ihm drängte ihn dazu.

Der Bub seufzte.

Warum war die Welt nur so verwirrend?

*   *   *

Es vergingen noch mehrere Monate, bis das kleine Mädchen ein halbes Jahr zählte.

Länger als gewollte hielt es den Buben im Palaste fest.

Er hatte als Fluchtweg geplant, einfach in Begleitung wieder hinaustreten zu dürfen und dann rasch wie der Wind wegzulaufen, ehe das Hausmädchen ihn einholen konnte.

Simpel!

Als der Tag dessen herangezogen ward, vernahm der Bub von draußen Stimmengewirr und laute Aufregung. Was war da los?

Dann kam ein noch recht junges Hausmädchen herein, offenbar war sie nicht viel älter als der Bub selber.

Sie war sehr schön.

Sobald sie den Buben sah errötete sie.

»Was, Fräulein, geht dann da draußen vor sich?« Er sah sie erwartungsvoll an ohne sich von ihrer Verlegenheit irritieren zu lassen.

Sie räusperte sich. »Das kleine Mädchen ist weg. Sie scheint davongekrabbelt zu sein. Alles sucht nach ihr.«

Der Bub erschrak. Die Kleine war weg? Er schluckte. Sorge übermannte ihn. Aber soweit gekrabbelt konnte sie auch nicht sein, sie wird bestimmt bald irgendwo laut quietschend wieder auftauchen …

Plötzlich wurde das Hausmädchen von der Hausdame gerufen und ganz gedankenverloren lief es – ohne die Türe zu verschließen – eilig hinaus.

Dem Buben schlug das Herz bis zum Hals.

War dies bereits die Chance? War dies die offene Türe zur Flucht?

Er wollte gerade hinaustreten, da krabbelte das kleine Mädchen brabbelnd vor seine Füße.

Sie hatte nun rotblondes Flaumhaar auf dem Kopfe und strahlendgrüne Augen. Sie war wie das kleine Mädchen aus des Bubens Traum.

Den Buben traf es wie ein Schlag!

Seine Augen füllten sich mit Tränen. Er war sehr gerührt.

Er hockte sich zu der Kleinen hinunter und hob sie hoch. Sie roch nach Lavendel.

Natürlich! – Ein kleines Lavendelmädchen.

Mit glühenden rosigen Wangen lachte die Kleine den Buben an und dieser konnte nicht mehr an sich halten und gab ihr einen zarten Kuss auf die Wange.

»Kleine Schatz«, sprach er zu ihr. »Kleiner Engel. Ich muss leider fort. Aber keine Sorge. Ich werde eines Tages wiederkommen. Dann wirst du eine wunderschöne Frau geworden sein, denn du bist schon jetzt wie deine Mutter. Pass bis dahin gut auf dich auf, ja? Ich komme wieder - ich gebe dir mein Wort.«

Er drückte das kleine Mädchen sanft an sich und dieses schmiegte sich mit wohligem Gebrabbel süß an ihn.

Der Bub genoss es mit dem Töchterchen seiner Liebsten zu schmusen. Doch, er musste sich beeilen. Sein Fluchtplan war zwar ein anderer gewesen, aber wenn sich die Umstände zum Besseren änderten. – Warum nicht? So huschte der Bub ungesehen hinaus auf den Gang, den er schon viele, viele Monate nicht mehr gesehen hatte, und suchte das Zimmer der Kleinen auf.

Rasch huschte er in dieses hinein und legte das kleine Mädchen in seine Wiege.

»So, mein Schatz«, begann der Bube. »Ich werde nun gehen. Ich komme wieder. Sei ein braves Mädchen.«

Die Kleine brabbelte etwas vor sich hin und streckte ihre Ärmchen nach dem Buben aus.

Dieser lächelte gerührt. »Nein, meine Kleine. Ich muss gehen. Ich muss mich beeilen, bald findet man mich.«

Da fing das kleine Mädchen zu weinen an und der Bub hob es erneut hoch auf seine Arme.

Er versuchte, die Kleine zu trösten und strich ihr sanft

über das Köpfchen und redet ihr süße Worte zu.

Der Bub bemühte sich, das Mädchen zu besänftigen, damit es nicht laut zu schreien anfing und ihn verriet.

»Ruhig, Kleines«, sprach der Bub zu ihr.

»Wenn du laut schreist, verrätst du mich und ich werde wieder wie ein Tier im Käfig eingesperrt.

Ich werde da drinnen wahnsinnig. Bitte, kleiner Schatz, tu mir das nicht an, bitte.«

Flehentlich sah er sie an.

Das kleine Mädchen beendete langsam seine Tristesse und da gab der Bub diesem einen Kuss.

»Braves Mädchen. Ich danke dir.«

Dem Mädchen überkam schwere Müdigkeit, so gähnte es, legte sein Däumchen in sein Mündchen und schmiegte sich an den Buben. Bald darauf war es eingeschlummert. Der Bub legte die Kleine behutsam in ihre Wiege und deckte es zu. Hier, in diesem Raum, roch alles nach Lavendel. Als stünde man mitten in der Provence …

Der Bub lächelte, als er dem kleinen Mädchen beim Träumen zusah. Wie es gierig an seinem Däumchen nuckelte und das andere Händchen neben seinem Köpfchen abgelegt zu einem leichten Fäustchen geballt hatte.

Dann jedoch musste er sie verlassen und eiligst gehen. Man suchte überall nach der Kleinen, der Bub hörte nirgendwo jemanden. So schlich er sich durch die Gänge und Korridore und Räume und immer, wenn er jemanden antraf, versteckte er sich rasch hinter einer Säule, die den Palast trug. Wenn die Luft rein war, zog er weiter durch den Palast.

    Endlich war er nahe am Ausgang.

    Er dankte innerlich dem kleinen Mädchen dafür, dass es davongekrabbelt war, sodass der Bub nun fliehen konnte. Sicherer, als er es von seinem eigenen Fluchtplan erwartete.

    Der Bub schaute und lauschte und als alles frei schien, lief er schnell zum Tor, öffnete dieses und ohne es wieder zu schließen, huschte er eilig hinter einen Busch, da er sah, dass die Königin näherkam.

    Sie rief den Namen des kleinen Mädchens.

    Immer und immer wieder.

    War für ein wunderschöner Name, dachte der Bub und fand, dass dieser zu der Kleinen genauestens passte.

    Erneut rief die Königin nach ihrer vermissten Enkeltochter und trat gefährlich nahe an den Busch heran. Der Bub wagte kaum zu atmen. Er wagte nicht, auch nur eine winzige Bewegung zu machen, sonst trat er versehentlich auf einen Stock, der ausgerechnet in diesem Moment entzwei brechen würde.

    Doch die Königin lief wieder einige Meter weiter und rief und rief.

Der Bub lief nun vorsichtig weiter und war bemüht, vom Anwesen runter auf freies Feld zu gelangen, um endlich ein freier Mann sein zu können.

Aber das Anwesen war groß und überall liefen nun sowohl Bedienstete als auch die Familie umher.

Dem Buben kam ein Gedanke. – Sollte er der Prinzessin vor die Füße laufen und ihr sagen, was sich wirklich zugetragen hatte? Sollte er es wagen?

Oder sollte es ihm nun einerlei sein, nur an sich selber denken, und rasch flüchten?

Immerhin konnte er noch gefasst werden und dann würde er wieder eingesperrt und alles wäre umsonst gewesen!

Während er nachdachte und weiter vorsichtig weiterhuschte, kam ein Hausmädchen panisch aus dem Palast gelaufen und rief: »Er ist weg!«

Die Königin hörte auf und kam schnellen Schrittes auf das Mädchen zugelaufen. »Wer ist weg?«

Das Mädchen war ganz verzweifelt. »Der Bub, Eure Hoheit. Seine Türe steht offen, er ist fort.

Aber das kleine Mädchen, Eure Enkeltochter, ist wieder da. Es liegt friedlich in seiner Wiege.«

Die Königin schrak auf. »Und das sagen Sie erst jetzt?« Eilig lief diese in den Palast und der Bub wusste nun, dass er eiligst verschwinden musste und nicht mehr bei der Prinzessin Halt machen konnte.

Eilig huschte der Bub weiter, bemüht, an den Suchenden ungesehen vorbeizukommen.

Als er wieder hinter einem Busch stehenblieb, lief ihm auf einmal die Prinzessin davor. Panisch rief sie ihre Tochter. Ihr Gesicht war schmerzverzerrt.

Dein Liebling liegt sicher und süß schlummernd in seiner Wiege, dachte der Bub und beließ es dabei, sie nicht festzuhalten und sie über die Wahrheit aufzuklären.

Es war zu spät.

Und es eilte.

Die Prinzessin zog eilig am Busche vorbei und der Bub lief weiter. Immerhin war nun die Königin im Palast und er wollte auf keinen Fall vom Fenster aus von ihr bemerkt werden. So lief er, so schnell er nur konnte, immer weiter, bis er meinte, alle Suchenden hinter sich gelassen zu haben.

Doch sicherheitshalber blieb er nicht stehen, sondern schritt immer weiter vorwärts.

Er war nun schon so viel gelaufen, dass es ihm vorkam wie Stunden. Endlich, als er sich sicher war, dass ihm keiner folgte, und als es auch schon dämmerte, blieb er unter einem großen Baum stehen und ruhte sich aus.

Er musste ein Nachtlager finden, oder auf freiem Felde

schlafen.

Kurz danach lief er noch ein gutes Stück und kam auf einmal an einer kleinen Stadt an als bereits tiefe Dunkelheit heraufgezogen ward.

An einem schlecht beleuchteten Schild erkannte der Bub, dass er bereits wahrhaftig Stund' um Stund' gewandert war, denn er befand sich nun in einer fremden Stadt.

Er sah sich um.

Hie und da leuchtete etwas in so manchem Häuschen auf, doch in den meisten Häusern herrschte nur Finsternis. Die Menschen hier waren schon zu Bett gegangen.

Der Bub schritt durch diese fremde Stadt und hielt nach einem Lager für die Nacht Ausschau.

Dann kam ihm die Idee, das er keinerlei Möglichkeit der Bezahlung bei sich trug und so setzte er sich schließlich, als ihm die heiß gelaufenen Füße schmerzten und ihn die Müdigkeit zu übermannen drohte, auf eine kleine Bank und gähnte herzhaft.

Die Nacht war sehr kühl und der Bub fror.

Dies erinnerte ihn an die Zeit, als er auf den Palast kam. Als man ihn draußen im Schnee halberfroren vorgefunden hatte.

Er war froh, dass es nicht schneite und es nur kühl war. Er wollte auf keinen Fall erneut diese Pein der Kälte durchmachen. Der Bub saß da, auf einer Bank inmitten einer fremden Stadt und seufzte.

Wie ging es nun weiter?

Erst am Morgen konnte er sich hier im Ort um eine Anstellung bemühen.

Aber, war es klug hierzubleiben? Vielleicht gehörte diese Stadt noch zum selben Königreich und der Bub war doch nicht sicher hier.

Vielleicht suchte man ihn und wenn man ihn hier fand, war er wieder ein Gefangener.

War es nicht besser, noch weiter fortzuziehen?

Der Bub seufzte.

Dann, auf einmal, an einem Baum, entdeckte er ein Stück Papier. Er trat näher heran.

Er las die Zeilen darauf.

Es war eine Anzeige.

Plötzlich wusste der Bub, was zu tun war …

Teil II

9.

5. November 2016 – FREUDENSTADT, SCHWARZWALD

Bald darauf kam die Dame aus ihrem Büro zurück und hielt einen Zettel in der Hand. »Ich konnte im Moment leider niemanden dort erreichen, vielleicht ist am Wochenende niemand im Verein«, sagte sie und reichte Lavinia den Zettel. »Aber hier ist die Adresse und Telefonnummer, die können Sie später oder am Montag noch einmal probieren.« Sie lächelte wieder übermäßig freundlich.

Lavinia nahm den Zettel entgegen. »Vielen Dank für Ihre Mühe.«

Die Dame nickte lächelnd. »Sehr gerne, Frau Normandell.« Sie blickte von Lavinia zu Karl und zwinkerte diesem noch einmal zu, ehe sie zurück in ihr Büro schritt. Karl sah ihr hinterher. Lavinia sah ihn böse an.

»Wir müssen jetzt gehen!«, fauchte sie und öffnete die Türe.

»Wohin denn? Bei dem Verein ist derzeit niemand!«, entgegnete Karl verwirrt. »Sollten wir nicht lieber hier noch ein wenig herumstöbern und versuchen, noch mehr Informationen zu bekommen?

Vielleicht weiß die nette Dame noch etwas, was sie uns erzählen könnte.« Hoffnungsfroh sah er Lavinia an. Er wollte bei dieser Dame bleiben? Als Vorwand benutzte er ihre Ahnenforschung. Wie einfallslos, dachte Lavinia. Sie stand vor ihm, die Türklinke bereits heruntergedrückt und dachte nach.

»Was willst du von dieser Frau, Karl?«, fragte sie ihn. Dieser zog die Augenbrauen hoch.

»Von der Frau? Gar nichts! Ich will hier mehr Infos einholen, wenn wir schon einmal hier sind. Warum glaubst du die ganze Zeit, ich will etwas von ihr?« Er schnaubte.

Lavinia ließ die Türklinke los und schritt die Regale ab. »Ich sehe hier nichts mehr, was noch für uns interessant sein könnte«, bemerkte sie.

Karl seufzte. »Ja klar! Weil dieses Regal hier«, er zeigte auf das Regal, vor welchem er stand, »das richtige Regal für uns ist, wo alles zu finden ist!« Er stöberte wieder durch das Regal und nach einer Weile zog er ein Buch heraus mit Legenden des Ortes.

»Schau mal!«, sagte er und zeigte es Lavinia. »Hier steht etwas von einer Legende, von der Dame, von welcher du eben aus dem Artikel vorgelesen hast: Die vom glänzenden See!« Lavinia sah gespannt hinein und Karl las vor: »Die Dame vom glänzenden See war die Ehefrau König Jonathan

Normandell von Lörrach, der durch seine Heirat mit der Thronfolgerin und Tochter der Königin Titel, Ansehen und Vermögen erhielt und es nur bei dieser alten Adelsfamilie der Fall war, dass die Frau erben und weitervererben konnte, da sie seit Jahrhunderten mit den Obersten des Hochadels und seiner Gesetzgeber bekannt war. Die Dame vom glänzenden See, die von ihrem Ehegatten liebevoll in „Muriel" (bedeutet „die vom glänzenden See") genannt wurde, soll der Legenden nach immer noch in diesem See baden. Jede Nacht soll eine weiße Gestalt am See sitzen und singen. Der See soll so weiterhin aktiv gehalten werden und Tod, Alter und Krankheit abwehren. Er soll durch ein magisches Pulver entstanden sein, das König Jonathan einst erhalten hatte und noch bis heute existieren. Die Legende sagt, dass dort in dem See etwas am Grund des Bodens liegt, dem die Dame vom glänzenden See nachtrauert und vermisst. Sie selber kann nicht zum Grund des Bodens gehen und es herausholen.

So sitzt sie Nacht für Nacht am See und betrauert und besingt ihren Verlust dessen, was ihrer Familie seit Jahrhunderten weitervererbt wird.

Keiner weiß, worum es sich hierbei genau handelt. Doch die Legende besagt weiter, dass der Spuk ein Ende hat, sobald dieses Erbstück im See gefunden wurde. Der Geist der Dame findet seine Ruhe und ihrer Mutter, die einstige Königin, hört auf in ihrem Palast, heute Schlosshotel, umherzugeistern.«

Karl und Lavinia sahen sich an. »Das ist es!«, rief Lavinia erfreut. »Hierbei geht es sicher um das Medaillon!«

Karl sah sie verwirrt an. »Aber das Medaillon hast doch du!« Er sah sie mit großen Augen an.

Lavinia nickte. »Ja genau! Die Dame vom glänzenden See weint umsonst! Ich habe das Medaillon und wenn ich zum Schlosshotel gehe und das Medaillon neben den See ablege und wir bis nachts warten, dann wird die Dame sehen, dass das Medaillon da ist!«

»Du glaubst an diesen unsinnigen Spuk?«, fragte Karl fassungslos.

Lavinia seufzte. »Ich weiß es nicht, aber wir müssen es herausfinden.«

Karl seufzte nun auch, aber laut und genervt.

Lavinia betrachtete ihn eingehend. »Hast du eine andere Idee? Bis wir zum Verein gehen können oder ihn telefonisch erreichen, um uns im Schlosshotel umsehen zu können, müssen wir erst das hier ausprobieren!« Karl sah sie ernst an. Dann nickte er. »Ja, gut. Meinetwegen.«

Lavinia nahm das Buch, aus welchem Karl eben vorgelesen hat, und blätterte darin herum.

»Ha!«, machte sie und tippte auf die Buchseite. »Hier

steht etwas über das Medaillon!«

Karl trat näher.

Lavinia las vor: »Das Medaillon der alten Adelsfamilie Normandell von Lörrach ist seit Jahrhunderten spurlos verschwunden. Verschiedene Legenden erzählen verschiedene Erklärungsweisen, was mit diesem Medaillon geschehen ist. Eine Legende besagt, dass das Medaillon im See am Grund des Bodens liegt, in welchem Königin Theresia Lavinia Sophia Normandell von Lörrach II. gebadet hatte. Eine andere Legende besagt, dass ein Nachfahr mit diesem Medaillon verschwunden und mit diesem am Hals in einem Krieg gefallen ist. Im Innern des Medaillons befinden sich zwei Bilder der Urkönige, die das Adelsgeschlecht Normandell von Lörrach formte und es so entstand.«

Lavinia seufzte laut. »Jetzt habe ich eine Antwort«, sagte sie und Karl blickte weiter ernst drein. »Kommende Nacht lauern wir am See«, sagte sie weiter.

»Aber wo ist dieser See? Am Schlosshotel ist es auf jeden Fall nicht.«

Lavinia überlegte. »Hmm, ja, das müssten wir gleich erstmal ausfindig machen.«

Karl stöhnte. »Okay, dann sollten wir sofort losfahren, sonst finden wir es bis Mitternacht nicht.«

»Gut.« Lavinia stellte das Buch zurück ins Regal, trat

hinter Karl aus dem Zimmer und schloss die Türe hinter sich.

10.

1223 n. Chr. SCHWARZWALD, HEILIGES RÖMISCHES REICH

Milde Wärme lag über dem Lande und sanft strich der Wind mit seinen Armen durch Bäume und Büsche.

Es lag Frieden über dem Königreich und sanft ward ein neuer Tag herangezogen.

Leise und friedvoll glitt die Morgensonne am Himmel empor und verjagte jedes Wölkchen.

Die milde Wärme und die Sonne begehrten beide über dem Lande, dem Königreiche, zu liegen, dieses zu umfassen, doch etwas war geschehen.

Das Königreich der einstigen Prinzessin lag nun in tiefer Finsternis und Kälte. Jede Blume war verdorrt, jeder See vereist. Die Menschen waren voller Tristesse, Krankheit und Armut. Tiefe Trauer bedeckte ihre Antlitze.

Nichts blühte, nichts duftete, nichts lebte.

Was war nur geschehen?

Ewiger Winter lag über dem Lande und niemals ward eine andere Jahreszeit heraufgezogen.

Seit nun fast neunzehn Jahren bedeckte Frost, Eis,

Kälte sowie Dunkelheit das Land. Und niemand konnte sagen, wie es sich einst zutrug …

* * *

»Nun blicke mich nicht so zornig an. Sie werden kommen und du wirst dich für sie schönmachen.« Die einstige Prinzessin war nun eine Königin geworden, nachdem vor wenigen Jahren ihre Eltern – der König und die Königin – starben. Sie sah ihre Tochter – die nun achtzehn Jahre zählte – nun hochnäsig und gebieterisch an.

Ihre Tochter stöhnte. »Aber Mutter, das sind alte Männer! Wieso sollte ich so jemanden heiraten?

Warum verlangt ihr das?«

Aufgebracht starrte sie ihre Mutter an.

Sie sah dieser, als diese noch ein junges Mädchen war, zum Verwechseln ähnlich. Ihre Wesensart war häufig sehr stur, bockig und aufbrausend. Eigentlich besaß sie kaum etwas von ihrem Vater – dem Vetter, der nun König war …

»Das hast du nicht zu entscheiden! Du brauchst dringend einen Ehemann, vorzugsweise mit blauem Geblüt. Einen König zum Beispiel.« Die Königin lächelte selbstherrlich.

Die Tochter, die Prinzessin, sah ihre Mutter entrüstet an. »Und wenn mir keiner von denen gefällt? Oder euch? Wenn es einfach nicht passt? Warum gibt es keinen in meinem Alter?«

Die Königin lachte. »Oh Schätzchen, darum geht es doch gar nicht! Glaubst du etwa dein Vater und ich hätten uns je geliebt? Bis heute ist das nicht der Fall! Es geht um etwas viel, viel Höheres. Das wirst du auch eines Tages verstehen. Und was das andere betrifft – es gibt nunmal leider keinen geeigneten Edelmann in deinem Alter. Deswegen nunmal all die älteren Herrschaften!«

Genervt verschränkte die Prinzessin die Arme vor der Brust. »Hanebüchen!«

Die Königin sah ihre Tochter erzürnt an. »Du tust, was wir dir sagen! Dein Mädchen macht dich zurecht und du wirst schön aussehen. Tanz mit jedem von ihnen. Hinterher sehen wir weiter.«

Mit diesen Worten schritt sie aus dem Zimmer.

Die Prinzessin verdrehte genervt die Augen und ließ sich auf ihr Bett fallen. Sie fühlte sich wie eine Puppe. Sie vermisste ihre Kindheit, als sie einfach sie sein konnte. Ein Kind. Spielen. Frei. Jetzt sollte sie angekettet werden, eine Gefangene der Ehe, mit einem Mann, der uralt sein und den sie niemals lieben würde.

»Sei froh, dass wir dich erst jetzt verheiraten«, sprach mal ihre Mutter. »Ich wurde mit deinem Vater bereits mit fünfzehn verheiratet! In deinem Alter war ich längst Mutter!«

Die Prinzessin seufzte. Funktionieren. Nicht mehr. Bisher durfte sie leben. Jetzt musste sie nur noch funktionieren. Wie, als sei sie leblos …

* * *

»Du siehst wunderschön aus!« Die Königin sah ihre Tochter voller Stolz an. »So wirst du den Herren gefallen. Wollen wir hoffen, dass einer von ihnen gern mit dir eine Verbindung eingehen möchte.«

Ihre Mutter trat näher an sie heran.

Die junge Prinzessin trug ein weißes langes Spitzenkleid mit kurzen Ärmeln. Ihre langen rotblonden Haare lagen seitlich in sanften Wellen über ihrer Büste und liefen hinunter zu ihrer Taille.

»Du brauchst mehr Lavendelduftwasser«, sprach die Mutter und sofort trat das Hausmädchen mit einem Flakon an die Prinzessin heran.

»Jetzt bist du perfekt«, sagte die Königin und sah ihre Tochter begeistert an. »Wie ein Engel. Zum Dahinschmelzen.«

Diese jedoch blickte drein, als würde sie nie mehr froh werden.

Nachdem die Prinzessin keinerlei Regung zeigte, seufzte die Königin genervt. »Du wirst das tun, was wir dir sagen und bitte blamier uns nicht! Hast du verstanden?«

Die Königin sah die Prinzessin spitz an.

»Ja, Frau Mutter«, sprach die Prinzessin ohne Gefühl und sah aus dem Fenster.

Die Königin seufzte. »Dieses Kind … .« So verließ sie den Raum.

* * *

Der ganze Saal des Palastes war voller Menschen. Jeder trat in glänzender Robe ein, um die Prinzessin zu sehen. All ihre Tanzpartner waren zugegen, welche die Prinzessin den ganzen Abend unterhalten sollte.

Ihr graute arg davor.

Aber sie musste sich fügen. Welche Wahl hatte sie

schon?

Musik und Stimmen drangen zu der Prinzessin empor in ihr Schlafgemach und sie wusste, nun war die Zeit gekommen hinunterzugehen, um sich ihrer Partner vorzustellen.

Leichten Fußes trat sie Schritt für Schritt sanft die lange große Treppe hinab in Begleitung eines Hausmädchens.

Plötzlich hielt jeder inne und wandte sich zur Prinzessin um, die auf der Treppe stehenblieb.

Dann trat die Königin hinzu. »Sehr verehrte Gäste! Darf ich Ihnen meine schöne Tochter, die Prinzessin, vorstellen?« Sofort fingen alle begeistert an zu klatschen und fürchterliches Unbehagen machte sich in der Prinzessin breit.

Sie war kein Püppchen zum Vorzeigen und Vermählen. Sie war eine Wilde, die gern zu Pferd im Wald umherritt, ungesehen in Seen badete und im Herbst im Laub umhertobte!

All dieses Theater nun bewirkte einen Anfall von Trotz und Übellaunigkeit in ihr. Das Wilde, Freie, Stolze brach sich langsam Bahn in ihr und sie hatte große Mühe, dieses hinunterzuschlucken und mit Anstand und Besonnenheit diesen Abend zu überstehen.

Die Prinzessin wurde nacheinander ihren Tanzpartner vorgestellt und befand keinen besonders von Wert, diesen zu ehelichen. Sie befand sie alle sogar als recht widerlich, denn keiner war jünger denn vierzig und jeder besaß etwas, was der Prinzessin Ekel verursachte; sei es eine Zahnlücke, gelbe Zähne, ungewaschenes Haar, fürchterlicher Körpergeruch oder die Art und Weise, wie er sprach – es widerte die Prinzessin an.

Doch bevor sie mit einer Ausrede wieder auf ihr Zimmer flüchten konnte, musste sie mit all jenen Herren (fünfzehn an der Zahl) tanzen.

Oh Himmel – hilf!, betete die Prinzessin und schritt mit dem ersten Herrn auf die Tanzfläche. Alle beobachteten sie und alle bewunderten sie.

Der Herr, mit dem die Prinzessin tanzte, war bärtig, hatte filziges Haar, gelbe Zähne und roch nach Knoblauch. Mit großen Augen sah er die Prinzessin an, während er sie über die Tanzfläche führte zu einem langsamen Tanz.

»Ich bewundere Sie sehr, Prinzessin«, sprach er dann. »Als ich Sie zum ersten Mal erblickte, eben, vor wenigen Minuten, da es um mich geschehen und ich finde, Sie wären eine wunderbare Ehefrau! Als meine Frau bei der Geburt unseres Sohnes vor achtzehn Jahren starb, da glaubte ich, nun auf ewig alleine bleiben zu müssen.«

Mit nassen Augen sah er sie an.

Die Prinzessin war entsetzt. Sein Sohn war genauso alt wie sie und doch will er jemanden wie sie ehelichen, obwohl sie viel eher zu seinem Sohn passen würde? Ihr Magen drehte sich bei diesem Gedanken um und sie lächelte gequält zurück.

So verging Stunde um Stunde und die Prinzessin quälte sich von einem Herrn zum nächsten.

Keiner von ihnen wollte ihr so recht gefallen und doch schien sie jedem von ihnen zu gefallen.

Es schien ihr, als wollte der Abend nie zuende gehen und sie von ihrer Qual erlösen!

Sie wollte noch nicht vermählt werden und ein gezwungenes Leben führen. Schon gar nicht eines ohne Liebe! Sie wollte selbst entscheiden, wen sie heiratete und wenn es niemanden für sie gab, wollte sie lieber alleine und frei sein.

Verrückt, wild und kindisch.

»Für eine junge Dame königlichen Geblüts ziemt sich derlei nicht!«, polterte da einst der König.

»Was sollen nur die Leute von dir – und uns! – denken! Unser Volk darf auf gar keinen Fall schlecht von uns denken und uns lächerlich finden!

Wir müssen höchste Moral und Tradition an den Tag legen, sie pflegen. Sonst würde am Ende jeder wie ein Wilder im Wald leben und das nur, weil *wir* es ihnen vorgelebt haben!«

Die Prinzessin erkannte nach dieser launenhaften Rede ihres Vaters nicht, was daran so schlimm sein sollte, beließ es jedoch dabei. Mit ihrem Vater, dem eisernen König, im Streit zu liegen, war, als fechtete man mit dem Höllenfürsten!

Die Prinzessin hielt mit jedem Herrn, mit dem sie tanzte, Konversation und erfuhr jede Mal Erschreckendes. Nicht mal, um der Hölle zu entgehen, würde sie einen von diesen Herren heiraten! Mögen ihre Eltern noch so poltern, sie würde darauf beharren, auf den Richtigen zu warten. Schluss. Aus. Ende.

Als der letzte Herr auf ihrer Tanzkarte stand, atmete sie tief durch. Bald ist es vorbei, dachte sie.

Noch ein letztes Mal!

So schritt sie mit ihrem letzten Tanzpartner aufs Parkett und sah sich den Herrn genau an. Sofort erkannte sie, dass sie diesen ebenso wenig mögen und gar ehelichen würde, wie die anderen. Der Herr lächelte sie an. »Meine liebe Prinzessin«, sprach er.

»Ich würde mir sehr wünschen, dass Sie und ich eine Verbindung eingingen, denn Sie sind wunderschön und unsere Kinder – obgleich ich schon drei habe, eine Tochter so alt wie Sie – wären ebenso schön und bezaubernd.« Er lächelte weiter.

Der Prinzessin wurde ganz flau im Magen. Er gedachte tatsächlich eine Frau zu heiraten, die ebenso alt war wie seine eigene Tochter? So könnte er direkt seine Tochter nehmen!, dachte die Prinzessin entsetzt bei sich und machte gute Miene zu bösem Spiel.

Der Abend zog sich immer mehr in die Länge und als die Prinzessin endlich alle ihre Tanzpartner durch hatte, konnte sie sich schließlich hinsetzen und sich etwas ausruhen.

Es wurde getanzt, geschwatzt, gelacht und es sah so aus, als endete der Tag nie mehr. Immer weiter und weiter wurde gefeiert.

Die Prinzessin saß im Saal auf einem Stuhl an einer Wand und beobachtete die Gäste.

Plötzlich setzte sich ihre Mutter freudestrahlend neben sie und sprach: »Das hast du sehr gut gemacht! Alle Herren, mit denen du getanzt hast, sind begeistert von dir. Alle wollen sie dich ehelichen. Nun brauchst du dich nur noch zu entscheiden. Sobald du dich entschieden hast, organisieren wir die Hochzeit.« Die Königin sprach mit voller Begeisterung.

Die Prinzessin seufzte.

»Ich habe mich entschieden, Frau Mutter«, entgegnete diese gelangweilt.

Die Königin wurde ernst. »So schnell?«

Die Prinzessin nickte.

»Und? Für wen?«

»Für niemanden. Keiner von ihnen soll mein Gemahl werden. Sie sind allesamt Widerlinge!« Die Prinzessin kniff ungehalten die Augen zusammen als sie sprach.

Die Königin sah ebenso erbost zurück. Sie beugte sich nun so nah an ihre Tochter als möglich und raunte ihr zu: »Du hast eine Woche Zeit, dich für einen von ihnen zu entscheiden.«

Die Prinzessin blickte wütend zurück.

»Oder?«

Die Königin starrte sie mit Eisaugen an.

»Oder dein Vater und ich entscheiden uns anstelle von dir für einen von ihnen!«

Damit fuhr die Königin von ihrem Stuhl hoch und kehrte zu ihrem Gemahl zurück.

Die Prinzessin seufzte. Na toll! Was soll ich jetzt nur tun?

Sie beobachtete, wie ihre Eltern mit einigen der Herren sprachen und wie sie gemeinsam lachten.

Ihr Vater, mit seinem überheblichen und arroganten Blick; ihre Mutter, immer nach Etikette und Regeln lebend, ohne Gefühl, ohne Nachdenken.

Ein furchtbar geistloses Leben.

Würde sie eines Tages auch so werden, wenn sie den Willen ihrer Eltern ausführen müsste? Sie hatte Geschichten über ihre Mutter gehört, von alten Bediensteten, wie strahlendschön, herzlich und wild diese in ihrer Jugend gewesen war und wie arrogant und überheblich ihr Vater.

Kann es sein, dass auch sie damals so frei dachte und frei war, wie die Prinzessin heute? Dass auch schon ihre Mutter gegen ihren Willen einen Mann heiraten musste, der ihr zuwider war? Wurde sie deshalb mit der Zeit immer kälter, eisiger, gefühlloser?

Die Prinzessin war schockiert. Hatte ihr Vater Schuld am veränderten Wesen ihrer Mutter?

Plötzlich überkam sie fürchterlicher Zorn und sie blickte ihren Vater eisig an. Dieser bemerkte es nicht, da er, wie immer, sich nur für sich selbst interessierte. Und ihre Mutter spielte ohne Wenn und Aber mit! »Eine Frau hat nichts zu sagen«, sprach diese einmal zu ihrer Tochter. »Das darfst du nie vergessen: Als Frau hast du still zu sein. Dein Mann denkt, spricht und handelt für dich. Du darfst nur nicken. Deswegen <u>musst</u> du einen Mann haben, denn alleine bleibst du in der Gesellschaft weit zurück!«

Damals hatte die Prinzessin nur still dazu genickt, sie hatte kaum verstanden, was ihre Mutter ihr da Fürchterliches erzählte. Doch nun erinnerte sie sich wieder an diese Worte ihrer Mutter. Beide strafte die Prinzessin nun mit Eisaugen dafür, wer sie waren, was sie taten, was sie dachten.

Das man freiwillig das tat, was andere einem auferlegen, obwohl es wider der Wahrheit ist, wider der Liebe, Menschlichkeit, des Respekts!

Heiße Zornesflammen loderten in der Brust der Prinzessin auf und ihr Gesicht zeigte jedem, der ihr nun zu nahe kam, besser Abstand zu halten, was einige auch taten. Wie viele Generationen würden noch folgen, die nicht sie selber sein und so leben dürfen, wie sie es für richtig halten und stattdessen den Willen fremder Menschen befolgen, die weder Sinn für die Wahrheit, die Liebe hatten noch für Gott und Glückseligkeit? Wie viele unglückliche Generationen haben bis hierhin schon gelebt und sich gewünscht, nie geboren worden zu sein?

Der Mensch ist der Sklave im Leben anderer Menschen.

Der Mensch ist das schlimmste und gefährlichste Raubtier auf dieser Erde.

Nur der Mensch vermag es, seine eigene Spezies auszurotten. Aus purer Dummheit.

Die Prinzessin brachte den restlichen Abend damit zu, ihr Herz in schwerem Zorn zu entflammen. Keiner wollte sich mehr mit ihr unterhalten, als man ihre zornigen Gesichtszüge sah.

Als die Gäste jedoch abreisten, musste sie noch ein

letztes Mal für heute das Spiel mitspielen und so tun, als habe sie sich nie besser gefühlt und sei nie dankbarer für das Erscheinen der Gäste gewesen denn heute. Man fragte sie, ob es ihr gut ginge, sie habe so grimmig ausgeschaut.

Das Königspaar sah die Prinzessin daraufhin entsetzt an. Offenbar glaubten sie, ihre Tochter habe sie dadurch irgendwie lächerlich oder sonstwie negativ erscheinen lassen. Aber die Prinzessin hatte bereits ihre Ausrede parat. »Mir ist nach den Tänzen wirklich etwas schwindlig und mein Kopf schmerzt.

Ich hoffe, dass mir die Nachtruhe gut tun wird.«

Und so waren die Gäste als auch das Königspaar besänftigt.

* * *

Als der viel zu lang erscheinende Tag endlich vorbei war und die Prinzessin in ihrem Bette lag, dachte sie über den Abend nach, die Tänze, die Herren, ihre Mutter, ihren Vater.

Was würde sie nur tun, wenn man sie einfach mit einem dieser Widerlinge verheiratete? Sie war noch nicht bereit für sowas. Ihr Herz war noch ein Kind.

Kinder heiraten nicht. Sollten sie zumindest in kultivierten Kreisen nicht, wenn man wusste, was sich gehörte!

Wie könnte sie nur aus diesem Käfig ausbrechen oder die Heirat wenigstens hinausschieben, bis sie älter, reifer und bereiter war und bis der Richtige käme?

Oh wenn er doch nur endlich käme! …

11.

5.November 2016 – FREUDENSTADT, SCHWARZWALD

Zurück im Auto blieben Karl und Lavinia zunächst regungslos sitzen. Sie wussten nicht, wo sie mit Suchen anfangen sollten.

»Am besten wäre es«, begann Lavinia, »wenn wir in die entgegengesetzte Richtung fahren. Vielleicht liegt es auf der anderen Seite des Schlosshotels.« Erwartungsvoll sah sie Karl an, der seinen Kopf auf einem Arm am Autofenster abstützte.

»Und wo glaubst du, kommen wir dann raus?« Er sah sie genervt an.

Diese seufzte. »Keine Ahnung. Oder du gibst in deinem Smartphone «Schloss mit See in Baden-Württemberg» ein und schaust, was dann kommt. Ich nehme mal an, dass zumindest der See noch da ist, wenn schon nicht das Schloss.« Sie sah Karl erwartungsvoll an. Besser diese Idee als gar keine.

Karl stöhnte, kramte sein Smartphone aus der Jackentasche und tippte alles ein, was Lavinia gesagt hatte.

»Hm«, machte er mit einem Ausdruck in der Stimme,

als habe er tatsächlich etwas Brauchbares gefunden. »Da ist ein See, etwa über eine Stunde entfernt von hier, wo früher mal eine Burg gestanden hat. Jetzt ist da nur noch See.«

Karl sah Lavinia forschend an.

Diese sah skeptisch drein. »Eine Burg? Ich dachte es sollte ein Schloss sein. Ein Palast!«

Geknickt sah sie ihn an. Dieser zuckte mit den Schultern. »Tja, keine Ahnung. Ob Burg, Schloss oder Palast. Wir haben keinen Anhaltspunkt.

Meistens liegt ohnehin ein See um ein Schloss, da können wir jedes einzelne Schloss Deutschlands absuchen. Warte, ich gebe mal »Schloss Normandell von Lörrach« ein.«

Karl tippte hastig alles in sein Handy und sah enttäuscht aus. »Nichts. Ich würde sagen, wir fahren zu diesem großen See.«

Lavinia sah ihn enttäuscht an.

»Oh, warte«, sagte Karl plötzlich und Lavinia hielt den Atem an. »Hier stimmt aber etwas nicht ganz. Es gibt hier ein Schloss … nein, eine Villa.

Villa Aichele. Da würde alles passen mit Garten, mit See. Nur diese Villa wurde erst 1876 erbaut. Das haut nicht hin. Sonst würde alles passen.« Karl rieb sich nachdenklich über die Stirn.

Lavinia schaute verdutzt. »Ja, irgendwas stimmt da

nicht. Irgendwie passt beides nicht. Das eine ist eine Burg, obwohl es ein Schloss hätte sein müssen. Und das hier würde passen, aber die Baujahre stimmen nicht.« Ihr rauchte der Kopf.

»Was machen wir nun?«, sagte sie gequält.

»Ich bin schon ganz erschöpft.«

Karl nickte. »Ja, ich auch.«

Beide schwiegen einige Minuten lang.

»Sollen wir nicht erstmal ein Hotel suchen und morgen weitermachen? Immerhin müssen wir auch noch diesen Verein kontaktieren«, sagte Karl.

Lavinia stöhnte müde. »Ich weiß nicht. Ich fände es schon schön, wenn wir heute wenigstens noch eine einzige Sache erledigt bekämen.«

Karl seufzte leise. »Ja, aber egal wo wir nun hinfahren, es wäre ein weiter Weg. Und wir müssen erstmal einig werden, welches der beiden Bauten nun eher dem Schloss der Normandells von Lörrach entspricht.«

Karl blickte forschend in sein Handy.

Lavinia beobachtete ihn.

»Eine Burg war es nicht, das können wir knicken. Das andere … naja, da müssten wir ganz tief in die Vergangenheit reisen und herausfinden, warum es heißt, diese Villa sei erst im 19. Jahrhundert erbaut worden. Was stand vorher da? Es kann aber nichts durch Weltkriege zu Schaden gekommen sein, da diese erst nach dem Bau gewesen sind. Ich verstehe es nicht.« Lavinia schloss die Augen und atmete tief durch.

Karl rieb sich müde die Augen. »Ja, das ist alles Bockmist, Livi. Zum verrückt werden.«

Lange saßen Karl und Lavinia nur so im Auto und sagten kein Wort. Lavinia fielen fast vor Müdigkeit die Augen zu und Karl versuchte weiterhin krampfhaft einen Anhaltspunkt zu finden, indem er angestrengt auf seinem Smartphone herumtippte. Nach etwa einer Viertelstunde schnaufte Karl auf. »Weißt du«, machte er. »Ich denke, dass wir mit dieser abgegangenen Burg, wo nur noch See zu finden ist, gar keinen schlechten Fang gemacht haben. Ich glaube fast, dass es das ist, was wir suchen.«

Lavinia stöhnte auf. »Aber Karl! Es soll ein Schloss sein!«

»Ach, was es soll!«, rief Karl belustigt.

»Damals im 13. Jahrhundert war es üblicher eine Burg zu haben als ein Schloss. Meiner Ansicht nach war es eher ab dem 17. oder 18. Jahrhundert mehr mit Schlössern soweit. Also kann man sagen, dass wir hier auf der richtigen Fährte sind.

Außerdem steht im Internet viel von Burg und dann im selben Satz Schloss. Gibt wohl keinen großen Unterschied«, beendete er seine Erklärung und schnallte sich an. »So, Livi. Wir fahren los.«

Lavinia seufzte. »Wenn du meinst, dass das so richtig ist, Herr Anwalt und Detektiv.«

Karl grinste sie an. »Ja, ich habe ein sehr gutes Gefühl. Und dieser See ist bestimmt dieser verwunschene See, den wir suchen.«

Lavinia nickte stumm. »Und wie lange, sagtest du, müssen wir nun fahren?«

Karl lachte. »Wir? Ich dachte, **ich** fahre, Livi!« Er zwinkerte ihr zu, die nun auch lachte. »Wir fahren etwa über eine Stunde. Über achtzig Kilometer. Ich nehme die A81, das geht am Schnellsten.«

Lavinia nickte und schaute aus dem Fenster.

12.

1223 n.Chr., SCHWARZWALD, HEILIGES RÖMISCHES REICH

Der nächste Morgen zog heran und erste Sonnenstrahlen fielen in das Schlafgemach der Prinzessin.

Bald würde das Hausmädchen hereintreten, die Vorhänge aufziehen, die Fensterläden öffnen, die Prinzessin ankleiden. Wie sollte es auch anders sein?

So war es schon seit hunderten von Jahren und so würde es noch weitere hunderte von Jahren weitergehen. Ohne jede Abwechslung würde der königliche Tagesrhythmus begangen werden. Ohne Hoffnung auf einen Ausbruch aus diesem goldenen Käfig. Nicht einmal dann, wenn die Prinzessin heiraten und fortziehen würde. Ihr aufgezwungener Gemahl würde von ihr einen ebenso ermüdenden Tagesrhythmus verlangen, wie sie ihn daheim gewohnt war. Sogar wenn die Prinzessin aus Liebe heiraten würde, würden alle von ihr dieses bisherige Leben abverlangen.

Die Prinzessin war schon wach und blinzelte durch ihr Zimmer, welches nun durch das Sonnenlicht, das spärlich in ihr Zimmer zog, immer mehr im Dunkeln erkennbar wurde.

Sie fragte sich, wie spät es wohl war.

Das Hausmädchen schien sich doch nicht etwa zu verspäten?

Noch eine Weile lag die Prinzessin in ihrem Bette und dachte nach. Irgendwann vernahm sie Stimmengewirr auf dem Korridor und Geklapper von Schlüsseln.

Schließlich schoss das Hausmädchen ins Zimmer und riss die Vorhänge auf, öffnete die Fensterläden und schien ganz außer Atem.

Die Prinzessin beobachtete sie. »Haben Sie sich verspätet?«

Das Hausmädchen schüttelte entsetzt den Kopf. »O nein, wertes Fräulein«, sprach sie. »Derlei würde ich mir niemals erlauben!«

Die Prinzessin war nun verwirrt. »Nun sprechen Sie schon! Was ist es dann?«

Das Hausmädchen schluckte. Offenbar suchte es nach den rechten Worten. »Dort draußen im Palastgarten steht ein Herr, Fräulein. Ein Fremder.«

Die Prinzessin schien noch verwirrter. Sie zuckte die Schultern. »Und?«

Das Hausmädchen schluckte abermals. »Nun, der Herr wünscht eintreten zu dürfen. Mit Ihnen zu sprechen, Fräulein.«

Die Prinzessin riss nun die Augen weit auf.

»Mit mir? Aber warum nur?«

Das Hausmädchen war nun in Erklärungsnot.

»Das kann ich Ihnen leider nicht sagen, Fräulein. Er hat nicht gesagt warum.«

»Wissen meine Eltern schon davon?«, wollte die Prinzessin wissen.

»O ja, Fräulein. Da der Herr ein Edelmann zu sein scheint, wollen sie ihn hineinbitten, sobald Sie angekleidet sind und ihnen Gesellschaft leisten. Im Salon. Sie warten alle.«

»Und dieser Herr wartet solange im Garten?«, fragte die Prinzessin verdutzt.

»Ja, Fräulein. Er mag erst dann eintreten, wenn Sie angekleidet sind. Andernfalls empfände er es als ehrlos, in ein Haus einzutreten, wenn die Bewohner noch in Schlafrobe lägen, vor allem die Damen.«

Die Prinzessin sah überrascht drein. »Soso. Wie ehrenwert. Das imponiert mir.«

Sie schlug die schwere Bettdecke zurück und stand von ihrem Bette auf. Rasch machte das Hausmädchen sich daran, die Prinzessin anzukleiden und hübsch zu machen.

* * *

Während das Hausmädchen bereits hinuntergegangen war, um alle darüber zu informieren, dass die Prinzessin gleich käme und um den Fremden hineinzulassen, blieb die Prinzessin noch kurz in ihrem Gemach zurück und besprühte sich noch mit etwas Duftwasser.

Lavendel.

Nun denn, dachte sie bei sich. Mal sehen, was dieser Mensch ausgerechnet von **mir** will …

Langsam schritt sie die lange Treppe hinab in Richtung Salon. Ein Diener ging voraus, um sie im Salon anzukündigen. Dann trat sie ein.

Vor ihren Augen stand ein wirklich gut aussehender Mann in reifem Alter und blickte sie zuerst überrascht, dann liebevoll und dann gefasst an. Er trat vor die Prinzessin, machte eine ehrvolle Verbeugung, nahm dann ihre Hand und gab dieser einen Kuss.

»Ich freue mich außerordentlich, meine Prinzessin, Sie kennenlernen zu dürfen«, sprach der Fremde mit warmer weicher Stimme. Er trug einen schwarzen Vollbart, der sein Antlitz verbarg. Er hatte pechschwarzes Haar, dunkle Augen, war groß und schlank gewachsen. Seine Garderobe sprach von einem immensen Anwesen und einem überreichen Vermögen sowie einem bedeutenden Titel.

»Es freut mich ebenso, mein Herr«, entgegnete die Prinzessin höflich, aber auch nicht mehr.

Gegenüber Menschen behielt sie sich eine gesunde Skepsis vor. Und Misstrauen.

Der Fremde lächelte sanft. »Sie haben zauberhaft grüne Augen«, sprach er. »Und wunderbares rotblondes Haar.« Mit Verehrung besah er sich die Prinzessin, der all dies recht unheimlich vorkam.

Sie lächelte. „Vielen Dank."

Der König und die Königin schienen von diesem Fremden recht angetan.

»Wie schade, dass Sie nicht schon gestern gekommen sind, denn wir hatten einen großen Ball gegeben mit einer großen Gesellschaft«, sprach die Königin fröhlich. »Sie wären aufs Höchste willkommen gewesen.«

Der Fremde wandte sich der Königin zu. Er lächelte. »Vielen Dank, das ehrt mich. Aber ich bin erst in der Nacht angereist. Mein Anwesen, welches ich soeben erworben, ist hier ganz in der Nähe.

Vielleicht kann ich Eurer Ehre bei einem nächsten Ball nachkommen?«

Die Königin strahlte. »Aber ja, gewiss. Wir werden

sicher wieder einen Ball geben.«

Der König räusperte sich und der Fremde sah diesen nun ernst an, da er ebenso ernst dreinblickte.

»Um ganz ehrlich mit Ihnen zu sprechen«, begann dieser. »Dieser Ball wurde für unsere Tochter gegeben. Sie sollte sich einen Gemahl aussuchen. Doch ihr missfielen sie alle.«

Der Fremde schien ein wenig belustigt.

»Das tut mir leid zu hören.« Er sah zur Prinzessin, die reglos dastand.

Der König seufzte. »Tja, nun ja. Sie wird sich dennoch bald verheiraten müssen. Ob sie will oder nicht. Immerhin ist sie bereits achtzehn! Wir haben schon vier Jahre länger gewartet als üblich.

Die Königin und ich wurden bereits mit vierzehn verheiratet. Ob wir wollten oder nicht. Sie wissen sicherlich, wie dies bei unsereins gehandhabt wird.« Arrogant stand der König mit geschwollener Brust vor dem Fremden, der mild lächelte.

»Gewiss. Das weiß ich.« Er konnte nicht umhin, immer wieder zu der Prinzessin zu schauen.

»Nun, es trifft sich, dass – eben wie Eure Hoheit bereits erwähnte, wie dies bei unsereins gehandhabt wird – ich mir eine Braut erwählen muss. Mein Anwesen ist alleine so einsam, aber so unfassbar groß. Eine Gemahlin wäre da hervorragend!« Er lächelte breit.

Der König und die Königin sahen einander begeistert an. Der Prinzessin schwante Böses.

»Ach, tatsächlich?«, sagte die Königin freundlich. »Sie sind nicht verheiratet?«

Der Fremde schüttelte sanft den Kopf.

»Leider nein. Ich hätte gerne eine Frau.«

Die Prinzessin räusperte sich. Alle blickten sie an.

»Darf ich bitte hinaus in den Garten gehen?«

Ihre Eltern sahen sie entsetzt an. Ihre Mutter fing sich als Erste. »Es ist nicht nötig unhöflich zu werden! Du bleibst gefälligst hier und leistest dem Herrn Gesellschaft. Warum musst du nur immer so widerborstig sein?« Giftig sah sie ihre Tochter an.

Der Fremde sah zu Boden und lächelte amüsiert.

»Ich will aber nach draußen! Reiten, spielen, toben! Jetzt sofort!«

Giftig blickte sie ihre Mutter an.

Nun donnerte ihr Vater: »Hör endlich auf mit diesem dummen Unfug! Du bist eine Dame, eine Prinzessin, und du wirst dich ab sofort auch wie eine benehmen, vor allem, wenn wir Gäste haben! Ich werde dir die Flausen schon noch austreiben, notfalls mit Gewalt! Ich bin es leid, dass du uns immer und immer wieder vor aller Welt so lächerlich machst!« Rot vor Zorn sah er die Prinzessin an, die nun ebenfalls rot anlief und ihr Tränen in die Augen stiegen.

Der Fremde sah den König entsetzt an. »Eure Tochter scheint ein freier Geist zu sein, das macht mir nichts aus. Ich bin auch so jemand. Wer sein Kinderherz zu bewahren weiß, hat die rechte Kunst zu leben verstanden.« Er lächelte den zornesroten König an. Dieser blickte nur verdattert zurück.

»Wir sollten uns niedersetzen und gemeinsam einen Schluck Tee trinken«, sprach da die Königin und gab dem Diener Anweisung für vier Tassen Tee.

Sie setzten sich nieder und tranken Schluck für Schluck schweigend ihren Tee.

Die Prinzessin schluckte ihre Tränen zusammen mit ihrem Tee hinunter. Sie vermied jeglichen Blickkontakt zu ihren Eltern und diesem Fremden, dem sie die Schuld dafür gab, dass sie, anstelle draußen toben zu dürfen, nun hier im Salon festhing.

Was fiel diesem Fremden eigentlich ein, einfach so unangekündigt hier aufzutauchen und sich wichtig zu machen?

Wer war er denn schon?

Zornesflammen stiegen in ihr hoch.

Der Fremde merkte davon nichts und schaute hin und

wieder zur Prinzessin, die ihn zu faszinieren schien. Er hing an ihren strahlendgrünen Augen, ihren rotblonden Haaren, ihrem Lavendelduft.

Nach einer gefühlten Ewigkeit räusperte sich die Königin. »Verzeihung, aber, Sie sagten, Sie wollten mit unserer Tochter sprechen. Sie sind also gezielt zu uns gekommen?«

Sie sah den Fremden misstrauisch an.

Dieser nickte lächelnd und stellte seine nun leere Tasse auf dem kleinen Tischchen vor sich ab.

»So ist es. Ich suche ja eine Gemahlin und erfuhr, dass unter Eurem Dach eine zu finden sei, wollte nun aber nicht so direkt bei Euch einfallen.«

Er schaute ein wenig schuldbewusst.

Der König klatschte begeistert in die Hände.

»Dann ist es also beschlossene Sache, dass Sie unsere Tochter ehelichen«, rief er aus und sah seine Tochter triumphierend an.

Der Fremde lachte nun laut.

Alle starrten ihn an.

»So sehr es mich auch ehrt, Eure Hoheit, aber«, er pausierte hier und der König schaute nun grimmig.

»Aber?«

»Aber ich möchte meine Gemahlin schon kennen ehe ich sie heirate. Ich möchte also zuerst Eure Tochter eine Zeit lang kennenlernen und wenn es möglich ist, möchte ich aus Liebe heiraten. Und meine Frau solle auch mich lieben.«

Der König starrte ihn an. »Wie extravagant! Aber gut. Wenn Sie es so sehen.«

Stille.

»Nun dann sollten Sie sich mit unserer Tochter für Unternehmungen verabreden. Eine Anstandsdame wird Sie begleiten.«

Der König sah den Fremden grimmig an.

Dieser nickte. »Vielen Dank, Eure Hoheit.«

Die Prinzessin seufzte leise. Wie konnte das nur geschehen? Als wäre sie Vieh, das man auf dem Markt öffentlich zum Kauf anbietet.

Der Fremde schenkte ihr ein herzliches Lächeln. Er zwinkerte ihr sogar zu!

Er hat gar keine Manieren, dachte sich die Prinzessin. Er ist ebenso widerlich wie die anderen.

Wer weiß was für eklige Dinge ich auch noch über diesen herausfinden werde!

Sie blickte wieder zu Boden und bemühte sich abermals um keinen Blickkontakt.

Der Fremde schien von ihrer Art amüsiert.

»Wollen Sie gerne durch unseren Palast geführt werden? Und unseren Garten?«, fragte schließlich die Königin.

Der Fremde nickte. »Sehr gerne.«

So erhoben sie sich und schritten durch den Palast.

Der Fremde hielt sich sehr nahe der Prinzessin auf, die wiederum sehr auf Abstand achtete. Doch so sehr sie sich auch darum bemühte, der Fremde lief immerfort neben ihr her und suchte ihren Blick. Mensch, ist das nervig!, dachte die Prinzessin angewidert und hoffte, dass dieser lächerliche Rundgang bald ein Ende fand.

So viele Erinnerungen, dachte stattdessen der Fremde, als er durch die vertrauten Korridore und Zimmer lief. Sie kamen sogar am hinteren Teil des Palastes an, in welchem der Bub damals gefangen gehalten wurde.

Nur der Fremde und der König wussten davon.

»Nun«, fing der König vor jenem Zimmer an, »wenn es uns mal passiert, einen Gefangenen bei uns zu halten, erhält er dieses Zimmer hier.« Voller Hohn in der Stimme klopfte er an die Türe des Zimmers. »Oder schlimmstenfalls den Kerker.«

Mit schwerer Arroganz und Überheblichkeit sah er den Fremden an um seine Reaktion abzuschätzen.

»Ja. Aber beides ist bislang noch nicht ein einziges Mal vorgekommen«, beschwichtigte die Königin.

»Gewiss«, sprach da der König. »Aber wir könnten, wenn wir wollten.«

Der Fremde lächelte. Aber das Lächeln erreichte seine Augen nicht.

»Lasst uns weitergehen«, drängte nun die Prinzessin, »damit wir endlich in den Garten kommen.«

Der Fremde war dankbar für diesen Einwurf, denn etwas Schweres lag in der Luft in Verbindung mit diesem schwarzen Zimmer.

So schritten sie durch die restlichen Zimmer und Korridore und hinaus in den Garten.

Sobald der sanfte milde Frühlingshauch der Prinzessin ins Gesicht strömte, jauchzte sie augenblicklich auf und tobte und hüpfte und machte Radschläge.

Dem König und der Königin war dies mehr als unangenehm.

»Nun hör endlich auf damit und komm wieder her!«, fauchte der König.

Der Fremde lachte. »Lasst nur, Eure Hoheit.

Ich finde es sehr erquickend. Und sehr ansteckend ... diese Freude.« Liebevoll lächelnd besah er sich die herumtollende Prinzessin. Alte Erinnerungen wurden wach. Sein Herz überschlug sich bei diesem Anblick.

Voller Inbrunst jauchzte die Prinzessin und auf einmal , mitten im Herumtoben, trafen sich ihre Blicke – ihr herzerwärmendes Lachen – mit dem des Fremden und sein Herz wurde ihm warm.

Als er damals, nachdem er aus diesem verfluchten Zimmer entkommen konnte, diesem kleinen Mädchen seiner Liebsten in die Augen sah und ihm versprach, dass er wiederkommen würde, hatte er sich seither auf jeden Tag seines Lebens gefreut, aufdass er dieses kleine Mädchen eines Tages als Frau in seine Arme nehmen, es wiedersehen darf.

So oft hatte er es sich ausgemalt, so oft darüber sinniert, wie schön sie nun wäre, ob sie so sehr wäre wie ihre Mutter.

Und mit einem Mal, als er sie zum ersten Mal sah, erkannte er noch mehr: Sie war schöner und ausgelassener als es ihre Mutter je gewesen ist.

Seine einstige Liebste, die gegenwärtige Königin, erkannte ihn nicht einmal mehr. Ihr Herz war wie das ihres Gatten geworden – eiskalt und hart. Er hatte schon geahnt, dass seine Liebste eines Tages so sein würde wie ihr Gemahl. Mit der Zeit hat sie sich ihm angepasst. Er hat sie unterjocht, ihre Fröhlichkeit, Wilde und Ausgelassenheit niedergetrampelt, so, wie er es nun bei seiner Tochter versucht. Doch dies muss verhindert werden, das wusste der Fremde. Er konnte seine Liebste nicht vor diesem Dämon beschützen und überließ sie ihm. Aber die Prinzessin, ihrer Mutter so gleich und doch viel erhabener, würde er nicht bekommen.

Der Engel soll ein Engel bleiben. Ein guter.

Lange besah sich der Fremde die heitere und jauchzende Prinzessin und es erfreute sein Herz. Das Königspaar jedoch fand dieses Theater der Prinzessin albern und unangemessen.

Still sahen sie der Prinzessin lange Zeit zu.

»Sagt mir«, fing schließlich der Fremde an, »wie kam es, dass alle Blumen verdorrten, alle Vögel starben, alles kalt und nass und grau wurde?

Immerhin ist Frühling und es sollte eine andere Luft herrschen.« Erwartungsvoll sah er die Königin an.

Diese sah unbeholfen drein.

»Wissen Sie, ich weiß es eigentlich gar nicht so genau. Es fing eines Tages einfach an. Die Prinzessin war kaum vier oder fünf Jahre alt, da überzog das Land ein so strenger und kalter Winter – mitten im Sommer -, dass alles gefror und erstarb und nie mehr erwachte. Fortan war es so und nur hin und wieder wird es mal ein wenig heller oder wärmer, aber sonst bleibt alles so trüb.«

Sie blickte ihren Gatten an, der zustimmend nickte.

»Recht so. Es kam eines Tages einfach über uns. Keiner kann sagen, woher das kam und warum.

Unser Volk hat seitdem schwere Armut durchzustehen und Hunger zu leiden. Zumindest die, die noch leben, wissen Sie.«

Der Fremde nickte ernst. »Und Ihr helft Euren Volk sicherlich, Eure Hoheit?«

Der König sah ihn herausfordernd an. »Nun, da gibt es von unserer Seite nicht viel zu helfen. Wir müssen auch an uns denken, unsere Traditionen pflegen, Bälle geben, große Gesellschaften und nun muss noch die Prinzessin verheiratet werden.

Meinen Sie, wir könnten es uns leisten, uns selber, die Aristokratie, aufzugeben, damit ein Pöbel, der nun nur noch aus einer Handvoll besteht, durchkommt? Oh, mein Werter, so ein guter Scherz!«

Der König lachte ein tiefes Lachen, das mehr nach dem Knurren eines Teufels klang.

Der Fremde sah den diabolisch lachenden König an und konnte kaum fassen was er da hörte.

Es widerte ihn an. Der Vetter war noch genauso, nein – schlimmer als früher!

Der Fremde wandte seinen Blick vom Dämon ab und beobachtete den Engel. Die Prinzessin war so wunderbar heiter und ausgelassen, dass man fast mitmachen musste. Ein innerer Drang überkam den Fremden, doch er musste sich zusammenreißen.

Dann blieb die Prinzessin an einem Baum stehen und umarmte ihn. Seufzend, nach Atem ringend und mit geschlossenen Lidern schmiegte sie sich an den Baum. Waren Bäume doch so wichtig für den Menschen, gaben sie ihm doch Sauerstoff zum Atmen!

Der Fremde war bei diesem Anblick so gerührt, dass er sich eine Träne wegwischen musste.

Es rührte ihn, dass die Prinzessin so naturverbunden war, dass sie die Flora so liebte, dass sie einen Baum herzte.

Doch schon polterte der König: »Nun sieh sich einer das an! Hör auf so albern den dummen Baum da zu umarmen! Man kann sich deiner auch nichts als schämen!« Er ließ ein Knurren folgen. Er wandte sich zum Fremden: »Es tut mir sehr leid, was Sie da sehen müssen! Wir können verstehen, wenn Sie unsere Tochter deswegen abweisen, es ist sehr grausam!«

Der König seufzte schwer.

Der Fremde lächelte. »Aber nein! Ich habe gar nichts dagegen, wenn Eure Tochter so naturverbunden ist. Es ist eine wahre Freude ihr zu zusehen.«

Der König hob überrascht die Augenbrauen.

»Tatsächlich? Sie überraschen mich. Aber wenn Sie es sagen.«

»Ja, das sage ich«, entgegnete der Fremde und beobachtete die Prinzessin. Wie sie dem Baum ihre Liebe gab, ihm so mitteilte, dass er wichtig war, dass nur dank ihm Leben auf der Erde entstehen und nur durch ihn bewahrt bleiben konnte.

Ohne Bäume kann kein Lebewesen auf der Erde leben.

Ohne Sauerstoff, ohne CO_2.

Flora und Fauna brauchen Einklang, brauchen einander.

Wie der Mensch …

»Wenn Ihr eine Anstandsdame holen könntet, wäre ich Eurer Hoheit sehr verbunden«, begann plötzlich der Fremde. »Ich möchte die Gelegenheit nutzen, Eure Tochter besser kennenzulernen.«

Das Königspaar sah sich überrascht an.

»Ja … natürlich.«

Der König wies seinen Diener an, eine Anstandsdame kommen zu lassen.

Als sie eintraf, entfernten sich der König und die Königin sofort und der Fremde trat etwas näher an die Prinzessin heran, die sich noch immer am Baum festklammerte.

Der Fremde genoss diesen Anblick. Es hatte etwas Herzquickendes. Er lächelte. »Na«, begann er, »wie ich sehe, lieben Sie Bäume genauso gerne wie ich es tue. Gelegentlich umarme auch ich diese wunderbaren Wesen.«

Die Prinzessin sah ihn an. »Wesen?«

Der Fremde nickte. »Ja. Lebewesen. Sie leben, sie

atmen, sich wachsen und gedeihen. Sie sind nicht tot. Sie sind dem Menschen sehr ähnlich.«

Er lächelte sanft.

Wie sehr er dieses Mädchen liebte!

Die Prinzessin löste sich nun vom Baum.

»Bäume sind toll.«

Der Fremde nickte zustimmend. »Erlauben Sie mir, Sie besser kennenzulernen?«

Er hoffte so sehr auf ein ja.

Die Prinzessin sah den Fremden misstrauisch an. »Weswegen? Um mich zu heiraten? Das haben schon andere Männer versucht! Und alle wollten mich nur, weil ich eine Prinzessin bin, nicht wegen mir!« Sie wurde trotzig.

Der Fremde wurde ernst. »Ja. Deswegen will ich Sie näher kennenlernen, um Ihr Ich zu entdecken. Nicht Ihren Stand in der Gesellschaft, sondern Sie als Mensch.«

Die Prinzessin blieb misstrauisch. »Sie können schön sprechen. Sind Sie ein Redner?«

Sie wandte sich vom Fremden ab und lief umher. Der Fremde folgte ihr.

»Ich bin ein Mensch, der einen Seelen-verwandten zu finden begehrt.«

Die Prinzessin lachte. »Und Sie meinen, ich sei diese Seelenverwandte?«

Der Fremde nickte. »Ja, das meine ich. Ich bin mir sicher.«

Die Prinzessin grinste. »Sie sind wahrlich außergewöhnlich. Wenn es nur nach mir ginge und nicht nach dem Willen meiner Eltern, dann würde ich niemals heiraten, sondern frei sein, herumtoben, reiten, jauchzen uns springen wie es mir gefällt!«

Während sie dies sagte, sprang sie umher, als wollte sie ihren Worten mehr Ausdruck verleihen.

Der Fremde lachte. »Das finde ich sehr schön! Würden Sie meine Frau werden, dann können Sie all dies auch weiter tun! Ich hindere Sie nicht. Sie können dennoch frei, unabhängig und Sie selbst bleiben. Es kümmert mich nicht. Mehr noch:

Ich wünsche mir sehr, dass Sie Sie selbst bleiben.«

Die Prinzessin blieb stehen. »Ist das Ihr Ernst?« Sie war von diesen Worten beeindruckt, aber sie blieb skeptisch.

Der Fremde nickte. »Ja, das ist mein Ernst.«

Die Prinzessin dachte nach. »Schöne Worte.

Bis Sie mich in ein Korsett quetschen und mich als Sklavin bei sich halten!« Sie wandte sich von ihm ab.

Der Fremde seufzte. Es war schwer an sie heranzukommen, aber er würde weiter um sie kämpfen!

Die Prinzessin lief davon und der Fremde sah ihr

nach. Soll ich ihr hinterhergehen?

Die Anstandsdame blickte den Fremden kühl an.

Er seufzte. Dann beschloss er, der Prin-zessin hinterher zu schlendern.

Er besah sich im langsamen Trott den Palastgarten und befand ihn tot sehr abstoßend. Er wirkte gar nicht mehr so schön und strahlend wie einst. Als hier noch alles lebte.

Wie kam es nur zu diesem plötzlichen Ersterben alles Lebenden? Wodurch wurde es ausgelöst? Wie konnte das sein?

Kam all dies etwa wegen der enormen Herzenskälte des Königspaares? Mit harter strenger Hand regierten sie dies Königreich und offenbar half es seinem Volk kein bisschen, um Armut, Hunger und Tod zu bekämpfen. Was man nicht hegte und pflegte erstarb irgendwann.

Der Fremde seufzte.

Plötzlich entdeckte er die Prinzessin und sofort machte sein Herz einen erquickten Hüpfer.

Er lächelte beherzt.

Die Prinzessin war gerade dabei, auf einen Baum zu klettern. Der Fremde beobachtete sie besorgt dabei. Ehe sie am nächstgelegenen Ast ankam, rutschte sie ab und fiel zu Boden. Sie schrie.

Sofort kam der Fremde auf sie zugestürzt, hinter ihm

die Anstandsdame.

»Haben Sie sich verletzt?«, fragte der Fremde besorgt.

»Gehen Sie weg, das ist alles Ihre schuld!«

»Sagen Sie mir, ob Sie sich was getan haben.«

Verzweifelt sah er sie an.

»Mein Fuß tut weh!«, jammerte die Prinzessin und begann zu weinen.

Wie entwürdigend, jetzt zu weinen, dachte sie bei sich.

Die Anstandsdame sah hilflos zu. »Was sollen wir nun tun?«

Der Fremde sah sie an. »Wir tragen sie zum Palast zurück. Ein Doktor muss kommen.«

Die Anstandsdame nickte.

Der Fremde griff, gegen den Willen der Prinzessin, dieser unter die Arme und Beine, hob sie hoch und zusammen gingen sie zurück zum Palast.

Da die Prinzessin dem Fremden nicht traute, und befürchtete, von ihm fallengelassen zu werden, klammerte sie sich umso fester an diesen.

Er genoss es und sog den feinen Duft von Lavendel, der an ihr haftete, tief ein. Sofort überkam in Wonne und völlige Ruhe.

»Lassen Sie mich bloß nicht fallen, sonst werde ich

zur Furie!«, schimpfte die Prinzessin und sog vor Schmerz die Luft scharf ein.

Der Fremde lächelte sanft. »Ich würde es niemals wagen, einen Engel fallen zu lassen. Eher gehe ich tausend Mal kreuz und quer durch die Hölle. Seien Sie also unbesorgt.«

Die Prinzessin blieb trotzig. Sie entgegnete dies mit einem bloßen »Hm« und klammerte sich ärger an ihn. Als wäre er ein Baum.

Vor Schmerz stand ihr der Schweiß auf der Stirn.

Als sie am Palast ankamen – die Anstandsdame immer eilig nebenher – sahen schon von Weitem die Bediensteten, dass etwas geschehen war und öffneten das Tor.

Die drei huschten hinein und liefen durch die Eingangshalle. Einem Diener teilten sie mit, er möge bitte rasch einen Doktor herholen.

»Doktor? Höre ich da *Doktor*? Für wen? Was ist passiert?«, polterte es aus einem der Zimmer und eilig kam das Königspaar angelaufen. Sie blieben erschrocken vor dem Fremden stehen, der ihre Tochter auf den Händen trug.

»Was zum Teufel ist passiert?!«, donnerte der König.

»Eure Tochter ist auf einen Baum geklettert und abgerutscht. Ihr Knöchel scheint verstaucht, Hoheit«, erklärte der Fremde ruhig.

Der König jedoch wurde zornig. »Zum einen:

Wieso haben weder Sie noch die Anstandsdame auf die Prinzessin aufgepasst? Und zum anderen: Wieso turnt eine Dame auf einem Baum herum?« Die letzte Frage galt der Prinzessin und sie wurde rot vor Zorn.

Der Fremde merkte, dass die Prinzessin das alles für äußerst unangenehm befand und versuchte ihr zu helfen.

»Eure Hoheit«, begann er, »es ist etwas kompliziert. Aber Eure Tochter ist ein freier Geist, der gerne herumtobt. Mir macht dies nichts aus, so bleibt sie sich selbst treu.«

Der König schien vor Zorn fast zu platzen.

»Das soll mich jetzt beruhigen?!"

Seine Augen funkelten zornig.

«Der Doktor ist da!», warf ein Diener ein und der König verlor den Faden.

»Ah ja … bringen Sie ihn herein!«, befahl dieser und der Doktor hechtete in den Palast.

»Ich bitte um Verzeihung, Hoheit. Ich kam so schnell wie es nur ging.«

Offenbar glaubte er, dass er sich verspätet habe.

Der König sagte dazu nichts und hieß ihn, sich sofort um seine verletzte Tochter zu kümmern.

Man trug die Prinzessin hinauf in ihr Schlafgemach und der Doktor verarztete sie dort.

Wie der Fremde bereits vermutet hatte, war ihr Knöchel verstaucht. Sie brauchte mehrere Wochen Bettruhe. Das fand die Prinzessin ganz und gar nicht lustig, wollte sie doch so gerne draußen spielen, toben, reiten!

Verbittert und mit verschränkten Armen vor der Brust saß sie in ihrem Bett.

Der Fremde beobachtete sie. Er war fasziniert von ihr und war von ihrer Dickköpfigkeit und Sturheit amüsiert. Ihr Charakter war für ihn sehr liebenswert. Er war froh, dass sie sich so vehement gegen die königliche Etikette sträubte und ihren eigenen Kopf durchsetzen wollte. Das imponierte ihm!

Die Prinzessin starrte den Fremden erbost an.

»Das ist alles Ihre schuld!«, donnerte sie ihm entgegen.

Der Fremde war überrascht. Er zog die Augenbrauen hoch. »Meine Schuld?«

Der König trat hinzu. »Jetzt sei gefälligst nicht so stur, benimm dich wie eine Dame und bedank dich bei ihm, dass er dich verletzt heimgetragen hat.«

Die Prinzessin schnaubte. »Warum? Er ist doch schuld daran!«

Der Fremde sah sie ausdruckslos an. Obwohl sie ihn angriff, war er davon sehr amüsiert.

Der König wurde erneut zornig. »Schuld? Du wagst es, meine Gäste so anzugreifen? Dazu auch noch einen

Edelmann, der in Erwägung zieht, dich zur Frau zu nehmen?!«

Die Prinzessin funkelte ebenso zornig zurück, wie es ihr Vater tat.

Der Fremde räusperte sich. »Eure Hoheit, es wäre besser, die Prinzessin ruhen zu lassen. Sie scheint von all den Ereignissen sehr aufgewühlt.«

Der König sah ihn an. Er nickte. »Also schön!« Dann schritt er aus dem Zimmer, gefolgt von dem Fremden, der noch ein letztes Mal zur zornigen Prinzessin blickte.

* * *

In den folgenden Tagen verbrachte der Fremde viel Zeit bei der Prinzessin und kümmerte sich um sie. Er bemühte sich um ihr Herz, ihre Zuneigung, dass sie heiter würde.

Doch immerfort lehnte sie ihn ab, stieß ihn gar fort.

Der König und die Königin waren davon ganz und gar nicht angetan und versuchten ihrer Tochter klarzumachen, wie wichtig gutes Betragen war. Während ihre Mutter meist nur schwieg, polterte ihr Vater täglich vor dem Bett der Prinzessin, dass sie den Fremden gefälligst akzeptieren und annehmen solle, denn einen anderen Mann wird sie nie bekommen und ehe sie diesen noch endgültig vergraule, solle sie nun zur Vernunft kommen.

»Eure Hoheit«, sprach dann eines Tages der Fremde zum König, nachdem dieser der Prinzessin erneut eine Standpauke hielt. »Ich versichere Euch, dass man mich nicht vergraulen kann. Ich werde stets hierbleiben, bei der Prinzessin. Ich bin weiter an dieser interessiert und wünsche, sie eines Tages zu ehelichen. Natürlich vorzugsweise ebenso mit ihrer Zuneigung zu mir.«

Der König schien erstaunt. »Trotz allem würden Sie um meine Tochter werben und Sie ehelichen wollen?«

Der Fremde nickte lächelnd.

»Warum? Sie benimmt sich unmöglich!«

»Das macht mir nichts. Ich liebe sie.«

Der König riss die Augen weit auf.

»Tatsächlich?«

Der Fremde nickte erneut.

Der König sah diesen skeptisch an. »Wenn Sie meinen.«

»Ja, das meine ich.«

Der Fremde blickte dem König gefasst in die Augen. Dieses Mal würde er um seine Liebe kämpfen.

So trug es sich zu, dass der Fremde Tag für Tag bei der Prinzessin wachte und ihr gut sein wollte, egal, wie sehr sie ihn auch verabscheute.

Als sie schließlich mitten am Tag einschlief, besah der Fremde sich das schlafende Antlitz der Prinzessin, wie er es einst bei ihrer Mutter getan.

Wie ein Engel lag sie in stillem Schlummer da. Nichts wies auf den Umstand hin, wie sehr sie den Fremden verachtete, ja, dass dieses milde Wesen überhaupt verachten konnte!

Oder war dies nur eine Maske und die Prinzessin verachtete den Fremden gar nicht, sondern mochte ihn, aber zeigte etwas anderes?

Der Fremde seufzte. Wie konnte er nur ihr Herz gewinnen? Oder zumindest ihre Sympathie?

Er legte sanft seine Hand auf die ihre und war erstaunt über diese kleine warme weiche Hand.

Warm lief es ihm durchs Herz.

Die beiwohnende Anstandsdame sah dem Ganzen argwöhnisch zu.

Eigentlich war diese kleine Berührung vor der Vermählung bereits zu viel. Doch sie beließ es zunächst dabei.

Es war ja nur eine Hand!

Als der Fremde am folgenden Tag zu der Prinzessin

kam, brachte er ihr einen frischen Strauß Lavendel mit, der sie begeisterte.

In ihrem Königreich war es immerhin schon seit Ewigkeiten kalt, dunkel und tot gewesen, in welchem natürlich kein Lavendel wachsen und gedeihen kann. Im Königreich des Fremden jedoch wuchs alles in voller Pracht, sodass er versuchte, seiner Liebsten etwas Blühendes zu schenken, falls es bei ihr nicht sofort eingingse ...

Er trat also mit dem Lavendel in ihr Gemach und sofort weiteten sich ihre Augen. Vergnügt klatschte sie in ihre Hände und dies sah so wundervoll aus, das der Fremde ebenso vergnügt wurde und lachte.

»Wo haben Sie die her?«, wollte die Prinzessin sogleich wissen.

»Aus meinem Königreich.«

Die Prinzessin sah ihn überrascht an. »In Ihrem Königreich blüht es?«

Der Fremde nickte. »Es ist alles hell, warm und voller Leben.«

Die Prinzessin schien neidisch. »Oh, das ist schön.«

»Sie können gern mal zu mir auf mein Anwesen kommen. Sie und auch Ihre Eltern sind herzlich willkommen. Jederzeit.«

Er stellte den Strauß Lavendel neben das Bett der

Prinzessin und diese sog den feinen beruhigenden Duft tief ein.

»Ja … mal sehen.« Sie schien nachdenklich.

Der Fremde beobachtete sie. Dann setzte er sich zu ihr auf das Bett.

Lange sah er sie nur so an. Diese bemerkte es bald und schaute sofort wieder grimmig.

»Danke für den Lavendel, aber ich mag Sie dennoch nicht.« Eingeschnappt blickte sie in eine andere Richtung. »Und es wird ganz sicher nicht besser, wenn Sie jeden Tag vorbeikommen!«

Der Fremde seufzte enttäuscht. Er hatte so gehofft, nun endlich mit dieser kleinen Geste in ihr Herz zu gelangen.

Leider vergebens.

Aber er würde nicht aufgeben. Niemals …

13.

5.November 2016 – BURG HÖWENEGG, IMMENDINGEN

»So, wir sind da«, sagte Karl und Lavinia schreckte hoch. Hatte sie etwa während der Fahrt geschlafen? Es sah so aus. Sie schien wohl sehr müde gewesen zu sein.

Sie sah neugierig aus dem Fenster.

Das Auto stand genau vor einem großen Graben, in dessen Mitte ein großer grüner See zu sehen war. Alles war abgezäumt.

Karl schaltete den Motor aus und sah ebenfalls hinaus. »Siehst du, Livi. Das ist der See.

Dort hat wohl mal der Palast oder die Burg gestanden. Jetzt ist da nur noch See.«

Lavinia sah enttäuscht aus. »Wenn dem so ist, dann ist es schade um das Gebäude, was auch immer mal dort gestanden hat. Ich wäre nur zu gerne durch die Gänge gewandelt und hätte den Geist meiner Familie gespürt.« Melancholisch sah sie zu dem See.

Karl beobachtete sie. »Sollen wir aussteigen?«

Lavinia nickte. »Klar. Hier herumsitzen bringt wohl nichts.«

So stiegen beide aus dem Auto aus und traten näher an das Gelände. Sie blickten hinunter zum See.

»Wie sollen wir dort hinunterkommen?«, fragte Lavinia besorgt.

»Eigentlich brauchen wir das gar nicht«, setzte Karl an. »Wir können doch auch gut von hier oben aus in der Nacht beobachten, ob sich dort unten etwas regt, oder nicht?« Er sah sie an. Diese seufzte.

»Naja, schon. Aber ich hätte gerne das Medaillon neben den See gelegt und gesehen, was dann passiert.«

Karl nickte. »Okay. Wirf es einfach runter, dann liegt es dort und du kannst beobachten.«

Lavinia drehte sich ruckartig zu Karl um.

»Es runterwerfen? Und wer holt es dann wieder hoch, bitteschön?«

Karl grinste. »Tja, das wäre dann wohl ich.«

Lavinia schnaubte. »Dann kannst du es ja gleich mit nach unten nehmen und es dort hinlegen, wenn du eh vorhast wenigstens ein einziges Mal dort hinunterzugehen.«

Karl lachte. »Könnte ich auch machen.« Es klang ironisch.

Lavinia lachte nun auch. »Ach wirklich? Der feine Herr Anwalt möchte also einen dreckigen abschüssigen Abhang hinunterklettern und auch alleine wieder hochkommen?« Sie sah ihn belustigt an.

»Nun, Livi, es wird immer dunkler, wir sollten anfangen. Wirf es runter und schau zu. Am Ende werde ich es wohl holen müssen, wenn nicht der Wassergeist es für dich wieder hochholt.« Karl zwinkerte ihr zu. Diese seufzte. »Meinetwegen.

Wenn es nicht anders geht.« Lavinia nahm zum ersten Mal in ihrem Leben das Medaillon von ihrem Hals, begutachtete es noch ein letztes Mal und warf es dann im hohen Bogen hinunter zum See. Es landete genau neben dem See auf dem Erdboden.

Lavinia seufzte wehmütig. »Ich hoffe ich bekomme es auch wirklich wieder.«

Karl klopfte ihr aufmunternd auf die Schulter. »Aber ja, irgendwie werden wir es wiederbekommen.«

Es dämmerte mehr und mehr und es war bereits halb sieben. Karl hatte vorgesorgt und einige Sandwiches mit Käse und Wurst eingepackt sowie eine Thermoskanne mit Kaffee.

»Komisch«, mampfte Lavinia, »sonst ist es doch immer die Frau, die an alles denkt. Jetzt auf einmal ist es der Mann. Wie kommt das?« Neckend sah sie Karl an. Dieser tat schockiert. »Ich verbitte mir diese Klischees, Frau Normandell! Also wirklich! Hat das wirklich etwas mit dem Geschlecht zu tun an was man denkt? Immerhin bin ich auch ein Mensch und muss genauso essen und trinken wie Frauen!« Er biss beherzt in sein Wurstbrot und schaute stolz. Lavinia lachte. »Ja, da magst du Recht haben, Karlchen.«

Es war inzwischen stockdunkel und es ging langsam auf Mitternacht zu. Karl und Lavinia fielen hin und wieder die Augen zu. Doch die weit entfernte Kirchenuhr schreckte sie wieder auf. Sie blickten auf die Uhr und es dauerte nur noch eine Viertelstunde bis Mitternacht. Bisher hatten Karl und Lavinia im Auto auf der Lauer gelegen, doch nun stiegen sie aus dem Auto aus und pirschten sich an den See heran. Sie blieben an der Abzäunung stehen und schauten hinunter. Es war noch nichts zu sehen. Ob es überhaupt etwas zu sehen gab?

»Ich weiß nicht recht, ob ich an diesen unsinnigen Spuk glauben soll«, setzte Karl belustigt an, »aber mal abwarten was passiert, ist bestimmt ganz lustig.« Lavinia lachte leise. »Aha, es ist bestimmt ganz lustig. Soso. Es geht hier um etwas sehr Ernstes, Karl! Es geht um meine Familie. Also bitte ernst bleiben.« Sie stupste ihn sanft mit dem Arm an. Dieser machte eine wegwerfende Handbewegung.

Als sie lange genug gewartet hatten und es nur noch zwei Minuten bis Mitternacht war, bemerkten sie etwas. Der See dort unten begann zu glänzen.

Lavinia erschrak. »Was ist das?«, flüsterte sie.

Karls Augen verengten sich. »Ich habe keine Ahnung.« Sie beobachteten weiter. »Vielleicht ist es bloß der Mond, der sich im See reflektiert und so das Glänzen entstehen lässt. Nun, es **muss** der Mond sein. Was sonst?«

Karl blickte weiter ernst hinunter zum See.

Schließlich kam Wind auf und auf einmal hörte Lavinia etwas klicken. Als wäre etwas aufgeklickt. Etwa das Medaillon? Mit großen Augen blickte sie hinunter und hoffte sehr, dass sie doch noch etwas sehen würde, dass jemand kam. Die Dame vom glänzenden See.

Doch noch Minuten nach Mitternacht sahen sie nichts und es wurde wieder still. Der Wind beruhigte sich wieder.

Karl seufzte. »Dann werde ich das Medaillon wieder hochholen müssen, wie?« Er blickte zu Lavinia, die zögernd nickte. »Ja, mach das.«

Karl nahm seine LED-Kopfleuchte aus dem Kofferraum des Wagens und leuchtete damit den Abhang hinunter. »Ich glaube, Livi, dass ich mich an einem Seil festmachen muss und du es festhalten musst, sonst stürze ich runter.«

Lavinia nickte. »Wenn du neben der schicken Kopfbeleuchtung ein Seil da hast, Karl.«

Sie ging zum Kofferraum und fand sofort das dicke Seil. Sie gab es Karl und dieser band es um seine Hüfte. Das andere Ende gab er Lavinia, die ihn dort hinuntermanövrieren sollte. Sie gab sich alle Mühe und brachte Karl allmählich hinunter zum See. Als dies geschafft war, nahm Karl rasch das Medaillon an sich und hielt dann inne.

»Hey, Livi! Das Medaillon ist offen!«, rief er hoch.

Lavinia erschrak. Offen? Es war doch noch nie offen gewesen! War das das Klicken, das sie eben gehört hatte?

»Und hier ist ein kleiner Zettel drin!«, rief Karl weiter. »Ich komm jetzt hoch!«

Lavinia nahm wieder das Seil und Karl kraxelte sich den Abhang wieder hoch. Oben angekommen übergab er sofort Lavinia das Medaillon. Mit seiner Kopfleuchte beleuchtete er das Medaillon, während er sich vom Seil befreite.

Zitternd und nervös besah sie sich den Innenteil des Medaillons. Wie es eben im Stadtarchiv im Buche stand: Zu sehen waren die ersten Adeligen der Familie. Leicht verblasste Bilder einer Frau und eines Mannes schauten Lavinia an.

Dann nahm sie den kleinen beiliegenden Zettel und entfaltete ihn gespannt.

Sie erschrak.

Karl sah sie besorgt an. »Was ist? Was hast du? Was steht da?«

»Es«, begann Lavinia zaghaft, »es ist der Hinweis, wo im Schlosshotel der Schatz der Familie liegt.« Sie sah Karl an. »Dies ist die Karte von 1899 des Innenteils des Schlosshotels. Dieses wurde ja Ende des 19. Jahrhunderts gebaut und jemand hatte wohl zu ähnlicher Zeit diese Karte hier gezeichnet, um direkt beim oder nach dem Bau festzuhalten, wo dieser Schatz sich befindet.«

Karl sah sie verwirrt an. »Und wo genau ist dieser Schatz im diesem Schlosshotel?«

»Der Schatz, beziehungsweise die Schätze, wurden in Stein gelegt und so waren sie unerkannt als Schatz. Nach außen hin machten sie den Eindruck gewöhnlicher Bausteine, die dann auch zum Bau des Schlosshotels benutzt wurden. Aber hier werden die einzelnen Steine genau benannt, wo sie sich befinden. Sie wurden überall verteilt eingesetzt und überputzt. Keiner ahnte während des Baus, dass sie mit Schätzen das Hotel bauten.

Schlecht für uns, da wir nun im ganzen Hotel alle Steine aus der Mauer herausschlagen müssen, was zum Zusammenbruch des Gebäudes führen kann.« Lavinia blickte Karl enttäuscht an.

Dieser zog die Augenbrauen hoch.

»Wie bitte? Was? Wir müssen alles aus den Gemäuern herausschlagen?

Wie sollen wir das anstellen? Das wird uns wohl kaum jemand erlauben!« Fassungslos sah Karl Lavinia an.

Diese nickte traurig. »Ja, stimmt. Deswegen ist wohl alles verloren.«

14.

1223 n.Chr., SCHWARZWALD/IMMENDINGEN, HEILIGES RÖMISCHES REICH

Die Tage und Wochen gingen dahin und der Fremde bemühte sich so sehr um die Prinzessin.

Doch sie blieb stur gegen ihn.

Inzwischen war ihr Knöchel verheilt und sie konnte langsame Spaziergänge durch Palastgarten unternehmen.

Aber spielen, toben und reiten konnte sie weiterhin nicht, was die Prinzessin sehr enttäuschte.

Das bemerkte der Fremde und lud schließlich das Königspaar und die Prinzessin in sein Königreich ein.

Da die Prinzessin vor einiger Zeit von dem Fremden erfahren hatte, dass es in seinem Königreich überall blühte und das volle Leben herrschte, war sie sehr gespannt darauf.

Wie es wohl war, das volle Leben? Wärme?

Blühende Flora?

Ganz gespannt war sie, denn, war soetwas überhaupt möglich? Dass zwei so grundverschiedene Königreiche in ein und demselben Land stehen konnten?

War es tatsächlich möglich, dass ihr Königreich dunkel,

kalt, nass und voller Tod war, während das Königreich des Fremden hell, warm, trocken und voller Leben?

Die Freude des Prinzessin kam für das Königspaar und den Fremden so an, als freue sie sich nun doch über dessen Gesellschaft und Umwerbung! Der Fremde hegte Hoffnungen, obwohl er bemerkte, dass sie ihm gegenüber weiter verstockt blieb.

Als der Tag gekommen war, an welchem die Königsfamilie in das andere Königreich fahren sollte, waren alle sehr gespannt.

Es war eine längere Reise und nach mehreren Stunden kamen sie endlich an. Sie merkten, dass es hier deutlich wärmer war als bei ihnen daheim. Auch schien hier die Sonne strahlend vom Himmel herab.

Als sie aus ihrem Wagen ausstiegen, zwitscherten die Vögel in den vollen Baumkronen und flogen wild umher. Das Gras der Wiesen sah voll und saftig aus und überall blühten Blumen und verteilten einen unbeschreiblich schönen Duft. Es war, als hätte man das Paradies betreten!

Die Prinzessin staunte mit weit aufgerissenen Augen. Derlei hatte sie noch nie gesehen.

Das Königspaar schien von diesem Eindruck nichts zu halten und rümpfte angewidert die Nase.

Sie traten näher an das Anwesen heran und die Prinzessin genoss die milde Luft, die sie umfasste. Wie konnte all das sein? Wie konnte es sein, dass es in dem einen Königreich finster, kalt und nass war, während es in dem anderen hell, warm und trocken war? Wie war dies nur möglich? Etwa Magie?

Aber die Prinzessin glaubte nicht an Magie.

Soetwas gab es nicht. Sie glaubte nicht an Märchen, Aberglaube oder Hexen. Alles Humbug.

Schließlich trat der Hausherr heraus und begrüßte alle sehr herzlich. Er strahlte.

Das gefiel der Prinzessin. Dieser Fremde wirkte hier, inmitten allem Schönen, so ganz anders, als er es bei ihr, inmitten allem Schlechten, getan hatte. So viel fremder ... und doch so viel schöner.

Und freundlicher.

Die Prinzessin strahlte nun auch. Die Blicke des Fremden und die der Prinzessin trafen sich und sogleich schaute die Prinzessin beschämt weg. Der Fremde lachte so leise, dass es keiner mitbekam.

»Nun«, begann der König arrogant, »interessantes Anwesen! Es scheint mir hier ein wenig warm zu sein, nicht wahr? Das Wetter ist hier wohl ein ganz anderes? Wie kommt das?«

Kühl sah er den Fremden an. Dieser lächelte.

»Vielleicht eine Sache der Gravitation«, schloss der Fremde amüsiert. »Oder gar der Persönlichkeit? Wer weiß?« Er lachte sanft.

Der König verstand nicht, beließ es aber dabei.

»Bitte kommt doch herein, dort ist es ein wenig kühler, falls Euch die Wärme unangenehm sein sollte.« Der Fremde führte alle in seinen Palast, der viel imposanter war als der des Königspaares.

Anstatt Neid zu empfinden oder gar auszudrücken, sahen sie hasserfüllt drein. Sie merkten, dass dieser Fremde offenkundig mehr und Größeres besaß als sie und dabei waren sie Könige!

Derlei konnten sie nicht tolerieren!

Aber sie ließen sich nichts anmerken, immerhin wollten sie ihre Tochter mit diesem Mann verheiraten. Somit ging es letzten Endes doch um sie als Könige und ihr Königreich.

Man setzte sich im Salon nieder zum Tee.

Anschließend, so der Fremde, wollte er alle durch seinen Palast und den Palastgarten führen.

Der Tee wurde mehr nippend als trinkend eingenommen und Schweigen erfüllte den Raum.

Die Prinzessin drehte ihren Kopf hin und her, um alles in dem großen schönen Salon mit ihren Blicken zu erfassen. Fasziniert sah sie sich um. Dies bemerkte der Fremde und beobachtete die Prinzessin dabei amüsiert. Aber ebenso ihr Vater, der König.

»Nun hör schon auf, dich immerzu hin und her zu bewegen, da wird man ja völlig verrückt im Kopf!«, polterte er.

Die Prinzessin erschrak und kauerte sich beschämt zusammen, noch ihre Tasse in Händen haltend.

Der Fremde war ganz bestürzt von dieser Art des Königs, wie er mit der Prinzessin sprach, obwohl sie gar nichts getan hatte. »Nein, nein«, sprach er beruhigend. »Es ist schon in Ordnung. Sie will sich doch nur umsehen. Vielleicht sollten wir nun die Führung beginnen?«

Alle standen auf, setzten die Teetassen auf dem kleinen Tischchen vor ihnen ab und folgten dem Fremden durch den Palast.

Er führte sie von Zimmer zu Zimmer und alles schien noch viel erhabener zu wirken als es bei ihnen im eigenen Königspalaste der Fall war! War der Fremde etwa noch königlicher als sie? Gar gesellschaftlich ihnen weit überlegen? Das Königspaar tauschte besorgte Blicke aus. Bisher glaubten sie, dass es nach ihnen niemand Höheres und Königlicheres als sie gab. Nun so herabgesetzt zu werden war eine Schmach!

Das Königspaar wollte zwar der Prinzessin einen königlichen Ehegatten geben, jedoch durfte dadurch der König nicht herabgesetzt werden. Das war höchster Verrat!

So räusperte sich der König, um mit dem Fremden Klartext zu sprechen. »Darf ich wohl erfahren, wie königlich Ihr Blut ist, mein Herr?«

Besorgt sah er ihn an.

Der Fremde lachte. »Oh, keine Sorge, Eure Hoheit. Ich weiß, dass alles hier erscheint unfassbar erhaben. Erhabener als es für einen König angemessen wäre. Aber ich stehe nicht über Euch, Eure Majestät. Soweit darf ich meinen Stammbaum Euch offenbaren.«

Er lächelte den König an. Dieser nickte nun kühl. »Ah«, machte er nur. Offenscheinig war dies die Erlaubnis für ihn, den Fremden nun wieder etwas herablassender behandeln zu dürfen und fuhr so inbrünstig damit weiter fort.

»Das sind wirklich ganz schön viele Zimmer«, rutschte es der Prinzessin raus und sah sofort erschrocken zu Boden.

Der König wurde augenblicklich rot vor Zorn. »Was bist du nur für ein unverschämtes Kind!

Ist dir das Leben in einem Palast so fremd?

Meinst du etwa dieser hier besäße mehr Zimmer als der unsere und stünde über uns?«

Der Fremde war erneut über das wilde Betragen des

Königs erschrocken. Es war ihm, als mache er sich weit mehr lächerlich, als es die Prinzessin je tun könnte.

»Ich bin mir nicht sicher«, begann da der Fremde sanft, »ob Eure Fräulein Tochter es Euch gegenüber so böse gemeint hat, Hoheit. Es mag immerhin erstaunen und einem noch viel größer vorkommen als es den Anschein hat. Aber es mag sicher nicht größer oder prunkvoller sein als Euer Palast, Majestät.«

So versuchte der Fremde mit seiner milden Art die Situation zu beruhigen.

Es schien zu wirken, obwohl der König seiner beschämten Tochter noch ein paar böse Blicke zuwarf.

»Gerne würde ich Euch meinen Garten zeigen, wenn Ihr nichts dagegen habt, Hoheit«, sprach der Fremde. Man hatte nichts dagegen.

Die Prinzessin freute sich sogar sehr darauf.

Denn es hieße: Herumtoben!

Sie betraten den wundervollen und hellen Palastgarten des Fremden und waren überwältigt von all den strahlend blühenden Blumen und Bäumen und Büschen sowie all der Tiere darin.

Viele verschiedene Vogelarten flogen von Baumwipfel zu Baumwipfel und ließen ihre Klänge ertönen. Hier und da hoppelten kleine Häschen im Gras umher, Frösche quakten, Hummeln summten, Grillen zirpten, Enten schnatterten. Allerlei Schönes befand sich in diesem Garten und alles duftete so herrlich mild und frisch.

Oh wie sich das Herz der Prinzessin sogleich mit Leben füllte! Ohne auf ihren Knöchel zu achten sprang sie sofort umher und jauchzte. Sie konnte einfach nicht anders.

Augenblicklich brüllte ihr Vater wild erbost Beschimpfungen und Ermahnungen hinter ihr her, doch dieses Mal hörte sie ihn nicht. Das süße Leben hatte von ihr Besitz ergriffen und ihr wildes Herz musste jetzt einfach springen und frohlocken.

Der Fremde lachte, als er diese Begeisterung in der Prinzessin sah. Dieser Anblick gefiel ihm sehr und er liebte es, ihr beim Leben zuschauen zu können. Auch er überhörte nun die wüsten Ausbrüche des Königs, denn niemand außer ihm selbst war es, der sich zu benehmen hatte!

Die Prinzessin hüpfte jauchzend durch den großen Garten und war so glücklich wie nie zuvor.

Wie anders es doch war in diesem Königreich! Wie konnte es nur möglich sein? Sie liebte es hier, aber den Fremden verabscheute sie weiterhin. Warum, konnte sie nicht sagen.

Vielleicht, weil sie sich an ihn binden sollte, weil sie nicht mehr sie sein sollte; frei, wild, lebendig. Davor graute es ihr ...

Bald war die Prinzessin so weit in den Garten hineingehüpft, dass sie den Fremden und ihre Eltern nicht mehr sehen konnte. Und plötzlich war er da – der glänzenden See! Überrascht trat die Prinzessin näher und sah dem glitzernden Wasser zu, wie es sanft auf der Oberfläche lag und nur hin und wieder durch eine Ente gestört wurde.

Die Prinzessin langte mit einer Hand in den See und sofort überkam sie ein so wonnevolles Glücksgefühl, dass sie sich eine Milliarde Mal in den Fremden hätte verlieben können. Wie war das nur möglich? War etwa Magie in diesem See? Die Prinzessin griff nun auch mit der anderen Hand hinein und noch mehr Wonne überkam sie.

Erschrocken von so viel Wonne zog sie eilig ihre Hände wieder heraus. Sofort fiel ihr auf, dass ihre Hände anders aussahen. Dort, wo noch Schürfwunden, Narben oder Muttermale und Pickelchen gewesen waren, war nun samtweiche reine Haut! Auch ihre abgekauten Fingernägel sahen nun wie frisch geschnitten und poliert aus. Die Prinzessin erschrak. Eta wirklich Magie? War der Fremde etwa ein Zauberer?

Augenblicklich schoss die Prinzessin vom Boden hoch und lief eilig zurück zu ihren Eltern.

Der Fremde kam ihr bereits entgegen und sah sie lächelnd an. Er bemerkte, wie sich die Prinzessin rasch die Hände an ihrem Kleid trocknete.

»Sie haben also meinen See entdeckt?«, wollte er freundlich wissen.

»Ja«, sagte die Prinzessin nur und senkte den Kopf. Wegen des Sees bekam sie nun Angst vor dem Fremden und wollte nur schnell weg von hier.

Sie lief zu ihren Eltern und der Fremde folgte ihr.

»Kind, wo warst du nur? Wir wollten gerade los, um dich zu suchen! Dieser Garten erscheint mir wahrlich viel zu groß!«, sagte die Königin und rümpfte die Nase.

Die Prinzessin lächelte verlegen. »Ich bin weiter nach hinten hinein in den Garten gelaufen, Mutter. Es ist sehr schön hier. Aber nichts für mich.« Sie sah zu Boden.

Der Fremde erschrak. Warum sagte sie soetwas? Leichte Enttäuschung legte sich über ihn.

Die Prinzessin wagte nicht, ihn anzusehen.

Irgendetwas Unnatürliches ging hier vor sich und es verwirrte sie. Es machte ihr Angst. Wer war dieser Fremde und was wollte er von ihr? Warum standen zwei völlig unterschiedliche Königreiche in ein und dem selben Land und doch war hier alles anders? Und warum gab es hier einen See, der zaubern konnte?

Die Seele der Prinzessin war in Aufruhr und konnte

keine Ruhe finden. Dies merkte der Fremde. Mitleid legte sich über ihn und zu gern hätte er die Prinzessin in den Arm genommen und ihr alles erklärt, ihr die Angst genommen.

Aber es ging nicht …

So musste der Fremde schmerzlich mitansehen, wie sich die Prinzessin von ihm entfernte und es in seiner Nähe kaum aushielt.

Wollte er doch das Gegenteil erreichen!

Als sie alle zurück im Salon saßen, ergriff der König sofort das Wort: »Nun, mein Herr. Die Königin und ich sind mit unserer Tochter heute zu Ihnen gekommen, um zu sehen, ob alles in bester Ordnung ist. So wie es scheint, ist es das. Sie haben also die Erlaubnis, unsere Tochter zu ehelichen.

Wenn Sie soweit sind.« Der König räusperte sich.

Der Fremde lächelte sanft. »Ich danke Euch, Eure Majestät. Das freut mich zu hören.«

Die Prinzessin erschrak. »Nein!«, rief sie.

»Ich will das nicht! Das könnt ihr nicht machen!«

Sofort donnerte der König: »Du schreckliches Kind! Du wirst tun, was wir dir sagen! Und jetzt benimm dich!«

Putterrot schwieg die Prinzessin. Sie sah zu Boden.

Der Fremde lachte leise. Wie sehr sie ihrer Mutter ähnelte!

»Immerhin möchte er sich ja nicht sofort mit dir vermählen«, sprach der König weiter. »Du hast also noch reichlich Zeit, dich daran zu gewöhnen.«

Die Prinzessin zeigte keine Reaktion.

»Aber«, wandte sich der König nun an den Fremden, »Verlobung feiern ist in Ordnung für Sie?«

Skeptisch sah er ihn an.

Der Fremde nickte. »Ja, ich denke das geht in Ordnung, Eure Hoheit.«

Der König lächelte überheblich.

»Vortrefflich! Dann ist es also abgemacht. Bald wird Verlobung gefeiert!«

Der Fremde lächelte die Prinzessin an. Diese jedoch blickte den Fremden voller Hass an und wollte nur noch raus aus ihrer Haut.

Geschah das alles gerade wirklich?

Während sich ihre Eltern weiter mit dem Fremden unterhielten, saß die Prinzessin ohne Regung dabei und wusste nicht, was sie tun sollte.

Wie sie sich selber aus dieser Situation heraushelfen sollte.

»Wir sollten die Verlobung s bald wie möglich zelebrieren«, fing der König an, »dann wird die gesamte Gesellschaft bereits daran gewöhnt sein und begeistert an der Hochzeit teilnehmen.«

Der Fremde nickte leicht.

Immer wieder sah er zur Prinzessin hinüber und bemerkte ihre ängstliche und traurige und wütende Art. Sie war mit ihrer Situation mehr als unzufrieden und das sah man ihr an. Das tat dem Fremden sehr leid für sie, denn er begehrte, so sehr von ihr gemocht, gar geliebt zu werden. Wo konnte er dies nur erreichen? Immerhin hatte sie nun sein Geheimnis, den glänzenden See, entdeckt und empfand Angst vor ihm.

Wenn er ihr nur alles erklären könnte, was es mit dem See auf sich hatte, was es mit den völlig verschiedenen Königreichen auf sich hatte, wer er selber war ... Aber er konnte nicht. Er musste weiterhin seine Tarnung pflegen, seine Rolle spielen, seinen Plan ausführen.

Das hatte er in all den strengen Jahren beim Militär gelernt: Niemals Schwäche zeigen, niemals die Maske fallenlassen, niemals aufgeben.

So wollte er es bis zum Schluss halten.

So gern wollte er nun die Prinzessin in den Arm nehmen, ihr Liebe geben, Sicherheit, Geborgenheit. Ihr ihre Ängste nehmen.

Alles, wonach er sich sehnte, wollte er ihr geben. Doch die Zeit war noch nicht gekommen dafür. So musste er die arme Prinzessin weiter in ihrer Angststarre und Wut verharren, und ihren Ekel gegen ihn über sich ergehen lassen.

So schmerzhaft dies für ihn auch sein mochte.

Aber für jene Dinge, für die man kämpft, weil man sie unbedingt haben möchte, muss manchmal ein Opfer gebracht werden.

Die Prinzessin dagegen wollte raus. Raus aus diesem Salon, aus diesem Palast, raus aus diesem Leben, das sich wie ein viel zu enges Korsett um sie schnürte und ihr die Luft zum Atmen nahm. Ein Korsett, das ihr vorzeigte, wie eine echte Prinzessin zu sein hatte, wie sie sich zu benehmen hatte, was sie sagen sollte, mit wem sie Umgang pflegte und welche Meinung sie zu haben hatte. Welches ihr ihren Charakter nahm, ihre Interessen, ihre Eigenarten. Warum lebte sie dann, wenn nicht sie selber über dieses Leben verfügen konnte? War sie denn wirklich nur eine Puppe, die stillhalten sollte, damit andere Menschen sie betätigen konnten?

Waren Mutter und Vater ihre Spieler? Und bald ihr aufgezwungener Ehemann? Würde sie je frei über sich selbst verfügen dürfen? Oder war sie bis zum Rest ihres Lebens eine Gefangene in ihrem eigenen Leben?

Wilde angsteinflößende Gedanken überkam die Prinzessin und ihr Herz wurde schwer. Sie hatte große Angst vor dem Leben, welches nun vor ihr lag.

Würde sie je daraus ausbrechen können?

Womöglich niemals. Ab der Hochzeit würde ihr Mann

über sie bestimmen, ihr sagen, was sie zu denken, zu tragen, zu leben hatte.

Alles wäre bis ins Kleinste von ihm bestimmt.

Nichts dürfte sie selber bestimmen. Sie brauchte nur noch zu nicken.

Wie eine echte Puppe …

* * *

Die Tage und Wochen vergingen und die Einladungen zur Verlobungsfeier zwischen der Prinzessin und dem Fremden wurden verschickt.

Was des Fremden Freude war, war des Prinzessin Gram.

Die Prinzessin saß fortan, seit jenem Tage als man aus dem warmen sonnigen Königreich kam, nur noch traurigen Blickes und schweigsam in ihrer Kammer. Keiner konnte so recht verstehen warum.

War doch der Fremde eine gute Partie!

Wahrscheinlich war dies nur jugendliche Rebellion …

Aber die Prinzessin musste sich fügen und diesen Fremden ehelichen, wollte sie nicht die Aristokratie stürzen.

So ignorierte man das Betragen der Prinzessin und machte weiter wie bisher.

Immerhin musste eine Verlobungsfeier geplant und vorbereitet werden. Unmengen an Gästen wurden zu den Feierlichkeiten eingeladen, jede Menge blaues Blut.

Als der Tag kurz bevor stand, an jenem es offiziell werden sollte, ging die Prinzessin im Palastgarten betäubten Herzens umher. Unmerklich beobachtete sie der Fremde aus der Ferne. Sie glich nun so sehr ihrer Mutter, als diese damals zwangsverheiratet wurde. Nur mit dem großen Unterschied, dass es ihr bei mir sehr gut ergehen und sie weiterleben darf, so dachte der Fremde bei sich. Es tat ihm leid, sie so zu sehen, wollte er sie doch lieben und ehren. Er wollte sie so nehmen, wie sie war und sie durfte weiterhin ausgelassen umhertanzen wie bisher. Warum dann war sie so dagegen?

Der Fremde beobachtete die Prinzessin mit warmem Herzen. Er liebte sie. Dies war etwas ungewöhnlich für eine Zwangsheirat innerhalb der Aristokratie. Wie er ihre Mutter begehrte, so begehrte er nun sie. Rein, wahr, ehrlich, anständig.

Der Fremde freute sich sehr auf die Verlobung, aber noch mehr auf die Heirat. Wollte Letzteres doch ganz rasch kommen, dann würde er ihr zeigen, wie ernst er alles meinte und sie würde aufhören zu leiden und stattdessen froh und munter sein. Doch solange die Prinzessin glaubte, dass mit der Heirat für sie alles vorbei war und sie nicht mehr frei sein konnte, blieb diese unglücklich. Was wiederum den Fremden unglücklich machte.

So sah er sie an und wusste nicht, wie er ihr helfen konnte. Sie würde womöglich zur Antwort geben: »Sie können gehen. Das würde mir helfen.« Aber der Fremde wusste, dass man sie bald so oder so verheiraten würde, ob er es nun war oder ein anderer Mann. Aber so hatte er es in der Hand, wie es der Prinzessin ging und wollte sie nicht an einen gefühlskalten alten Mann verlieren. Er wollte selber ganz und gar für sie da sein, für ihr Glück sorgen, ihr Wohlergehen.

Sie sollte nicht so enden wir ihre Mutter.

Dafür würde der Fremde sorgen ...

* * *

Am Tag der Verlobungsfeier war die Prinzessin aufgeregt. Negativ aufgeregt. Sie hatte Angst und war traurig, enttäuscht, wütend, betäubt.

Es war alles die Schuld von diesem Fremden, dachte sie bei sich. Warum war er nur aufgetaucht?

Man steckte die Prinzessin in das schönste Kleid, als Vorstufe zum Hochzeitskleid, und schmückte ihr langes rotblondes Haar mit schönen Blumen. Ebenso ihre Prinzessinnenkrone legte man ihr aufs Haupt und so wirkte diese nun ganz besonders wie eine echte Prinzessin. Musste doch jeder sehen, dass sie eine echte Prinzessin war und es sich hier um eine königliche Verlobungsfeier handelte!

Die Prinzessin fühlte sich wie eine Puppe, die man herumschubste. Man machte mit ihr, was man wollte. Sie ließ es zu. Was hätte sie auch schon groß dagegen tun können?

Sie sollte als Letzte den großen Saal betreten, wenn schon alle Gäste und der Fremde dort waren.

Sie war als Braut die Krönung, sodass sie am Ende alle sich Eingefundenen überraschen sollte.

Dann wären alle begeistert. Der Fremde käme auf sie zu, nähme ihre Hand und die Verlobung würde verkündet werden. Alle klatschten begeistert und jeder wäre glücklich. Nur die Prinzessin nicht.

Sie schritt ganz langsam die Treppe hinab und ihr war ganz mulmig zumute. Es passte ihr ganz und gar nicht was hier gerade geschah. Wie sollte sie es aufhalten? Wäre bockiges Betragen ein guter Weg? Vielleicht lässt dann der Fremde von seinem Vorhaben sie zu heiraten ab? Könnte dies funktionieren? Sie machte sich hierbei keine allzu großen Hoffnungen, war sie doch stets bockig und unfreundlich zu ihm gewesen und dennoch blieb er da. Aber ein letzter Versuch, ihn öffentlich zu blamieren oder dumm dastehen zu lassen war es ihr wert.

Besser als sich wie eine Puppe herumschieben zu lassen. Und wer weiß, vielleicht half es ja doch und man ließ sie endlich in Ruhe ihr bisheriges gewohntes Leben leben.

So schritt sie hinab und schließlich entdeckte sie die Gäste sowie den Fremden. Als man wiederum sie entdeckte, fingen sie an zu klatschen.

Dies war der Prinzessin sehr unangenehm. Sie sah den Fremden an, der sie gerührt anschaute.

Die Prinzessin sah so wunderschön aus, dass er nicht mehr an sich halten konnte und sich eine Träne aus seinen wässrigen Augen stahl.

Sie schritt die letzten paar Stufen hinab und stellte sich mit ein wenig Abstand neben den Fremden, wagte aber nicht, ihn anzusehen, wollte sie doch allen zeigen, was sie von ihm hielt.

Die Gäste waren glücklich, klatschten und beglückwünschten die Prinzessin und den Fremden zu ihrer anstehenden Vermählung.

Dies war der Prinzessin sehr unangenehm so arg im Mittelpunkt zu stehen, dass sie schon allein deshalb ungute

Gefühle und Emotionen bekam, die ihre frevelhaften Absichten gegen den Fremden bestärkten. Während der Fremde stets nur lobende Worte für die Prinzessin bei den Gästen an jenem Abend übrig hatte, verbreitete die Prinzessin lauter gemeiner Dinge über den Fremden. Etwa, dass er bestimmt nicht gebürtiger Blaublüter war, dass er vorher Bettler war und sich alles erkauft habe oder, dass er stinkt, wenn man zu nahe bei ihm stand.

Viele der Gäste glaubten, was sie hörten, war sie ja die Prinzessin! Sie sahen den Fremden etwas angewidert an. Sie begannen, ihn an diesem Abend zu meiden. Dies fiel dem Fremden natürlich auf. Er war deswegen irritiert und blickte fragend zur Prinzessin, die rasch wegschaute.

Im tiefsten Innern wusste sie, dass das, was sie tat, falsch und unrecht war. Aber sie musste sich selber retten. Das war wichtiger. Der Fremde ahnte, dass die Missgunst der Gäste von der Prinzessin ausging und es machte ihn traurig. Nicht, da sein Ruf und seine Ehre beschmutzt wurden, sondern, da seine Liebe ihn noch immer hasste und so viel Böses in sich trug.

Die fiesen Gerüchte über den Fremden erreichte bald auch das Königspaar und verwirrt fragte es bei den Gästen nach, woher diese solche widerlichen Dinge gehört haben. Man verriet es ihnen und sofort eilte die Königin zur Prinzessin und gab ihr vor aller Augen eine schallende Ohrfeige.

»Wie kannst du es nur wagen, einen Edelmann so dermaßen durch den Schmutz zu ziehen, noch dazu, dass er dein Ehegatte ist! Wie kannst du nur seine Ehre so besudeln?« Zornesglut stieg in der Königin hoch. Sie starrte aus Eisaugen hinab auf die Prinzessin, die sich schluchzend die rote und heiße Wange hielt,

Alle Augen waren auf sie gerichtet. Sofort eilte der Fremde zur Prinzessin und der Königin.

»Eure Hoheit, ich bitte euch! Seid nicht so streng mit Eurer Tochter. Gerüchte machen mir nichts aus, es ist nichts Wahres dran.« Er wandte sich an die Gäste: »Hochverehrte Gäste, Ihnen wurden Gerüchte zugetragen, die in keinster Weise mit der Wahrheit übereinstimmen, das versichere ich Ihnen. Ich möchte Sie freundlich darum bitten, sich nicht daran festzuhalten … an der Lüge.«

Ein älterer Edelmann trat vor. »Darf man denn wenigstens erfahren, warum die Prinzessin derlei herumerzählt?« Hochnäsig sah er den Fremden an.

Dieser lächelte entschuldigend. »Das war mein Fehler. Ich habe ihr von mir erzählt. Offenkundig entstanden hieraus schwere Missverständnisse im Erklären Seiner Selbst.«

Dies schien alle Anwesenden etwas zu besänftigen.

Mit schmerzendem rotem Gesicht begann für die Prinzessin nun die offizielle Verlobungsfeier mit Ringtausch, priesterlicher Ansprache und Zeremonie. Der Abend war seit der Ohrfeige – als sie ihre eigene Frivolität zurückbekam – für die Prinzessin gelaufen. Sie wollte nur noch ins Bett und weinen. Weinen bis ihr die Augen rausfielen. Mit betäubtem Herzen ließ sie nun die Verlobung über sich ergehen. Sie hatte den Kampf gegen den Fremden verloren. Ihre Gemeinheiten kamen brutal zu ihr zurück. Mit schwerer harter Hand klatschten sie in ihr Gesicht.

So würde sie sich fügen, ohne jedes Gefühl. Sie schwor sich, nie wieder etwas fühlen zu wollen.

War doch eh alles nichtig, was sie tat und sagte und wollte. Ihre Herzenswünsche blieben unerhört, unerfüllt.

Wozu hatte sie ein Herz, wenn es nicht funktionieren durfte? Dann könnte sie es ebenso gut aus ihrer Brust nehmen und es entweder wegwerfen oder in ihre Schatulle legen, falls dies je möglich wäre.

Nicht jedem Menschen auf Erden war es vergönnt nach seinem Herzen zu leben. Manchen blieben Sklaven im Leben anderer Menschen, die jedoch nach ihrem Herzen leben durften. Oft auf unrechte Art.

Da die Prinzessin ohnehin nie wieder herumtollen, jubeln, tanzen, singen und springen durfte, oder es zumindest ganz fest glaubte, verabschiedete sie sich innerlich von ihrem Lebensfeuer, ihrer Lebensfreude. Wozu war das Leben gut, wenn es kein Feuer gab?

Welches Recht hatten andere Menschen, einen Behälter über ihr Feuer zu stülpen, aufdass dieses erlosch?

Während der Verlobungszeremonie bekam die Prinzessin kaum etwas mit, so betäubt war ihr Herz. Als würde sich der Fremde mit einer Puppe verloben. Sollen doch alle mit ihr machen was sie wollen, dachte sich die Prinzessin, denn ihr eigenes Herz durfte sie ja nicht ausleben. Nun, so ohne Herz, war ihr alles egal. Komme was wolle.

Es haben ohnehin alle Macht über sie, jeder zieht und zerrt an ihr, alle wollen etwas von ihr, alle zerreißen ihr Herz, ihre Seele. Sie muss immer nur geben, geben, geben. Aber auf gar keinen Fall nehmen! Es kam nichts zu ihr zurück. Außer ihr eigenes Böses. Es kam kein Dank dafür, dass sie ihr Leben aufgab für andere. Als sei dies eine reine Selbstverständlichkeit. Für die Prinzessin war es überhaupt nicht selbstverständlich, dass ihr Leben von anderen bestimmt wurde! Wie könnte sie je hieraus ausbrechen? Dafür müsste sie fortlaufen.

War das die einzige Option?

Wie aus einer anderen Welt sah sie den Fremden an. Er schien so überglücklich sie bald zur Frau nehmen zu können. Wer war sie schon, dass man ausgerechnet sie ehelichen wollte? Warum nahm er sich keine andere Frau und ließ sie in Ruhe?

Er schien zwar im Gegensatz zu all den Widerlingen, die sonst zur Debatte standen, die viel bessere Wahl zu sein, aber dennoch! Der Fremde blickte sie die ganze Zeit liebevoll an und hielt sanft ihre Hand.

Die Prinzessin merkte, dass alle klatschten und sie anstarrten.

Könnte sie den Fremden jemals lieben, wenn sie verheiratet waren? Offenkundig war er bereits in sie verliebt. Sie besaß bereits sein Herz. Er hatte es ihr einfach so gegeben, die Verantwortung für sein Herz. Es lag nun in ihrer Hand. Ohne ein Wort der Warnung übergab der Fremde sein Herz in ihre Obhut. Die Prinzessin schluckte, als sie in seine treuen Augen schaute, die voller Tränen der Freude waren. Wie sehr es ihn glücklich machte!

Die Prinzessin fühlte sich schuldig. Sie hatte sein Herz und behandelte ihn so grob. Wie eine gepellte Tomate lag sein Herz in ihrer Hand und wurde zerfleischt wegen ihrer Gefühlskälte. Und nun hatten alle Gäste ebenfalls ihre Gemeinheiten mitbekommen und sie innerlich verurteilt.

Sie fühlte sich so schlecht.

Trotz aller Gemeinheit wollte er sie weiterhin und

bedingungslos. Trotz all der Stiche, die sie seinem Herzen angetan hatte!

Er sah sie an, als sei sie ein sündloser Engel und als sei sie stets ein braves Mädchen gewesen.

Überrascht sie die Prinzessin den Fremden an.

Bald war die Zeremonie vorbei und man setzte sich zum Essen nieder. Die Prinzessin und der Fremde saßen nebeneinander. Er musste stetig zur Prinzessin rüberblinzeln, was sie jedoch nervös machte und sie kaum einen Bissen runter bekam.

»Was schauen Sie denn so?«, flüsterte die Prinzessin dem Fremden zu.

Dieser lächelte sanft. »Ich bin bloß fasziniert.«

Die Prinzessin sah ihn verwirrt an. »Von mir etwa? Warum das? Ich bin niemand besonderes.«

Der Fremde lachte leise. »In meiner Welt schon. Sie sind der Mittelpunkt meines Lebens, meiner Welt.«

Die Prinzessin runzelte die Stirn. »Aber wieso?«

Der Fremde wurde nun ernst. »Weil Sie ein freier Geist sind. Das ist mehr als schwer zu finden, ganz besonders unter Aristokraten. Das gefällt mir, ich bin auch ein freier Geist. Ich liebe es, wenn nicht immer alles nach Etikette laufen muss. Wenn es auch mal frei läuft.«

Dann zwinkerte er ihr zu.

Die Prinzessin sah ihm beim Essen zu. Sie dachte über seine Worte nach. Er liebte Freigeister?

Würde das bedeuten, dass sie bei ihm weiter frei bleiben konnte? Er hatte es schon häufiger gesagt, aber geglaubt hatte sie es ihm nie. Waren also alle Bedenken darüber, dass sie nie mehr sie selber sein konnte, nichtig? Konnte sie etwa weiterhin frei und ausgelassen bleiben, wenn er dies so liebte? Es wäre möglich ...

Während die Prinzessin so darüber nachdachte, beobachtete die Königin den Fremden argwöhnisch. Die Gerüchte, die ihre Tochter ins Leben gerufen hatte, ließen sie nicht los. War was Wahres dran, als sie sagte, dass der Fremde eigentlich ein Bettler war und nur zum Titel, Anwesen und Vermögen durch ein glückliches Händchen gekommen war? Sie dachte darüber nach, studierte sorgfältig das Gesicht des Fremden, auch wenn es wegen des Bartes schwer erkennbar war.

Diese Augen ... woher kannte die Königin diese Augen? Sie waren ihr nie zuvor so deutlich wie gerade jetzt aufgefallen.

Dann plötzlich erschrak die Königin, als sich in ihrem Kopf alles zusammenfügte. Diese Augen, armer Bub, Bettler, verschwunden, zurückgekehrt, reich, ansehnlich, auf Brautschau, Rache, Verlobung. So kam alles durcheinander in den

Kopf der Königin.

Ein eiskalter Schauer lief ihr über den Rücken. Ihr alter bester Freund, der sie einfach im Stich gelassen und sie mit ihrem Vetter zurückgelassen hatte, kam nun als jemand anderes wieder, um ihre Tochter fortzureißen.

Zorn stieg in ihr hoch. Rachegedanken erfüllten sie. Zu gern wäre sie vom Stuhl hochgefahren und hätte die Verlobung auf der Stelle gelöst.

Wie konnte er es wagen, nun wiederzukommen und ganz harmlos sich in ihr Leben zu schleichen, vorzugeben, jemand ganz anderes zu sein und ganz nebenbei ihre Tochter zur Frau zu nehmen und heimlich, still und leise neben der Königin unbemerkt herzuleben? Wie konnte er es nur wagen, sich so zu erdreisten? Mit hasserfülltem Blick beobachtete sie den Fremden, wie er fröhlich mit den Gästen plauderte, trank und das Essen aß.

Es widerte die Königin an ihn so zu sehen.

So glücklich …

Auf dem großen Tisch im Speisesaal waren Blumen platziert, die herrlich dufteten und zauberhaft blühten. Doch in jenem Moment, als die Königin hart ihr Herz verschloss und es mit Hass und Finsternis und Rache füllte, verwelkten die Blumen genau vor ihrer Nase. Sie bemerkte es nicht.

Keiner bemerkte etwas. Alle waren so fasziniert von

diesem Fremden, dass sie sogar die Königin ignorierten. Jeder wollte mit dem herzlichen jungen Mann reden, der zukünftig der Gemahl der Prinzessin und eines Tages der neue König sein würde.

Das ärgerte die Königin umso mehr. Nach all den Jahren mit ihrem herzkalten Gatten war sie nun ebenso herzkalt und empfand es als tiefe Entehrung, wenn man sie übersah. Vor allem als Königin!

Sie schmiedete tief in ihrem Herzen brutale Rachepläne und wollte ihrem ehemals besten Freund alles heimzahlen, was er ihr an Schmerzen einst zugefügt hatte. Notfalls müsste sie ihn mit ihren eigenen Händen umbringen. Aber sie war die Königin, also ginge dies nicht. Sie müsste jemanden hierfür beauftragen, der es für sie erledigt.

Dann wäre schnell Ruhe in dieser Angelegenheit. Man würde einfach einen der anderen Anwärter für die Prinzessin hernehmen und so tun, als sei der Fremde auf tragische Weise bei einem Unfall ums Leben gekommen.

So dachte mordlüstern die Königin in ihrem Herzen und als sie dabei den Fremden beobachtete, verengten sich ihre zornesvollen Augen zu schmalem Schlitzen und ihre Lippen kniff sie verbissen aufeinander. Ihre Arme hielt sie vor der Brust verschränkt.

Ihr Plan war in ihr Herz geschrieben und unausweichlich.

Sie würde den Fremden, den zukünftigen Gemahl ihrer Tochter, töten lassen …

15.

6.November 2016 – SCHLOSSHOTEL WALDLUST, SCHWARZWALD

Enttäuscht und traurig fuhren Karl und Lavinia zurück zum Schlosshotel. Sie fanden keinen Ausweg, wie sie nun an die Familienschätze der Normandells von Lörrach kommen sollten. Wer könnte ihnen hierbei helfen?

Lavinia sprach unterwegs auf den Anrufbeantworter des Vereins, der sich um die Instandhaltung des Schlosshotels kümmerte.

Vielleicht würde sich hier jemand melden, der weiterhelfen könnte.

Beide waren so tief geknickt, dass keiner von ihnen jetzt an Schlaf dachte oder an Ausruhen. Ihre Köpfe qualmten vor Anstrengung nach der Lösung des Problems.

Am Schlosshotel angekommen, vertraten sich beide erstmal die Beine nach der langen Fahrt und schlenderten um das Schlosshotel herum. Da erschraken sie, als sie sahen, dass die Türe offen stand! Das Schloss und die Kette waren nicht mehr da und man konnte einfach hineinspazieren.

»Komm«, sagte Lavinia zu Karl und zog ihn am Ärmel mit sich.

»Ich weiß nicht, Livi, ob das rechtens ist!«, protestierte Karl.

»Na hör mal! Wir sind jetzt so weit gekommen und wir haben immerhin lange nach jemandem gesucht, der uns die Türe öffnet! Da bleib ich doch nicht einfach draußen stehen, wenn sie dann endlich mal offensteht! Zumal wir sie ja nicht geöffnet haben, so kann uns keiner was!« Lavinia war nun voller Tatendrang und betrat das Schlosshotel. Es wirkte wirklich sehr gruselig.

Vielleicht lag es auch nur an der finsteren Nacht, dass es noch schauriger wirkte. Sie hatte das Hotel leider niemals am Tag von innen gesehen, weswegen sie nun keine Vergleichsmöglichkeit hatte.

Man konnte in dieser Kälte erkennen, wie der warme Atem verdampfte. Alles war dunkel und nur das Mondlicht fiel hier und da spärlich durch die Fenster. Der Boden unter ihren Füßen knarzte bei jedem Schritt, was noch viel schauriger wirkte. Vor ihren Augen taten sich dicke schwere Säulen auf, die das Haus von innen stützten, wie Lavinia sich schon gedacht hatte. Überall lag edler Teppich, überall standen noble Möbel und Bücher. Alles war verstaubt. Aber es sah nicht aus wie unbewohnt.

Zwar verwaist und doch belebt. Diese Tatsache ließ

einen Angst bekommen. Plötzlich überkam Lavinia ein Kälteschauer und sie vernahm den Geruch von Moder. Auch Karl spürte etwas.

Beide sahen sich erschrocken an. Dann hörten sie Geräusche; wackelnde Gläser, Stimmen, Babygeschrei, das Fallen von Bildern, Schritte.

Lavinia und Karl erschraken zu Tode.

»Was geschieht hier?«, flüsterte Lavinia und war den Tränen nahe.

»Keine Ahnung«, flüsterte Karl zurück.

»Aber ich weigere mich, das alles als Spuk abzutun.«

Lavinia hakte sich angsterfüllt bei Karl ein und gemeinsam traten sie langsam tiefer in das Hotel, während unter ihren Füßen weiter der Boden erschreckend knarzte.

Sie blickten im Vorbeigehen vorsichtig in jede Ecke, in jeden Raum hinein. Dann fassten sie Mut und betraten die lange Treppe hinauf. Auf halben Weg fanden sie zwei Gemälde hängen, auf einem eine Frau und auf dem anderen ein Mann.

Entweder waren Karl und Lavinia bereits dösig vor Müdigkeit oder aber die Gesichter veränderten wirklich ihren Ausdruck! Schnell huschten Karl und Lavinia weiter die Treppe hoch, wo sie wieder Geräusche von Schritten auf den Fluren vernahmen sowie Stimmen und das Verrücken von

Möbeln.

Lavinia war einer Panik nahe. Karl jedoch bemühte sich nüchtern zu bleiben und Spuk und Geister als Hirngespinste abzutun. Immerhin war es mitten in der Nacht und beide hatten kaum Schlaf.

Da fängt man wohl an zu halluzinieren!

Nach einigen Schritten kamen sie an einem großen Spiegel vorbei, bei welchem sich Lavinia erschrak. Dabei war nur sie im Spiegel zu sehen.

»Hast du Angst vor deinem eigenen Spiegelbild, Livi?«, scherzte Karl. »Wenn ich so aussähe wie du, dann würde ich mich auch jeden Tag aufs Neue erschrecken.« Er lachte leise. Lavinia schnaubte. »Du Blödmann!« Doch als sie eine Gestalt im Spiegel erkannte, hörte für sie der Spaß auf. Sie erschrak so fürchterlich, dass Karl sich mit erschreckte.

»Was hast du, Lavinia?«, fragte er besorgt.

Nun raste auch sein Herz.

Lavinia starrte in den Spiegel. Sie erkannte eine zornig dreinblickende Frau, es war wohl eine frühere Königin des Palastes, die leichenblass und an manchen Stellen blutüberströmt war. Diese Frau starrte Lavinia aus großen roten Augen an. Es war ein abscheulicher Anblick. Doch als die Gestalt im Spiegel das Medaillon um Lavinias Hals erkannte, erschrak die Frau und verpuffte.

Lavinia atmete schwer. Ihr Herz überschlug sich. »Oh Gott«, flüsterte sie panisch. »Oh mein Gott.«

Karl sah sie sehr besorgt an. »Lavinia? Sag doch bitte etwas! Was ist passiert?«

Lavinia kamen die Tränen. »Es war eine Gestalt im Spiegel, sie hat mich angestarrt! Die frühere Königin, wohl die, die hier Selbstmord begangen hat, sie war sehr zornig und gruslig! Sie ist verschwunden, sobald sie mein Medaillon gesehen hat!« Sie vergrub ihr Gesicht an Karls Brust. Dieser war fassungslos. »Was? Bist du sicher? Es war bestimmt nur eine Halluzination, Livi! Wir haben ewig nicht mehr geschlafen!« Er strich ihr beruhigend über den Kopf.

»Aber dieses Hotel lädt wirklich sehr zum Gruseln ein«, bemerkte er fast schon bewundernd.

»Nichts für schwache Nerven.«

Einige Zeit standen sie nur so da, mitten im Flur des Obergeschosses des Hotels und Lavinia wurde langsam ruhiger.

»Ich weiß nicht was das alles zu bedeuten hat, Livi«, setzte Karl an, »ob die Geräusche von Leuten kommen, die hier gerade nachts arbeiten, aufräumen, putzen. Vielleicht welche vom ehrenamtlichen Verein? Und dann noch die Halluzinationen aufgrund von Schlafmangel? Da kann einiger

Spuk zusammenkommen, denke ich, ohne, dass ich Mediziner sein muss.« Karl sah Lavinia aufmunternd an. »Ich bin Anwalt, ich glaube nicht an Spuk. Ich liebe Fakten. Ich muss Dinge sehen, ich bin ein Mensch der Beweise.« Er zwinkerte ihr zu.

Diese nickte. »Ja. Trotzdem wirkte es unfassbar real, Karl.« Karl nickte. »Klar tut es das, Livi. Aufgrund von Einbildung sind damals im Mittelalter ja auch so viele Menschen auf Scheiterhaufen umgebracht worden. Man hat überall schwarze Katzen gesehen und Geräusche vernommen und vieles mehr. Mangelnde Intelligenz und Einbildung können zu so etwas führen.«

Lavinia genoss es, sich an Karls Brust zu schmiegen und bei ihm Ruhe zu finden. Er strich ihr weiter liebevoll übers Haar.

»Findest du es nicht merkwürdig«, begann Lavinia. »Dass wir jetzt hier sind? Ich meine, dass wir so schnell auf alle wichtigen Infos und Orte gestoßen sind. Vorgestern erst sind wir losgefahren und hatte nichts, wir standen bei null. Und nun … Es kommt mir so vor, als würde jemand unbedingt wollen, dass wir etwas finden.«

Karl seufzte. »Ja, die Schätze vermutlich.«
»Die haben wir ja schon gefunden. Nur können wir sie nicht herausschlagen. Wir müssen wohl die Schätze lassen wo sie

sind. Hier ist offensichtlich Ende.« Enttäuscht schniefte Lavinia. Karl seufzte erneut. »Sehr traurig. Und es fällt uns niemand ein, der uns dabei helfen könnte?«

Lavinia löst sich von ihm und sah ihn an. »Wer könnte uns helfen? Es würde alles einstürzen, wenn wir die Schätze herausschlügen! Da kann keiner helfen, es würde zerstört werden.« Sie wischte sich die Tränen aus den Augen.

Karl sah sie liebevoll an. »Wir sollten mit einem Stuckateur oder Innenarchitekt darüber reden, oder?«

»Ach, was könnten die schon machen? Die würden uns für verrückt erklären und auch sagen, es sei zu gefährlich, es würde alles einstürzen. Wir müssen einsehen, dass wir hier versagt haben.

Keiner kann die Schätze herausholen. Man hätte sie nie einbauen dürfen. Es ist von Anfang an alles falsch gelaufen.«

Fast schon wütend wandte sie sich ab von ihm und sah sich um. Alles war düster und kalt. Die Geräusche und Stimmen waren verschwunden.

»Auf einmal ist alles so still«, bemerkte sie und Karl lauschte. »Ja, stimmt. Wie komisch.«

Lavinia dachte nach. »Stand nicht so etwas in einem Buch im Archiv? Dass wenn das Medaillon gefunden wird, der Spuk am See und im Schlosshotel aufhört?«

Karl zuckte mit den Schultern. »Kann sein, so genau habe ich mir das nicht gemerkt.«

Lavinia schritt sachte vorwärts. Da es nun still geworden war, bekam sie neuen Mut. »Das würde bedeuten, dass der Spuk hier nun ein Ende hat«, erklärte sie. »Es ist jetzt nur noch ein normales Haus. Und es kann wieder genutzt werden.« Karl sah sie verwirrt an. »Das klingt für mich zu stark nach Hokuspokus und derlei glaube ich nicht, Livi.

Unser eigentliches Problem ist, wie wir deine kostbaren Familienschätze bekommen können, ohne gleich alles in Schutt und Asche zu legen.«

Lavinia seufzte. »Tja, es wird wohl lange dauern, bis wir hier eine Lösung gefunden haben werden, stimmt´s?«

Karl nickte. »Ja, das stimmt wohl. Leider.«

16.

1223 n.Chr. SCHWARZWALD, HEILIGES RÖMISCHES REICH

Den restlichen Abend war die Königin voller Hass und Rachegedanken erfüllt. Nur als sie die Gäste verabschiedete war sie kurz etwas freundlicher gesinnt.

Da der König stets hasserfüllt war fiel ihm der Gemütszustand seiner Gemahlin gar nicht auf.

Nur die Prinzessin merkte, dass mit ihrer Mutter plötzlich etwas vor sich ging. Warum war sie auf einmal so missmutig? Fand sie es ganz plötzlich nicht mehr gut, dass die Prinzessin den Fremden heiratete?

Sie bemerkte, dass sie Königin begann, den Fremden zu meiden und wenn er auf sie zutrat, ihm auszuweichen. Was war auf einmal los?

Die Prinzessin überlegte, ob sie ihre Mutter fragen sollte, was los war, jedoch sah diese so arg hasserfüllt drein, dass man wahrlich Angst bekam.

Und so traute sie sich nicht.

Sogar als der Fremde zu seinem Anwesen aufbrach sagte die Königin kein Wort des Abschieds zu ihm. Sie stand nur mit verschränkten Armen da und starrte ihn kühl an. Nur der König verabschiedete den Fremden angemessen. Der Fremde jedoch fragte sich keineswegs, was auf einmal mit der Königin los war. Es war ihm einerlei.

Sein Leben folgte einem angenehmen Lauf und es ging ihm herrlich damit. Soll die Königin fühlen und denken was sie will! Doch das der Gemütszustand der Königin ihm sehr wohl etwas ausmachen sollte, ahnte der Fremde nicht.

Der Abend der Verlobungsfeier klang recht steif und gefühllos aus und als die Prinzessin in ihrem Bett lag dachte sie über den Fremden nach.

Ihren zukünftigen Gemahl. Wie er sie heute angesehen hatte, mit ihr gesprochen hatte. Und über ihre Freveltat dachte sie nach. Sie schämte sich ihrer selbst. Sie merkte, wie sie rot wurde. In ihrem Bett.

Sofort verkroch sie sich unter ihre Bettdecke, als könne diese sie vor sich selber beschützen.

Der Fremde kroch sich allmählich in ihr Herz hinein, doch wollte die Prinzessin dies nicht zulassen. Er musste so lange draußen bleiben, wie nur möglich. Sie wollte sich nicht verlieben, geschweige denn ihn mögen.

Sie wollte weiter trotzig sein gegen ihn.

Da er ihr ihr altes Leben weggenommen hatte.

Einfach so.

So schloss sie die Augen und bald entschlummerte sie ins Land der Träume.

* * *

Am nächsten Tag war die Königin noch immer hasserfüllt und distanziert. Die Prinzessin wagte weiterhin nicht sie nach dem Grund zu fragen.

Was war nur gestern auf der Feier geschehen, dass sie so zornig hat werden lassen und was nicht in der Nacht im Traume sich beruhigen konnte?

Dem König schien es nicht aufzufallen oder ihm nur recht zu sein, er war ja immerhin oft ebenso zornig. Auch schien die Königin sehr nachdenklich und geschäftig zu sein. Sie lief unruhig herum und die folgenden Tage war sie öfter außer Haus oder hatte Besuch von sonderbaren Gestalten, mit denen sie sich im Salon angeregt und heimlich unterhielt.

Was heckte sie nur aus?, wollte die Prinzessin wissen und begann sich Sorgen zu machen.

Nun, da die Prinzessin und der Fremde verlobt waren, wurde der Fremde zu einem häufigen Gast. Fast täglich besuchte er die Prinzessin und gemeinsam gingen sie im Garten spazieren oder plauderten im Salon miteinander. Dabei war die Prinzessin stets darauf bedacht ihr Herz nicht zu verschenken und weiterhin distanziert zu bleiben.

Dies fiel dem Fremden auf, jedoch hoffte er inständig, dass die Prinzessin bald immer mehr sich öffnen und ihn lieben würde.

Solange musste er sich um ihr Vertrauen bemühen.

Sie fand ihn zwar inzwischen immer sympathischer, jedoch musste sie ihn weiter prüfen.

Er besaß einen guten Sinn für Humor, so viel stand fest und war auch äußerst wichtig. Er hatte Benehmen und war sehr liebevoll. Nicht ein einziges Mal war er wütend oder ausfallend geworden. Er schien im Einklang mit sich und Gott und der Welt.

Das war eine Kostbarkeit.

Und es imponierte ihr.

Wenn der Fremde zu Besuch kam, stand die Königin stets abseits mit hasserfülltem Herzen und zornigem Antlitz und beobachtete die beiden. Sie konnte diesen Anblick nicht ertragen und doch tat sie ihn, um sich mehr und mehr zu quälen.

Es musste endlich etwas geschehen.

Sie wandte sich ab und vom schrecklichen Bild, das sich ihr darbot und dachte nach.

So trug es sich zu, dass die Königin einen Mann zum Dinner einlud, der recht wenig Intelligenz besaß und den alle am Tisch anstarrten.

Der König war schwer verwundert über die Auswahl der Gäste und sah seine Frau immerzu ratlos an. Diese schien heiter zu sein und strahlte den jungen Mann stetig an. Die Prinzessin und der Fremde wussten auch nicht, was sie von diesem Gast halten sollten und woher die Königin solche Menschen kannte und warum sie diesen Mann eingeladen hatte. Es war alles sehr verwunderlich.

Die Gespräche mit dem jungen Mann erwiesen sich als schwierig, da er alles falsch verstand, wenn er es denn überhaupt verstand, und man musste ihm alles zig Mal erklären. Der König hatte keine Geduld mit ihm. Er donnerte herum, wie dumm dieser Mann sei und dass er schon allein deswegen es nicht würdig war an seinem Tisch zu sitzen, geschweige denn überhaupt Einlass in den Palast zu erhalten.

»Ich frage mich, woher meine Frau jemanden wie Sie kennt und woher diese aberwitzige Idee kam, Sie zu uns einzuladen! Sie sind höchst unwürdig, mit mir an einem Tisch zu sitzen! Sie könnten eher unser Hofnarr werden!«

Der junge Mann verstand nichts und lachte.

»Vielen Dank, Hoheit, dass Sie mich bei sich beschäftigen wollen und mich gerne ums sich haben.

Aber ich muss leider absagen. Ich habe bereits Arbeit. Und doch ehrt es mich, dass Ihr viel von mir haltet. Ich danke Euch.«

Er lächelte dem König zu, dieser stöhnte genervt und widmete sich wieder seiner Mahlzeit.

Der Abend verlief schleppend und anstrengend.

Der junge Mann plauderte, jedoch so viel unnützes Zeug, dass alle immer verwirrter wurden.

Als es schließlich hinüber in den Salon ging, zum gemütlichen Ausklingen des Abends, hoffte man inständig, dass der junge Mann ganz bald zum Gehen aufbrechen möge. Eine Weile sah es nicht danach aus.

Zunächst gönnte er sich Spirituosen und plauderte weiter. Doch dann nahm er ein anderes Glas voll von Wein, reichte es dem König und verabschiedete sich. Er müsse gehen, es sei schon spät.

Die Königin schien etwas entsetzt. Jedoch ließ man ihn ziehen.

Der König seufzte erleichtert auf, als er endlich fort war und kippte sich das Glas Wein in den Mund.

»Das war ein unnötiger Gast«, bemerkte er schließlich und stellte das leere Glas ab. Alle stimmten ihm zu.

Die Königin schaute weiter entsetzt und nachdenklich drein. Die Prinzessin fragte sich, was sie wohl habe.

Auf einmal schrie der König auf, warf sich zu Boden. Die Königin erschrak, so auch die Prinzessin, der Fremde und der gegenwärtige Diener.

»Holen Sie schnell einen Doktor!«, rief die Königin dem Diener zu, der eilig aus dem Zimmer stürzte.

»Vater, was hast du?«, fragte die Prinzessin panisch. Doch dieser konnte keinen Ton herausbringen, außer den des Schmerzes. Und nach wenigen Minuten der Qual lag er still am Boden.

Leichenblass. Mit weit aufgerissenen Augen.

Eiskalt. Leblos.

Alle erstarrten.

»Oh nein!«, rief die Königin. »Das darf nicht wahr sein!» Sie hielt sich die Hände vor das Gesicht und weinte hinein.

»Vater?!«, rief die Prinzessin ungläubig, ehe auch sie in bittere Tränen ausbrach. Der Fremde nahm sie in den Arm, versuchte sie zu beruhigen, während er ebenso ungläubig auf den toten König am Boden blickte.

Schon bald kam der Doktor, aber er sah bereits auf den ersten Blick, dass nichts mehr zu machen war.

Die Königin fiel vor Trauer in Ohnmacht.

Man bettete sie weich, fächerte ihr Luft zu, bespritzte sie mit ein wenig Wasser. Es dauerte, bis sie wieder wach wurde. Sie blickte umher und sofort, als sie den Fremden erblickte, schrie sie:

»Das ist alles deine Schuld!«

Die Prinzessin verstand nicht. »Mutter!

Warum sagst du sowas?«

Der Fremde sah die Königin ausdruckslos an.

Diese wurde rot vor Zorn. »Du hast mich damals im Stich gelassen, bist einfach so verschwunden, nachdem du in meinem Bette lagst und hast mich mit meinem eiskalten Vetter allein gelassen!«

Der Fremde hob die Augenbrauen. »Du weißt nun also endlich, dass ich es bin. Darf ich dir dann eventuell die Wahrheit erzählen, wie es sich tatsächlich zugetragen hat?«

Die Prinzessin stand verwirrt daneben. Die beiden kannten sich von früher? Und dann: Er hat damals mit Mutter in einem Bett gelegen?

»Ich wurde in deinem Bett entdeckt. Deine Eltern haben mir unsittliche Dinge vorgeworfen.

Daraufhin warf dein Vater mich für viele, viele Monate in das Schwarze Zimmer und hielt mich dort gefangen. Ich solle die Hochzeit nicht gefährden. Ich habe alles versucht, um dir eine Nachricht zukommen zu lassen, aber vergeblich. Ich musste eingesperrt wie ein Tier durch das Fenster mitansehen, wie du immer unglücklicher wurdest, wie du dich verheiratest, wie du ein Kind zur Welt brachtest. Dann, irgendwann, als deine Tochter auf der Welt war, gelang es mir, zu fliehen.«

Der Fremde sprach gefasst, jedoch mit Tränen in den Augen. Die Königin starrte ihn fassungslos an. »Wie bitte? Und das soll ich dir glauben?«

»Es ist die Wahrheit. Sogar dein Mann hätte es bezeugen können, er hat mich gefangen in meinem Zimmer gesehen, als du mit ihm im Garten spazieren gingst. Am Tag meiner Flucht bin ich deinem Töchterchen über den Weg gelaufen, alle haben sie gesucht. Ich habe sie zurück in ihr Bettchen getragen, sie hat mir sozusagen geholfen zu fliehen« – er sah zur Prinzessin und lächelte, die ihn geschockt anstarrte – »und ich habe ihr gesagt, dass ich eines Tages wiederkomme und sie beschützen werde. Dass ich sie nicht genauso im Stich lasse, wie ich es gezwungenermaßen bei ihrer Mutter getan habe.«

Der Fremde sah von der Prinzessin zur Königin, die weiter fassungslos zurückstarrten.

»Du Widerling! Du Lügner! Ich glaube dir kein Wort!«

Die Prinzessin war gerührt, was er da sagte über sie. Dass er ihr versprochen hatte, sie zu beschützen. Dass er für sie wieder zurückkam. Zum Ort des Schreckens für ihn. Irgendwie hörte sich alles ehrlich an von ihm.

»Wie habt ihr euch kennen gelernt?«, wollte die Prinzessin wissen.

Der Fremde sah sie an. »Ich war ein armer Waisenjunge. Ich lag halb erfroren draußen im Schnee, als mich Ihre Großeltern, die damaligen Könige, fanden, Prinzessin. Man zog mich neben Ihrer Mutter auf. Ich verliebte mich schwer in sie, doch sie sah nie mehr als einen Bruder in mir. Ich wollte sie heiraten, sie beschützen, ihr Gutes tun.

Doch dann nahm man mir alles weg.« Er wischte sich eine Träne aus dem Auge und lächelte.

Die Prinzessin bekam Mitleid.

Die Königin lachte diabolisch. »Verliebt?

Du in mich? Seit wann das?«

Der Fremde wandte sich ihr zu. »Du hast es nie bemerkt?« Enttäuscht sah er sie an. Diese schüttelte den Kopf. »Nein. Niemals.«

Schweigen trat ein.

Dann fuhr die Königin fort: »Und wo warst du all die Jahre deiner Abwesenheit?«

Der Fremde sah sie direkt an. »Ich bin zum Militär gegangen. Dort lernte ich alles Notwendige fürs Leben. Während dieser Zeit lernte ich einen wohlhabenden Herrn kennen, der mir sehr vertraut wurde. Ehe er starb vermachte er mir alles was er hatte. So bin ich zu Titel, Anwesen und Vermögen gekommen. Ich war für ihn wie ein Sohn. Er hatte sonst niemanden mehr.«

Die Königin schnaubte verächtlich. »Du bist in meinen Augen dennoch weiterhin ein armer Waisenjunge.«

Der Fremde lachte leise. »Mir ist inzwischen einerlei, was *du* denkst. Meine Braut ist wichtig, sonst nichts. Deine Tochter ist eine viel bessere Variante von dir und ich bin dankbar, dass ich nicht dich geheiratet habe. Du bist genauso herzkalt geworden wie dein Gatte.« Er wollte eigentlich nicht so hart klingen, aber die Situation spitzte sich weiter zu. Die Königin platzte fast vor Wut. »Du bekommst meine Tochter niemals! Du bist nicht königlich!«

Der Fremde sah sie kühl an. »Wenn du damit sagen willst, dass königlich gleich herzkalt ist, dann bin ich froh, nicht dazu zu gehören!« Die Königin sah nieder auf ihren toten Gatten und begann bitterlich zu schluchzen.

Die Prinzessin wusste nicht recht, was sie fühlen oder denken sollte.

Erst war da dieser fremde Gast, dann starb ihr Vater, dann erfuhr sie Neues von ihrer Mutter und ihrem zukünftigen Ehemann und nun sollte sie diesen mit den neuen Informationen heiraten …

Es war alles viel zu viel.

Der Fremde blickte von der Königin zur Prinzessin und kam näher an sie heran. »Wie geht es Ihnen, Prinzessin?«, fragte er einfühlsam.

Die Prinzessin schluchzte. »Scheußlich.« Sie wischte sich einige Tränen aus den Augen.

Der Fremde hatte Mitleid mit ihr. »Es ist ein grausamer Tag für Sie«, bemerkte er, »es tut mir alles so leid. Und dass Sie es auf diese Weise erfahren mussten.« Eine Träne stahl sich auch seinem Auge.

Dies merkte die Prinzessin. Sie sah ihn schmerzerfüllt an. Sie wusste nicht, was sie nun noch von ihm halten sollte. Sie fühlte sich wie ein Ersatzteil.

»Ich will Sie nicht heiraten«, sprach die Prinzessin zu dem Fremden, »denn ich will nicht der Ersatz für meine Mutter sein. Sie lieben meine Mutter und nicht mich.«

Der Fremde erschrak.

Die Königin lachte spöttisch auf. »Siehst du, du hast verloren! Mit deiner Wahrheit hast du dich selber verurteilt! Sie will dich nicht mehr und du bekommst sie nicht mehr! Du bist am Ende!« Sie sah ihn an wie ein Dämon.

Der Fremde fühlte sich gefangen. Erneut.

Geschlagen. Besiegt.

Würde es sich lohnen weiterzukämpfen?

Für seine Liebe?

Er sah zur Prinzessin. »Prinzessin, ich weiß, dass Sie sich so fühlen, weil es so aussieht. Aber ich habe Sie schon als Säugling, als kleines Kind geliebt. Und sicher nicht als Ersatz. Sie sind noch viel besser, schöner und erhabener als Ihre Mutter.

Das habe ich damals schon gesehen in Ihren Augen. Und das liebe ich an Ihnen.«

Die Prinzessin sah ihm direkt in die Augen.

Sie war so durcheinander, dass sie gar nichts mehr genau wusste. Was sie fühlen, denken oder tun sollte.

Was sie für den Fremden fühlen sollte.

Wie es weitergehen sollte …

* * *

An jenem Abend brachte man den toten König fort für eine baldige Beerdigung. Die Königin versank tief in ihrer Trauer. Sie weinte, schrie und schluchzte viel.

Der Fremde lag in einem Gästezimmer zu Bett und grübelte nach. Dass er nicht zurück auf sein Anwesen fuhr war recht mutig von dem Fremden, da immerhin die Königin diesen tot sehen wollte und sie sich eingestehen musste, dass ihr Mordplan an diesem mithilfe des fremden merkwürdigen Gastes am Abend fehlgeschlagen war.

Ihr Hass wuchs dadurch umso mehr gegen den Fremden und in der Nacht in ihrem Bette dachte sie, ob es nicht besser wäre, gerade jetzt, wo er nun auch noch den König auf dem Gewissen habe, ihn auf seinem Lager durch eine Axt zu enthaupten.

Voller Hass, Trauer und Schmerz lag sie allein in ihrem Ehebett und merkte gar nicht, wie immer mehr ihr Gemach zu erkalten schien. Auch dem Fremden, der Prinzessin und den Bediensteten fiel die plötzliche Kälte auf, die in ihre Gemächer drang.

Ihr Atem dampfte warm im kalten Zimmer und man zitterte sehr.

Woher kam nur diese Kälte? Das gesamte Königreich war zwar düster und kalt, aber nun schien es so, als zöge der Winter heran, obwohl es Sommer war. Was war nur los?

Keiner wusste die Antwort, alle mussten frierend durch die Nacht.

Als der nächste Tag erwachte und die Hausdiener durch den Palast liefen, hörten der Fremde und die Prinzessin auf einmal einen Schrei.

Erschrocken hielt sich die Prinzessin die Brust. Ihr Herz raste.

Was war geschehen?

Sofort eilte der Fremde aus seinem Bett – im Morgenmantel – zum Schlafgemach der Königin und erblickte Grausames: Die Königin hatte sich in jener Nacht mit einem Messer selbst gerichtet. Das Bett war voller Blut. Aus ihrem linken Handgelenk quoll immer weiter Blut. Ihre Augen waren weit aufgerissen, ebenso ihr Mund.

Sie starrte ins Leere.

Sie war steif, weiß und eiskalt.

Als die Prinzessin angelaufen kam, hielt sie der Fremde zurück. »Geht nicht hinein! Es ist zu schrecklich! Ich möchte nicht, dass Sie soetwas sehen!«

Die Prinzessin verstand nicht.

So fuhr der Fremde fort: »Ihre Mutter hat sich selbst gerichtet.«

Die Prinzessin sah ihn entgeistert an. Er blickte sie liebevoll an und strich ihr sanft über die Wange.

»Mutter?«, flüsterte die Prinzessin. »Oh Mutter!«

Dann fiel sie schluchzend vor dem Fremden zu Boden und weinte bittere Tränen …

17.

6.November 2016 – FREUDENSTADT, SCHWARZWALD

»Vielleicht kann uns die nette Dame aus dem Stadtarchiv weiterhelfen«, sagte Karl, während sie auf dem Rückweg nach Freudenstadt waren.

Lavinia verzog das Gesicht. »Ich weiß nicht, ob uns deine kleine Freundin hier weiterhelfen kann.

Sie sitzt doch nur im Stadtarchiv. Soll sie etwa das Schlosshotel zum Einsturz bringen?« Sie lachte.

Karl stöhnte. »Sie ist nicht meine kleine Freundin, nur weil ich sie schön finde. Und nein, sie soll nichts dergleichen tun. Aber vielleicht kann sie uns sagen, an wen wir uns wenden sollen. Und sie ist immerhin von dir und deiner Familie fasziniert, eventuell kann sie uns ja wirklich irgendwie helfen, deinen Familienschatz zu bergen. Ich denke, sie wird uns unterstützen.« Er klang sehr heiter.

Lavinia betrachtete ihn skeptisch. »Hoffst du es oder glaubst du es?«

Karl wandte sich zu ihr. »Wovon redest du da bitte? Glaubst du etwa, ich stehe auf sie?« Er sah wieder auf die Straße.

Lavinia nickte. »Ja, das glaube ich in der Tat.«

»Und wenn es so wäre?« Es klang neckend.

Lavinia brachte hierzu keine Antwort heraus.

Karl sah sie erwartungsvoll an. Als jedoch keine Antwort kam, beließ er es dabei und wurde ernst. Es zeichnete sich eine Falte zwischen seinen Augen ab.

Die ganze Fahrt über redete keiner von beiden ein Wort.

Als sie in Freudenstadt ankamen, parkte Karl rasch das Auto und sie schritten wieder in Richtung Rathaus. »Aber Karl, es ist Sonntag! Glaubst du im Ernst, dass heute das Rathaus auf hat?« Lavinia klang genervt.

Karl drehte sich zu ihr um. »Sonntag? Wow, daran hab ich gar nicht gedacht! Was machen wir denn jetzt?«

Beide standen nun auf dem Gehweg und überlegten.

Plötzlich kam von hinten eine junge Frau auf sie zu und rief: »Ach hallo! Da sind Sie beide ja wieder! Hatten Sie Erfolg mit Ihrer Ahnenforschung?« Es war die junge Dame aus dem Stadtarchiv.

Karls Gesichtsausdruck wandelte sich augenblicklich von ernst und sorgenvoll zu fröhlich und heiter. Dies gefiel Lavinia ganz und gar nicht.

»Hallo! Guten Tag!«, sagte Karl und gab der jungen Frau die Hand. »Also, ja, wir hatten Erfolg.

Aber wir haben gleichsam ein Problem. Ein großes sogar.« Die junge Dame schaute nun bestürzt. »Oh! Das tut mir wirklich sehr leid. Kann ich Ihnen hierbei irgendwie behilflich sein?«

»Nun, ich weiß nicht recht. Wir hoffen es«, entgegnete Karl und Lavinia zeigte der jungen Frau den Zettel mit der Karte des Innenbaus des Schlosshotels. »Was genau ist das?«, fragte die junge Dame verwirrt.

»Dies«, fing Lavinia an, »ist der Innenbau des Schlosshotel Waldlust, wo früher der Palast meiner Familie stand. Dieser Zettel wurde wohl während oder am Schluss des Baus gezeichnet. Die Karte hier enthält alle Stellen, wo sich die Familienschätze befinden. Sie wurden damals mit eingemauert, da sie in Bausteinen versteckt waren. Nun bin ich auf der Suche dieser Steine, um sie rauszuholen. Nur leider müsste man so viele Steine heraushauen, dass ich befürchte, dass das ganze Hotel einstürzen würde.«

Lavinia sah sie gequält an. Die Dame verstand. »Oh!«, machte sie. »Oh je, das klingt schlimm. Und anders, als sie herauszuhauen, kommt man da nicht dran?« Sie klang sehr besorgt. Ihr Interesse an den Normandells von Lörrach war offenbar groß. »Nun, ich weiß nicht, wie man an die Schätze kommen soll, wenn sie eingemauert wurden. Das klingt nach einem unmöglichen Unterfangen, sie herauszuholen, ohne, dass etwas

einstürzt. Das müsste wenn dann ein Profi machen.«

Sie seufzte.

»Und wer könnte so etwas?«, fragte Karl die junge Dame neugierig. Sie sah ihn an. Ihre großen blauen Augen glänzten ihn an, was ihn sichtlich faszinierte.

»Ich habe da einen Bekannten. Der ist arbeitslos. Er würde etwas Derartiges wohl machen.

Er ist sehr vorsichtig, hat schon so manches aus einer Hauswand heraushauen können, ohne, dass etwas einstürzt. Ich könnte ihn gleich anrufen und schauen, ob er morgen vorbeikommen könnte.«

Karl machte große Augen. »Wirklich? Das würden Sie tun?« Seine Freude war groß. Lavinia beobachtete ihn und war verwirrt. Es ging doch hier um ihren Schatz, nicht um seinen. Warum freute er sich dann so sehr? Die Art, wie die junge Dame und Karl miteinander redeten, ja sogar flirteten, gefiel ihr nicht. Ja es tat ihr sogar sehr weh.

Die junge Dame zwinkerte Karl zu. »Oh, für Sie würde ich alles tun.« Sie lächelte und Karl sah sie verliebt an.

Lavinia räusperte sich. »Aber«, rief sie dazwischen, »muss hierfür nicht erst die Stadt um eine Genehmigung gefragt werden ehe wir an einem alten Haus herumhacken, was dann Schäden davontragen könnte?« Sie sah die junge Dame herausfordernd an. Diese lächelte sie an. »Ja, selbstverständlich. Keine Sorge, ich kümmere mich darum.«

Lavinia beobachtete Karl, wie er die junge Dame fasziniert beäugte. »In welchem Hotel übernachten Sie? Dann kann ich Sie dort kontaktieren, wenn mein Bekannter sich gemeldet hat.«

Lavinia und Karl sahen einander an. »Ähm, wie haben kein Hotel. Zur Not schlafen wir im Auto«, gab Lavinia kleinlaut zurück.

»Sie beide in einem Auto?«, fragte die junge Dame verwirrt. Sie sah Karl fragend an. Dieser gab zögernd zurück: »Ja, ähm, das geht schon in Ordnung. Es ist etwas unbequem, aber wir wollten hier keine große Übernachtungsaktion starten. Wir sind nur auf Ahnenforschung und haben nicht gedacht, dass wir allzu lange bleiben.« Verlegen lachte er die junge Dame an. Diese schien ein wenig fassungslos zu sein. »Und Sie sind wirklich kein Paar?«, wollte sie wissen.

Karl rief sofort ein »Nein!« aus, als würde man ihm eine schlimme Krankheit anhaften. Lavinia gab kurz danach ein weniger schroffes »Nein« zurück, ohne den Verdacht aufkommen zu lassen, sie hege irgendwelche Gefühle für ihn. Die junge Dame schien dennoch nicht hundertprozentig überzeugt.

»Nun gut. Ich werde mich morgen sowohl um die Genehmigung bei der Stadt als auch um meinen Bekannten kümmern, ihn zu kontaktieren. Ich denke wir sehen uns dann morgen Mittag am Schlosshotel Waldlust?«

»Und das geht wirklich so schnell?«, wollte Karl wissen.

Die junge Dame sah ihn überrascht an.

»Aber sicher! Ich bin eine von der schnellen Sorte. Warum alles auf die lange Bank schieben? Es ist doch für Sie, und eigentlich auch für die Stadt, ein Notfall.« Sie zwinkerte Karl nochmal zu, wandte sich an Lavinia – »Bis morgen dann, Frau Normandell!« – und schritt von dannen.

Karl sah ihr lange nach und Lavinia seufzte laut.

»Also?«, wollte Lavinia von Karl wissen.

»Was und wir jetzt? Uns ins Auto setzen und eine Mütze voll Schlaf nachholen?«

Erwartungsvoll sah sie ihn an. Dieser drehte sich schließlich zu ihr um und seufzte nun auch.

»Ich denke, das ist eine gute Idee, Livi.«

* * *

Fast drei Stunden später erwachten Karl und Lavinia allmählich wieder und spürten, wie sich alle Knochen und Muskeln in ihrem Körper regten. Ihre Nacken waren steif und ihre Rücken taten weh.

»Eindeutig«, sagte Karl, »im Auto schlafen ist eine überaus schlechte Idee. Wir sollten doch lieber ein Hotel suchen.« Er stöhnte als er versuchte, sich aufzusetzen. Lavinia ächzte und stöhnte auch bei diesem Versuch. Sie hatte fürchterliche Nackenschmerzen und ihr Schädel brummte. Leichte Übelkeit lag auf ihrem Magen. Offenbar war die Position, in der sie eingeschlafen war, nicht sehr gut für ihr Skelett gewesen.

»Jetzt ist es auch egal, Karl«, entgegnete sie, »vielleicht sind wir morgen oder übermorgen wieder auf der Heimreise?« Sie sah ihn an. Dieser gab einen gequälten Gesichtsausdruck zurück. »Und wenn schon, während dieser Zeit brauchen wir ein ordentliches Bett. Was wir machen ist kindischer Unfug. Wir haben Geld genug, um uns ein Hotelzimmer zu nehmen. Die Ahnenforschung geht zwar zügig voran, aber nicht zügig genug, um kein Hotel zu brauchen.« Er seufzte. »Ich weiß nicht, ob ich es tagelang aushalte im Auto zu schlafen. Ich denke ich werde noch wahnsinnig.«

Lavinia überlegte. »Und wenn uns deine kleine Freundin für kurze Zeit bei sich aufnähme?«

Karl sah sie entsetzt an. »Was? Wir bei der übernachten? Glaubst du etwa, die würde das machen?«

Lavinia zuckte mit den Schultern. »Ich weiß nicht, ob

sie das für mich machen würde, aber ich bin mir hundertprozentig sicher, dass sie das für dich tun würde. Du hast sie doch eben gehört: Ich würde alles für Sie tun.« Sie kicherte.

Karl stöhnte. »Sie ist nur schön. Mehr nicht.

Und bei ihr übernachten … naja, ich weiß nicht. Ich würde dann doch das Auto bevorzugen.«

»Dafür, dass du sie nur schön findest, schaust du sie aber sehr bewundernd an, Karlchen. Als seist du richtig verknallt.« Erwartungsvoll sah sie ihn an.

Karl wurde nun sehr ernst und nachdenklich.

Lavinia dachte schon, sie sei zu weit gegangen und er würde darauf nicht antworten.

Doch nach einer Weile gab er verträumt zurück: »Nein, Livi. Diese Frau bedeutet mir nichts.

Wenn ich ehrlich bin, dann würde ich lieber die Frau nehmen, in die ich in Wahrheit verknallt bin.«

Lavinia starrte ihn ungläubig an. In die Frau, in die er in Wahrheit verknallt ist? Wen meinte er?

Ihr Herz wurde ihr warm.

Karl blickte sie nur kurz an, wurde leicht rot, räusperte sich und sagte: »Komm, wir gehen irgendwohin essen.«

So stiegen beide aus und suchten sich ein gutes Restaurant, um ihre Mägen zu füllen, ehe sie sich überlegten, was sie den ganzen Sonntag lang tun sollten.

18.

1223 n.Chr., SCHWARZWALD/IMMENDINGEN, HEILIGES RÖMISCHES REICH

Die folgenden Tage waren für die Prinzessin eine Qual. Zuerst verlor sie ihren Vater, dann ihre Mutter.

Obwohl sie beide herzkalt waren, liebte die Prinzessin diese. Und auf einmal waren beide nicht mehr.

Einfach so.

Von jetzt auf gleich.

So schnell endete das Leben.

Aus verweinten Augen starrte die Prinzessin wie leblos vor sich hin. Während der Beerdigung stand diese nur betäubt dabei, starrte ins Nichts.

Der Fremde beobachtete sie. Die ganze Zeit. Voller Sorge um sie blieb er Tag wie Nacht bei ihr.

Ihr machte es nichts mehr aus. Vor lauter Seelenschmerz war ihr nun alles egal geworden. Nur noch der Fremde blieb für sie als Vertrauter übrig.

Er wachte über sie. Er opferte seinen eigenen Schlaf, um über den der Prinzessin zu wachen.

Neben ihrem Bett saß er auf einem Stuhl und versuchte mühsam, seine Augen offenzuhalten.

Hatte sie einen Albtraum, setzte er sich sofort zu ihr, nahm sie in den Arm, streichelte ihr übers Haar, flüsterte ihr beruhigende Worte zu und wiegte sie hin und her.

Es vergingen viele Wochen und der Fremde kümmerte sich rührend um die Prinzessin. Ganz so, als wäre er bereits ihr Ehemann. So sah es die Dienerschaft.

Nur langsam ging es der Prinzessin besser und der Fremde wagte es, die Hochzeit zu planen. Die Prinzessin sträubte sich nicht mehr dagegen. Es war ihr nur recht, war der Fremde nun ihre einzige Familie, ihr einziger Zugang zu ihren Eltern, wegen der gemeinsam verbrachten Vergangenheit.

Der Fremde und die Prinzessin gingen täglich gemeinsam im Palastgarten spazieren. Doch hier grünte nichts, hier blühte nichts.

»Wie würde es Ihnen gefallen«, begann der Fremde, »mit zu mir auf mein Anwesen zu kommen und dort zu leben. Dort gefiel es Ihnen doch so gut.

Und wenn wir heiraten, würden wir dort leben und unser Volk regieren. Sie sind nun die rechtmäßige Thronfolgerin, die Königin. Ihr Regiment würde sich über das ganze Land erstrecken, denn Sie sind das einzige Königreich hier.«

Er lächelte sie an.

Diese sah ihm in die Augen. »Ich soll zu Ihnen ziehen? Warum bleiben wir nicht hier, um zu regieren?«

Der Fremde seufzte. »Hier ist kein Leben mehr, Prinzessin. Wenn man selber lebt, sollte man sich nicht bei den Toten aufhalten. Wir sollten das Totenreich verlassen und in das Reich der Lebenden einkehren. Sonst sterben wir auch noch.«

Die Prinzessin schniefte. Sie sah sich um. Der Fremde hatte Recht. Alles war tot. Nichts blühte.

Und sein Anwesen war so herrlich und lebendig. Alles blühte und strahlte.

Sollte sie wirklich fortziehen? Immerhin hielt sie hier nichts mehr. Und im anderen Königreich könnte sie sesshaft werden und als Königin regieren.

Neu anfangen.

Dann würde sie alles besser machen als ihre Eltern.

*   *   *

So trug es sich zu, dass der Fremde mit der Prinzessin das dunkle Königreich verließ und mit ihr auf sein helles Anwesen zog. Die Dienerschaft nahm er ebenso mit sich in sein Königreich, da diese sonst ihre Anstellung verloren hätten und da der Fremde selber kaum Diener unterhielt, nahm er sich jene mit, um ein richtiges Königreich aufbauen zu können.

Man richtete sich häuslich ein und die Prinzessin fühlte sich immer wohler. Bald schon würde Hochzeit gefeiert werden und ein neues Königreich begonnen.

Das ganze Anwesen begann von Tag zu Tag immer mehr nach Lavendel zu duften und der Fremde genoss es sehr. Ebenso der Anblick der Prinzessin, wie sie mit einem chamoisfarbenen Kleid durch den Palast streifte, ihr rotblondes langes lockiges Haar offen trug und sich überall ihr Lavendelduft absetzte.

Ihn freute es ungemein, dass diese wunderschöne engelsgleiche Frau schon bald die Seine sein würde.

All die Jahre der Qual und des Kampfes wurden nun endlich belohnt!
Freudentränen stiegen in seine Augen und er konnte nicht anders als auf die noch traurige Prinzessin zu zutreten und sie in die Arme zu nehmen.

Sofort löste dies bei der Prinzessin ein Tränenmeer aus sowie auch beim Fremden. Sie fühlte sich mehr und mehr zu ihm hingezogen und befand ihn als herzensgut.

Lange standen beide so umschlungen und genossen

diese Nähe, die für gewöhnlich vor der Hochzeit zu gewagt war. Doch beide hatten so viel Gram und Kummer im Herzen, dass sie nun einander brauchten.

Der Fremde genoss diese Nähe sehr und hielt seine Liebe gern im Arm.

Zwar blühte die Prinzessin nun ein wenig auf – wie ein junger Lavendel –, da alles um sie herum blühte. Jedoch war sie immer noch etwas traurig und in sich gekehrt.

Der Fremde gab ihr Zeit.

Es war einfach zu viel und zu schnell passiert.

Das musste erst von der Prinzessin verarbeitet werden. Es dauerte.

So hoffte der Fremde auf die Hochzeit, dass diese sie verändern, erheitern würde, wenn sie offiziell ein neues Leben beginnen konnte.

Die Tage und Wochen zogen ins Land und schließlich war der Tag der Hochzeit gekommen. In einem schönen langen strahlendweißen Kleid mit Spitze und einem langen Spitzenschleier war die Prinzessin gekleidet. Ihr langes lockiges rotblondes Haar wurde hochgesteckt und hing nur in wenigen lockigen Strähnen heraus.

Der Fremde, in einem Anzug gekleidet, blickte sie voller Liebe an als er sie zum ersten Mal so in der Kirche sah.

Sie war ein Engel, den er nun heiraten durfte.

Als er sie schließlich nach der Vermählung küssen durfte, war es ihm, als befände er sich im Himmel. Als küsse er eine Wolke. So sanft, so rein, so fein.

Er sah ihr in ihre strahlendgrünen Augen und konnte nicht mehr von ihr ablassen.

Die restliche Hochzeitsfeier mit all den Gästen auf dem riesigen Anwesen war für den Fremden und seine Braut eine Freude. Zwar lag immer noch Trauer und Schmerz über der Prinzessin, jedoch sah er sie hin und wieder lächeln, oder sogar lachen! Was für ein Anblick!

Und schon bald würde auch ihre Krönung zur Königin stattfinden. Dann konnte sie offiziell regieren.

Das freute den Fremden ganz besonders, wusste er, dass seine Frau dann alles besser machen würde. Dass sie ihrem Volk helfen würde, mit Herz regieren und mit klarem Verstand. Nicht so egoistisch und herzkalt, wie ihre Eltern – besonders ihr Vater, der König – es getan hatten.

Die Gäste waren noch nie auf dem Anwesen des Fremden gewesen, stets nur auf dem Anwesen des Königs, wo das Totenreich regiert. So waren alle erstaunt, wie schön es in dem Königreich des Fremden war und jeder genoss die warme, milde Luft.

Gelegentlich wurde zwar die Stimmung von Beileidsbekundungen an die Prinzessin getrübt, jedoch war der Hochzeitstag im Ganzen höchst erquickend für diese gewesen.

Noch lange beging man diesen herrlichen Tag und man wollte gar nicht aufhören. Tief nach Mitternacht war es, ehe die Gäste langsam ausschwärmten. Und früh am Morgen war es, als der Fremde und die Prinzessin – nun ein Brautpaar – erschöpft ins Bett fielen.

Man war fast zu erschöpft, um noch etwas anderes tun zu können. Aber der Fremde wollte unbedingt seine wunderschöne Frau im Arm halten, wenn sie einschlief. So drehte er sich zu ihr und sie sich zu ihm. Beide lächelten sich an. Dann zog der Fremde seine Liebste fest an sich, sodass sie an seiner Brust ruhte.

Die Prinzessin begann auf einmal zu weinen und war sehr traurig. Ihr Mann erschrak.

»Habe ich dir wehgetan, Liebste?«, fragte er besorgt.

Die Prinzessin ließ ein leises „Nein" verlauten.

»Was ist es dann?«

Die Prinzessin schniefte. »Ich weiß nicht.«

Sie wandte sich aus seinen Armen und der Fremde bekam Herzstechen.

Wie konnte er ihr nur helfen?

»Ich geh ein wenig im Garten spazieren«, sprach sie dann.

Er lächelte und nickte. »Ist gut.«

Sie ging hinaus in den Garten und genoss die frische Morgenluft.

Es war wie im Paradies!

Dann stand sie plötzlich am See. Diesen merkwürdigen See.

Sie überlegte. Sollte sie darin baden? Ihr ging es im Moment mehr als schlecht. Ihr Herz war noch voller Kummer. Eine Erfrischung täte bestimmt gut.

So trat sie zögernd näher heran und tauchte schließlich in den See ein.

Sobald sie in diesen eingetaucht war, umfasste sie ein unbeschreibliches Gefühl der Glückseligkeit, der Schwerelosigkeit, des Friedens.

Sobald sie eingetaucht war, begann der See zu leuchten. Inmitten des noch dämmernden Morgens.

Der Fremde stand am Fenster und lächelte.

Die Prinzessin fühlte eine enorme Frische und Veränderung an sich stattfinden und wollte nicht mehr aus dem See raus. Doch den Kopf musste sie bald aus dem Wasser an die Oberfläche bringen und sah, wie der See und sie selber leuchtete!

Wie sonderbar!

Was war dies nur für ein See?

Der Fremde, der beobachtend am Fenster stand und

lächelte, wusste genau, was dies für ein See war und was er bewirkte.

Die Prinzessin begann nun erquickt zu plantschen und zu jauchzen. Wonne überkam sie und sie hätte noch ewig so weitermachen können!

Doch irgendwann hob sich die Prinzessin aus dem See und blieb nur mit ihren Beinen darin. Sie überkam so viel Freude, dass sie sogar Lust verspürte laut zu singen! Ohne darüber nachzudenken, kamen Melodien und ein warmer Klang aus ihrem Mund, die sie nie für möglich gehalten hätte!

Der Fremde schien selbst überrascht von dem engelsgleichen Gesang seiner Frau. Mit Tränen in den Augen hörte er zu.

Der Gesang schien wie ein Echo über das ganze Land zu fliegen.

Pflanzen, die dabei waren einzugehen, stellten sich jung und frisch wieder auf. Menschen, die krank auf ihrem Lager lagen, wurden gesund und munter.

Tote, die lange begraben waren, erhoben sich wie neu geboren aus ihren Gräbern.

Alles lebte und atmete wieder.

Alles war putzmunter und gesund.

Mit dem glänzenden See, mit dem Gesang wurde der

Tod besiegt.

Seitdem pflegte man gerne zu sagen, »die vom glänzenden See hat den Tod mit ihrer Schönheit, ihrer Reinheit, ihrem Gesang bezwungen.«

Der Fremde besah sich voller Liebe sein Werk. Wie nun alle ewig lebte. Wie nun endgültig alles leben wird. Nie wieder Krankheit, nie wieder Kummer und Übellaunigkeit, nie wieder Tod.

Als nach Stunden die Prinzessin ins Ehebett zurückkehrte, erwartete ihr Gatte sie schon.

Er lächelte.

»War es schön? Hat es dir gut getan, mein Engel?«

Die Prinzessin lächelte. »Ja! Mehr als gut getan. Es war so himmlisch! Dieser See ist unfassbar! Was hat es mit ihm auf sich?«

Erwartungsvoll sah sie ihn an.

Er lächelte weiter.

»Damals als ich fortzog zum Militär, war dort ein Mann, der mir weissagte und mir ein Fläschchen mit Pulver darin gab. Er meinte, dass, wenn die Zeit gekommen war, nicht Rache das Gebot der Stunde wäre, sondern Überlegenheit und Sanftmut. Ich verstand nicht recht, so redete er weiter. Er weissagte mir, dass ich mein eigenes Königreich haben würde und einen paradiesischen See darin, der das gesamte Königreich am Leben hält, wie eine Quelle, um es immer im Frühlings- und Lebenszustand zu erhalten, wenn ich dieses Pulver dort hinein schütte. Doch erst, wenn ich meine Braut gefunden habe und diese zum ersten Mal in diesem See badet, wird der Zauber endgültig und vollends freigesetzt, denn nichts ist reiner als eine engelsgleiche Jungfrau.«

Er lächelte seine Frau mit Tränen in den Augen.

Diese lächelte ihren Mann ebenso gerührt an.

»Also ein richtiger Zaubersee?«

Der Fremde lachte. »Ja! Aber du warst der Schlüssel, um diesen Zaubersee endgültig und auf ewig und vollständig in Gang zu bringen, mein Schatz.«

Die Prinzessin kicherte. »Herrlich! Ich bin der Schlüssel für alle Menschen Glück!«

Der Fremde lachte laut. »Ja, das bist du, mein Engel! Besonders für mich!«

Er küsste seine Frau zärtlich auf den Mund.

Daraufhin schmiegte sie sich an ihren Mann und konnte sich ihres Kummers, den sie eben noch gehabt, kaum noch erinnern.

Und nie hätte sie sich träumen lassen, dass sie mal so verliebt sein würde, wie sie es in ihren Mann war.

Himmlisch!

Der Fremde hielt seine Frau voller Liebe und Wonne

in seinen Armen und genoss es, wie sie sanft atmend an seiner Brust lag.

So trug sich die Hochzeitsnacht zu, dass sich die zwei frisch Vermählten liebevoll liebkosten und bald in sanftem Schlafe davondämmerten …

* * *

Die folgenden Tage, Wochen und Monate brachten nur Glückseligkeit und Unbeschwertheit mit sich, denn im Grunde lebte man jetzt wie im Paradies!

Das tote Königreich, dem einstigen Elternhaus der Prinzessin, verwaiste und erstarb immer mehr. Nichts lebte, atmete, blühte dort.

Wohingegen das lebendige Königreich umso mehr Frucht trug, lebte, atmete, blühte!

So sehr trug es Frucht, dass eines Tages die Prinzessin die frohe Botschaft erhielt, dass sie ein Kind bekam!

Ihr Gatte war außer sich vor Freude und man gab ein großes Freudenfest zu Ehren des königlichen Nachwuchses. Und die Prinzessin sollte schon bald offiziell zur Königin gekrönt werden.

Es lebte sich wahrlich wie im Paradies!

Seit dem Tag, an dem die Prinzessin im See badete und somit seinen allumfassenden Zauber freisetzte, war der Tod besiegt.

Der Zauber erstreckte sich über das ganze Land und verwandelte auch das kalte tote Königreich in strahlendes Leben.

Nichts im Land war mehr tot, krank oder verblüht. Alles war geheilt.

So trat jeden Tag die Prinzessin an den See und badete darin. Ihr Gesang erfüllte die Herzen der Bewohner des Königreiches, des ganzen Landes.

Man wurde immer heiterer durch diesen warmen Klang der Stimme und das gesamte Land war erfüllt von Harmonie und Glückseligkeit.

Die Prinzessin erheiterte mit ihrem Bad im See und ihrem Gesang ebenso das Herz ihres Gemahl.

In seinem Herzen nannte er seine Frau »Muriel«, das heißt »die vom glänzenden See«. Er beobachtete sie immerzu, wenn sie freudig im Wasser des Sees verschwand. Wenn dieser aufleuchtet und ebenso seine Frau. Wenn das gesamte Königreich erstrahlt und neue Energie erhält. Wenn milde sanfte Luft um einen weht und einem das Herz kitzelt.

Am Tag der Geburt des Nachwuchses des königlichen

Paares war die Freude groß. Die Prinzessin war seit fast einem halben Jahr offiziell Königin und brachte nun den nächsten Thronfolger zur Welt.

Es waren Zwillinge; ein Junge und ein Mädchen mit rotblondem Haar.

»So wunderschön wie ihre engelsgleiche Mutter«, bemerkte der Fremde, der nun König war.

Die Königin lachte, als sie ihre Neugeborenen im Arm wiegte. »Sie werden auf jeden Fall viel schöner werden als ich.«

Der König lachte nun. »Interessant. Man kann deine Schönheit noch steigern?« Er zwinkerte.

Die Königin zwinkerte zurück. »Du Lausbube du.«

Dann gab sich das Königspaar einen sanften Kuss voller Glückseligkeit.

So trug es sich zu, dass das Königreich gesichert war und alles Leben darin auf ewig Bestand hatte.

Es würde dort niemals Leid herrschen, niemals Trauer, Schmerz, Krankheit, Alter, Tod.

Es würde ewig Leben herrschen und jedes Herz voll Wonne weiterschlagen.

Der Tod im dunklen Königreich wurde besiegt, alles Tote lebendig gemacht und alles Kranken geheilt. Die Dunkelheit hatte keinen Bestand, wurde vom Licht bezwungen.

Das dunkle Königreich fiel vor seiner Rettung in Winter, das helle Königreich in Frühling.

Nun war alles ewiger Frühling.

Die vom glänzenden See hatte durch ihr Bad und ihren Gesang das Königreich gerettet und ihm ewiges Leben geschenkt.

Möge es wirklich ewig währen!

19.

6.November 2016 – FREUDENSTADT, SCHWARZWALD

Der weitere Sonntag verlief recht schleppend für Karl und Lavinia. Zwar schlenderten sie interessiert durch den Ort und sahen viele schöne Dinge, aber in Gedanken waren sie ganz woanders.

Ihre eigentliche Mission wollte fortgesetzt werden, aber an einem Sonntag würde das sehr schwierig werden. Die Stadt konnte heute nicht wegen einer Genehmigung gefragt werden und der Bekannte konnte wohl erst morgen kommen. Und selbst wenn er schon heute hätte kommen können blieb das Wichtigste, die Genehmigung, noch aus.

So saßen Karl und Lavinia auf heißen Kohlen und bemühten sich darum, den Sonntag rasch hinter sich zu bringen.

Als sie sich auf einer Bank niedersetzten, zog Lavinia den Zettel hervor, in welcher Skizze alle eingemauerten Schätze eingezeichnet waren. Lange studierte sie diesen Zettel und irgendetwas kam ihr komisch vor.

Karl beobachtete Lavinia, wie sie eine halbe Ewigkeit auf den Zettel starrte. »Ist irgendwas mit dem Zettel, Livi?«, wollte er schließlich neugierig wissen.

Lavinia sah ihn an. »Ja, irgendwie kann ich mir nicht vorstellen, dass die Schätze alle eingemauert sein sollen.«

Karl runzelte die Stirn. »Wieso nicht? Für mich klingt es plausibel. Kann doch durchaus der Fall sein.«

Lavinia machte nun ein ernstes Gesicht.

»Aber wenn du dir diesen Zettel mal genauer anschaust, Karl, dann erkennst du, dass hier nirgendwo der Hinweis existiert, dass es sich ums Einmauern handelt. Die Zeichnung ist so vage, dass man auch meinen könnte, die Schätze liegen in jedem Zimmer an einer bestimmten Stelle versteckt.

Zum Beispiel im Dielenboden oder in einer alten Kommode oder an einer kleinen verstellbaren Seite der Wand. Es kann alles bedeuten, nicht nur Einmauern. Verstehst du?« Erwartungsvoll sah sie Karl an, der nun noch mehr die Stirn runzelte. »Ja, ich denke, ich verstehe, Livi. Es ist also nicht eindeutig klar, ob sie tatsächlich eingemauert wurden. Das war nur unsere Annahme. Vielleicht sollten wir zurück zum Hotel fahren und jedes Zimmer durchsuchen.«

Lavinia seufzte. »Ich weiß nicht, ob heute offen ist. Vielleicht ist die Türe nur nachts geöffnet.«

»Na, das sollten wir herausfinden. Ehe wir ein Hotel zerstören, sollten wir jedes Zimmer absuchen und jede Möglichkeit abarbeiten.

Vielleicht brauchen wir dann weder die Stadt, noch die Frau und ihren Bekannten. Auf nimmer Wiedersehen.« Er grinste.

„Du willst sie also niemals wiedersehen?", fragte Lavinia vorsichtig.

»Niemals, wenn es möglich ist, Livi«, entgegnete Karl und grinste breit. »Komm, wir sollten uns rasch auf den Weg machen.«

20.

6.November 2016 – SCHLOSSHOTEL WALDLUST, SCHWARZWALD

»Wie merkwürdig! Die Türe ist ja immer noch geöffnet!«, sagte Lavinia als sie vor dem Schlosshotel stand. Weit offen stand die Eingangstüre und Karl und Lavinia traten vorsichtig ein. Jetzt am Tage sah alles nicht mehr so gespenstisch aus wie noch bei Nacht.

»In welchem Bereich des Hauses sollen wir anfangen zu suchen?«, fragte Karl. Lavinia zog den Zettel hervor. »Wir sollten hier unten anfangen, denke ich. Wenn wir schon mal hier sind. Auf dem Zettel wird ein Schatz hier direkt im Eingangsbereich abgebildet. Alles in Wandnähe.

Aber hier ist es ziemlich kahl, da wüsste ich jetzt nicht, wo ein Schatz versteckt sein könnte.« Sie trat näher an einer der Wände heran und tastete diese ab. »Hm.«

Karl seufzte. »Keine Ahnung, wo hier in diesem Raum ein Schatz sein sollte. Vielleicht suchen wir erstmal in anderen Räumen.«

Plötzlich verschob sich beim Abtasten ein kleiner Teil der unteren Wand, etwas größer als ein Mauseloch, und Lavinia jubelte. Sie wandte sich an Karl. »Hey, sieh mal, Karl!« Dieser trat nun näher und staunte. Sofort griff Lavinia vorsichtig in das Loch hinein und ertastete ein Samtsäckchen.

Behutsam zog sie es aus der Wand. Karl und Lavinia starrten es an. Das Säckchen sah wirklich aus, als stammte es aus vergangenen Jahrhunderten.

Lavinia öffnete es bedächtig und schaute hinein. »Oh mein Gott!«, rief sie aus und holte Perlen und Diamanten heraus. Karl lachte.

»Wahnsinn! Das nenn ich mal eine erfolgreiche Schatzsuche!«

Lavinia konnte es nicht glauben. Sie hatte ihren Familienschatz gefunden! Doch sie mussten noch die restlichen Zimmer des Hotels absuchen, was eine halbe Ewigkeit dauern könnte. Aber nach diesem einen Erfolg waren beide Feuer und Flamme den Rest des Schatzes zu finden und machten sich sofort eilig an die Suche. Sie hatten den ganzen restlichen Tag sowie die ganze vor ihnen liegende Nacht Zeit alle Schätze zu finden, ehe die Dame aus dem Stadtarchiv mit ihrem Bekannten hier ankäme.

In jedem neuen Zimmer, in das sie kamen, tasteten sie erstmal alle Wände ab, was die ganze Mission verlängerte. Nicht in jedem Zimmer war ein Schatz in der Wand versteckt. In einem der Schlafzimmer fand Lavinia eine Schatulle in einer alten Kommode, ganz weit hinten versteckt. Sie fand darin goldene Ohrringe, goldene Ketten und Ringe sowie Seidenbänder für Kleider, die man damals trug. In einem anderen Raum fand Karl eine größere Kiste, die unter einem Bett stand. Weiter fanden sie in einer Lampe, hinter einem Spiegel, unter dem Teppich oder erneut in einer Wand weitere Schätze.

Goldjuwelen und Diademe, Perlenketten und anderer Schmuck von unschätzbarem Wert fanden sie bis zum Morgengrauen.

Nachdem sie alle Zimmer ohne Pause und Ruhe durchforstet hatten, fielen sie erschöpft in eines der alten Betten, wo sie Staub aufwirbelten.

Sie mussten schwer husten dadurch und hinterher fingen sie an zu lachen. Voller Freude über die gefundenen Familienschätze war es Lavinia leichter ums Herz. Sie war so überglücklich, dass sie nicht mehr aufhören konnte zu strahlen. Karl sah sie bewundernd an.

»Weißt du, Karlchen«, begann Lavinia lachend und setzte sich im Schneidersitz auf das Bett, »ich glaube, hier ist mein neuer Anfang. Freudenstadt ist meine Heimat. Hier will ich neu beginnen.«

Erwartungsvoll sah sie Karl an. Dieser nickte.

»Gut. Dann werde ich auch hier bleiben.«

Lavinia sah ihn verwirrt an. »Aber … willst du nicht bei der Frau sein, in die du verliebt bist?«

Sie sah ihn forschend an. Dieser seufzte. »Ja, genau. Da hast du Recht. Ich will bei der Frau sein, in die ich verliebt bin.« Er sah sie nicht an.

»Ist das nicht doch etwa diese Frau aus dem Stadtarchiv? Aber du meintest doch, da wäre eine andere?« Sie war ganz durcheinander.

Karls Lippen kräuselten sich zu einem amüsierten Lächeln. »Du bist immer noch nicht auf des Rätsels Lösung gekommen, Livi? Manchmal kamst du mir so vor, als wäre es so.« Er huschte für den Bruchteil einer Sekunde mit seinen Augen über ihr fragendes Gesicht. Sie hatte eine Ahnung, wagte aber nicht, sie auszusprechen, aus Angst, diese Ahnung sei ein Irrtum und sie würde sich fürchterlich blamieren.

Eine Weile sagte keiner ein Wort.

Als es Karl zu lange dauerte, setzte er sich ebenso auf das Bett und blickte Lavinia geradewegs in die Augen. Er nahm ihre Hände. »Lavinia«, begann er sanft und diese wurde sofort rot. »Die Frau, in die ich verliebt bin, schon seit langer Zeit, und bei der ich sein möchte und zwar nirgendwo sonst … diese Frau bist du.«

Lavinia konnte nicht glauben was sie da gerade aus Karls Mund gehört hatte. Sie konnte kein Wort herausbringen. Nur ein stotterndes »Was ich?« brachte sie leise hervor. Karl nickte. »Ja, du, Lavinia.« Als Lavinia sich nicht rühren konnte und Karl es nicht länger aushielt, schob er sein Gesicht vor und drückte ihr einen Kuss auf den Mund. Durch diesen Kuss fing sich Lavinia wieder und erwiderte diesen. Sofort wurde aus diesem zaghaften Kuss ein leidenschaftlicher Kuss und Karl zog Lavinia auf seinen Schoss und drückte sie sanft an sich.

»Sieht ganz so aus«, begann Karl, »als hätte ich meinen ganz persönlichen Schatz gefunden.« Er küsste sie weiter. Lavinia lächelte. »Ja, und ich den meinen.«

EPILOG – *Schlosshotel Waldlust, Schwarzwald*

Um acht Uhr am Morgen traten beide aus dem Schlosshotel, Hand in Hand, während gerade die junge Dame aus dem Stadtarchiv mit ihrem Bekannten die Auffahrt hinauffuhr.

Lavinia und Karl grinsten sich an. In ihren Taschen alle Schätze, die sie finden konnten, einschließlich der größeren Kiste, die Karl unter seinem freien Arm eingehakt bei sich trug.

Als die Dame ausstieg, fing sie beim Anblick von Karl an zu grinsen. Ihr Bekannter folgte ihr. In dem Moment, als sie näher kam und Lavinia und Karl Händchen halten sah, erstarb ihr Grinsen augenblicklich. Dann erkannte sie die Kiste unter Karls Arm und ihr Gesichtsausdruck wurde fragend.

»Wir haben bereits alle Familienschätze der Normandells von Lörrach gefunden«, erklärte Karl der Dame triumphierend. »Sie können wieder fahren.« Lavinia grinste.

Die Dame blickte beide abwechselnd an.

»Wie, Sie haben die Schätze gefunden?

Haben Sie etwa ohne Erlaubnis die Wände eingeschlagen?« Sie wurde ungehalten.

Karl lachte. »Aber nein! Die Schätze waren nie in den

Wänden eingemauert. Das war nur unsere Annahme. Dergleichen lässt sich in der Skizze auf dem Zettel von damals nicht erkennen. Sie waren in jedem einzelnen Zimmer des Hotels versteckt.

Einmal in einer Kommode, dann unter dem Bett, woanders hinter dem Spiegel.« Karl grinste breit.

Die Dame ließ nur ein »Ach!« verlauten.

»Nun ja, in manchen Zimmer waren sie tatsächlich in der Wand versteckt«, fuhr Lavinia fort, »aber nur ganz unten in der Wand in einem kleinen Loch, wo man die Wand ein wenig verschieben konnte, wenn man sie abtastete.«

Die Dame sah Lavinia kühl an. »Danke, dass Sie diese Schätze gefunden haben«, setzte diese an und Lavinia und Karl sahen sie verwirrt an. »Aber diese Schätze gehören nicht Ihnen. Sie sind der Stadt. Sie gehören in ein Museum und nicht zu Ihnen.« Mit diesen Worten wollte Sie Karl die Kiste entreißen, aber er hielt sie fest.

»Das ist gegen das Gesetz!«, rief er.

»Solange es Nachfahren gibt, gehören ihnen die gefundenen Schätze! Lavinia Normandell ist eine Nachfahrin und diese haben Sie gefälligst nicht zu übergehen! Ihr wurden die Schätze vermacht und ihr werden sie auch gehören!« Giftig sah er die Dame an. Diese riss sich von Karl los.

Eingeschnappt schritt sie zurück zu ihrem Auto. Ihr

Bekannter eilte ohne ein Wort hinter ihr her.

Karl und Lavinia sahen dem wegfahrenden Auto nach und brachen dann in schallendes Lachen aus.

»Oh, was für eine Frau!«, rief Karl. »Sehr amüsant! Sie glaubte ernsthaft, dass sie die Schätze bekommt!«

»Ja«, lachte Lavinia und sah Karl an. »Ich liebe dich.«

Karl sah Lavinia gerührt an. »Und ich liebe dich, mein Schatz.«

Dann küssten sie sich.

Hand in Hand schlenderten sie zurück zum Auto.

»Kannst du dir erklären, warum der Name Normandell von Lörrach immer noch existiert, wenn es viele Jahrzehnte lang nur weibliche Nachkommen gab, aber damals Frauen gar nicht erben konnten?«

Lavinia sah ihn mit fragendem Gesichtsausdruck an. Dieser zuckte mit den Schultern. »Keine Ahnung. Vielleicht genoss gerade diese alte Adelsfamilie ein ganz besonderes Privileg und umging das Erbfolgegesetz, sodass einfach der Erstgeborene – ganz gleich ob männlich oder weiblich – erben konnte, um den Namen, das Anwesen, das Vermögen zu erhalten. Denn immerhin gelang es dieser Familie über Generationen hinweg nicht, einen Jungen zu zeugen. Klingt sonderbar, aber so etwas gab es schon in der Geschichte.«

Lavinia nickte.

»Aber ein Mythos wurde noch nicht geklärt«, fuhr Lavinia fort und Karl sah sie ernst an. »Dieses, was erklärt, wie es zwei unterschiedliche Königreiche geben konnte. Das eine dunkel und tot und das andere hell und lebendig? Wie kann es so etwas geben? Etwa Magie?« Sie sah Karl fragend an.

Dieser lachte. »Magie? Oh, Lavinia, es gibt doch keine Magie! Außerdem pflege ich oft zu sagen: Ich bin Anwalt. Wir Anwälte glauben nicht an Magie, wir glauben an Fakten und Beweise! So ungruslig das auch klingen mag.« Er zwinkerte ihr zu.

»Ja«, lachte Lavinia, »Anwälte sind wirklich sehr ungruslig!«

Beide setzten sich ins Auto, nachdem Karl die Kiste im Kofferraum verstaut hatte.

Lavinia dachte nach. »Aber durch irgendwas muss es doch erklärbar sein, oder etwa nicht?«

Karl seufzte. »Nun, der Schwarzwald gilt nunmal durch seine dichte Bewaldung, wo kein Sonnenlicht durchdringt, als düsterer Ort. Deswegen ja SCHWARZWALD. Und Höwenegg, das andere Königreich, stand wohl damals offener und sonnenausgesetzter. Das wäre die einzige Erklärung.

Was den Mythos der ewigen Schönheit und Jugend

anbelangt, dass das helle Königreich ausmachte, das kann wohl keiner erklären.«

Er sah Lavinia an. Diese nickte.

»Und es ist nur ein Mythos. Das meiste stimmt nicht«, sprach er weiter. »Genau wie bei Legenden und Sagen weiß keiner, ob sich dies genau so zugetragen hat oder nicht.«

Lavinia sah Karl an. »Ist gut, Karlchen.«

Karl zwinkerte ihr zu. »Lass uns nach Hause fahren. Wir werden wiederkommen. Und dann bleiben wir. Für immer.«

Danksagung

Zu allererst möchte ich Gott danken, der mir diese Idee an Silvester 2014 in den Kopf setzte und Er es mich immer weiter ausbauen ließ. Die Geschichte, wie sie nun ist, war so anfangs nicht geplant. Und so kann man mal wieder sehen, wie lebendig Geschichten werden, wenn man sie niederschreibt und wenn man sich völlig in ihnen verliert.

Dann möchte ich natürlich meiner Familie danken, ganz besonders meinem süßen Mann Martin, der mein Lieblingsleser ist und der meine Bücher ganz besonders gern »verschlingt«. Nichts anderes liest er mehr als meine Geschichten, der mich so lieb als seine Lieblingsautorin auserkoren hat. Dafür sei dir sehr herzlicher Dank!

Als nächstes bedanke ich mich bei Twentysix, einer wundervollen Plattform für Autoren, ihre Bücher in Selbstverlag-Version veröffentlichen zu können und so ganz ungezwungen schreiben, schreiben, schreiben zu können.

Und so komme ich zu meinem letzten Dank, meine schon

erwähnten lieben Leserinnen und Leser, ohne die es meine Geschichten gar nicht gäbe und die voller Geduld meine Geschichten lesen und »ertragen«, um sie zu bewerten, sie zu genießen und in ihnen versinken zu können.

Ganz herzlichen Dank an Euch alle.

Mel Mae Schmidt im Gespräch

Was hat Sie zu Ihrem Roman „Die vom glänzenden See" inspiriert?
Ich lese selber sehr gerne historische Romane, so zum Beispiel von Kate Morton. Ihr Roman „Der verborgene Garten" hat mich besonders begeistert. Ich selber hatte bisher immer nur Fantasy-Geschichten geschrieben oder auch Real-Life-Storys. Aber mich faszinierte schon lange dieser Schreibstil, in welchem man in der Vergangenheit abtaucht, sich historische Fakten und Orte und Gebäude sucht und diese mit einer fiktiven Geschichte verbindet. Etwas Derartiges wollte ich auch gern schreiben.

Wie sind Sie auf Ihren Schauplatz gekommen?
Zunächst muss man wissen, dass ich die Geschichte des Heiligen Römischen Reichs zwischen 1204 und 1223 n.Chr. als Allererstes geschrieben habe. Ich wusste nicht, in welchem Jahr es wirklich spielen sollte, aber diese besonders lang zurückliegende Zeit fand ich besonders interessant. Als dieser Mittelteil nach fast zwei Jahren endlich fertig war überlegte ich mir den Rahmen der Geschichte und habe viel recherchiert. Schließlich fand ich den Schwarzwald und sein spukendes Schlosshotel besonders gut geeignet hierfür, denn der Schwarzwald bietet besonders viel Raum für Grusel und Spuk.

Was hat Sie außerdem beim Schreiben beeinflusst?
Wie gesagt liebe ich die Romane von Kate Morton. Ich würde sagen, dass sie mich beim Schreiben dieses Romans besonders beeinflusst hat. Mir kamen beim Schreiben viele verschiedene Fetzen unterschiedlicher Klassiker in den Kopf, so

auch Emily Brontes „Sturmhöhe" oder Frances Hodgson Burnetts „Der geheime Garten" und ebenso Franz Kafkas „Verwandlung" oder „Das Schloss". Ich wollte von allem Möglichen eine kleine Prise und so ist die Romansuppe nun endlich angerichtet.

Weitere Informationen finden Sie auf der Internetseite der Autorin unter www.melanieschmidtofficial.de.tl

MEL MAE SCHMIDT

(Melanie Schmidt) wurde 1990 im schönen Rheinland geboren.

Sie studierte Linguistik in Köln und arbeitet neben der Schriftstellerei als Übersetzerin.

Seit 2003 veröffentlichte sie einige Gedichte, seit 2010 zahlreiche Bücher (darunter auch Kinderbücher mit eigenen Illustrationen) sowie 2015 ihre erste Literaturübersetzung.

Bibliografie

Der vorliegende Roman ist ein fiktionales Werk mit historischem Hintergrund. Die Quellen, die ich für Recherchen über die Zeit und das Umfeld meiner Figuren verwendet habe, sind im Folgenden aufgeführt:

Internetseite der Stadt Freudenstadt: www.freudenstadt.de

Bericht eines Onlinereiseführers über das Schlosshotel Waldlust:

http://www.travelbook.de/deutschland/schlosshotel-waldlust-das-geister-hotel-im-schwarzwald-687999.html

Verein für Kulturdenkmale Freudenstadt – Schwarzwald:

http://denkmalfreunde.de/node/33

Höwenegg/Immendingen:

https://de.wikivoyage.org/wiki/Immendingen

http://www.alleburgen.de/bd.php?id=12940

Internetseite der Stadt Lörrach: www.loerrach.de